# 古典詩歌研究彙刊

## 第十一輯

龔鵬程 主編

第 **8** 冊

## 五代西蜀詞人群體研究（下）

黃懷寧 著

國家圖書館出版品預行編目資料

五代西蜀詞人群體研究（下）／黃懷寧 著 — 初版 — 新北市：
花木蘭文化出版社，2012〔民 101〕
目 4+160 面；17×24 公分
（古典詩歌研究彙刊 第十一輯；第 8 冊）
ISBN 978-986-254-726-7（精裝）
1. 唐五代詞 2. 詞論
820.91 101001259

ISBN-978-986-254-726-7

9 789862 547267

古典詩歌研究彙刊
第十一輯 第八冊 ISBN：978-986-254-726-7

五代西蜀詞人群體研究（下）

作 者 黃懷寧
主 編 龔鵬程
總 編 輯 杜潔祥
出 版 花木蘭文化出版社
發 行 所 花木蘭文化出版社
發 行 人 高小娟
聯絡地址 新北市永和區中正路五九五號七樓
　　　　 電話：02-2923-1455／傳眞：02-2923-1452
網 址 http://www.huamulan.tw 信箱 sut81518@gmail.com
印 刷 普羅文化出版廣告事業
初 版 2012 年 3 月
定 價 第十一輯 30 冊（精裝）新台幣 42,000 元

# 五代西蜀詞人群體研究（下）

黃懷寧　著

# 目

# 次

# 第六章　西蜀詞人群體作品藝術特色

　　本章就「辭彙」、「典故」、「意象」等三方面，探討西蜀詞的藝術
特色。

## 第一節　辭彙運用　巧妙自然

　　每個時期的文學作品，都會保存當時的慣性用語、獨特辭彙，展
現當時的文化特質與審美角度。五代西蜀時期，由於地理位置絕佳，
政治、經濟各方條件優越，使得全國普遍呈現奢靡享受的風氣，而當
時的吃穿用度等各個生活面向，自然而然反映在西蜀詞人群體的作品
之中。透過辭彙的分析，更能表達出西蜀詞作的特殊性。

## 一、閨閣氣息，綺豔穠麗

　　伴隨著中唐以來文人的生活追求由馬上轉向閨房，由世間轉向心
境，對女性的觀察和描摹達到了空前細緻的程度。女子的衣冠服飾、
一顰一笑都成為詞人著力刻畫的焦點，一大批表現女性服飾、體態、
心情的名物語彙便湧現詞中。〔註1〕西蜀詞作四百一十六闋，約有四
分之三的詞作，主題內容關乎男女情愛，因此對於女子的描寫，由外

---

〔註1〕 高鋒著：《花間詞研究》（南京：江蘇古籍出版社，2001 年 9 月第 1
　　　　版第 1 刷），頁 48。

觀至內在；由週遭環境至閨閫內室，均相當細膩深刻；而辭彙的運用，也反映出當代的社會特色及審美心理。茲將此類辭彙分述如下：

## （一）居室建築

1、屋宇樓閣

    （1）玉樓、畫樓、紅樓、青樓、禁樓、紅粉樓。

    （2）紅房、蘭房、小蘭房。

    （3）繡戶、繡閣、妝閣、繡閣、暖閣、香閣、香閨、幽閨。

    （4）畫船、畫堂、水堂、珠殿、水精宮、水精宮殿。

2、窗牖門扉：紅窗、綺窗、窗紗、碧紗窗、朱門、朱扉。

3、其他：翠檻、蘭檻、朱欄、玉闌干、畫梁、金鋪、金甃井。

## （二）裝飾擺設

1、屏風：翠屏、畫屏、繡屏、雲屏、銀屏、錦屏、綺屏、鳳屏、翡翠屏、孔雀屏、屏風、屏山、山障。

2、香爐：御爐、金鑪、紅爐、玉鑪、燻鑪、博山爐、金鴨、小燻籠、小金鸂鶒。

3、燈燭：銀燭、銀燈、銀釭、銀臺、香燈、蘭釭、紅燭。

4、其他：金屈、金鳳、金鋪、金壺、金泥鳳（簾上裝飾）、銅漏、玉漏、玉籠、水精簾、真珠簾。

## （三）臥榻寢具

1、簾幕帳幔

    （1）繡幃、羅幃、鴛幃、翠幃、屏幃、閨幃；翠幄、繡幄；錦帷、翠帷、屏帷。

    （2）寶帳、珠帳、錦帳、羅帳、流蘇帳、芙蓉帳、紅羅帳、青紗帳、雲母帳、鴛鴦帳、繡幔。

    （3）珠簾、繡簾、翠簾、畫簾；羅幕、青羅幕；繡幌、羅幌、綃幌；珠箔、翠箔；繡帶。

2、被褥：繡衾、鴛衾、鴛鴦、鴛被、鴛鴦錦、紅線毯。

3、枕頭

（1）枕函、鳳枕、玉枕、金枕、山枕、瑤枕、鴛枕、丁香枕、
鴛鴦枕、珊瑚枕、水精枕。

（2）寶檀、錦檀。

4、床墊

（1）珍簟、筠簟、冰簟、紋簟、水紋簟。

（2）羅薦、錦薦、紅錦薦。

（3）錦茵、繡茵、繡羅茵。

（4）象床。

## （四）妝奩粉匣

1、首飾

（1）金鈿、金雀、金蟬、金篦、金釵、金條、金斛、金虫、
金環、金匣、金翹、金燕、金鸝、金釧、金鳳搔頭、金
蔓蜻蜓、金簇小蜻蜓。

（2）玉珮、玉璫、玉蟬、玉釵、玉燕、玉搔頭、玉瓏璁。

（3）翹股、花翹、翠翹、翠鈿、花鈿、香鈿、鬪鈿花筐、鈿
篦、鈿雀、鳳釵、蟬釵、鳳凰釵、小魚銜玉釵、白玉簪、
碧玉篸。

（4）雙魚、雙翠、珠翠、珠珮、鳴璫、低珥、耳墜、步搖、
柳毬、臂釧、雲髻、鸚鵡（髮飾）。

2、鏡梳

（1）象梳、鏤玉梳。

（2）曉花、菱花、鸞鏡、寶鏡、寶匣鏡。

（3）鈿匣、寶匣。

## （五）服飾裝扮

1、衣服頭冠

（1）繡衣、羅衣、霞衣、寶衣、縷金衣、碧羅衣；繡羅、畫

    羅、綺羅、茜羅、越羅；象紗、紅紗、鮫綃、霧縠、綠
    綺、鈿裝。

  （2）繡襦、羅襦、畫羅襦；翠裾、綠羅裾；月帔、霞帔、黃
    羅帔。

  （3）紅袂、羅袂、繡袂；紅袖、羅袖。

  （4）繡裙、輕裙、霞裙、羅裙、綠羅裙、石榴裙、翡翠裙；
    畫袴、羅襪、吳綾襪、繡羅鞋。

  （5）蓮冠、花冠、冠子、碧玉冠、白玉冠。

  （6）宮錦、錦帶、綬帶、紅綬帶、芙蓉帶。

  （7）翡翠、縷金、金繡、金縷、金線、金線縷、金縷線。

 2、妝容打扮

  （1）綠雲、寶髻、約鬟、綠鬟、翠鬟、花鬟、月鬟、鴉鬟、
    雲鬟、蟬鬢。

  （2）蛾眉、黛眉、檀眉、翠眉、柳葉眉、遠山眉。

  （3）嚴妝、落梅妝、豔梅妝、內家妝、小山妝、點翠勻紅。

## （六）生活器物

  金鍼、羅扇、琵琶、金翠羽、金鳳、寶瑟、寶柱、玉簫、鳳簫、
鈿箏、秦箏、笙、笙簧、綺琴、瑤琴、玉琴。

  詞人從「居室建築」、「裝飾擺設」、「臥榻寢具」、「妝奩粉匣」、「服
飾裝扮」、「生活器物」等六個方面，舉凡與女子息息相關之物事，都
能觀察入微、仔細刻畫，尤其是對於女子形象的描摹，從髮型、髮飾、
冠飾、耳飾、額妝、眉妝到服飾、衣著裝扮等，使女子豔冠群芳、風
姿綽約的嬌俏風情，躍然紙上。而此類語彙充滿濃厚色彩，如「金鈿」、
「金篦」、「白玉簪」、「碧玉篸」、「茜羅」、「紅紗」、「綠羅裙」、「翡翠
裙」等，雖然境界較為狹小纖細，但色澤香豔、氣象華麗，〔註2〕更

---

〔註2〕 楊海明著：《唐宋詞美學》（南京：江蘇教育出版社，1998 年 6 月第
   1 版第 1 刷），頁 205～206。

能凸顯女子的雍容華貴，反映當時的閨閣文化。

## 二、設色鮮豔，濃淡相宜

　　劉勰《文心雕龍・情采》：「故立文之道，其理有三：一曰形文，五色是也；二曰聲文，五音是也；三曰情文，五性是也。五色雜而成黼黻，五音比而成韶夏，五性發而為辭章，神理之數也。」〔註3〕可知劉勰將五色行文列為立文的首要條件，設色鋪采運用得宜，文章辭情更顯豐富。詞的語彙色調，對詞境審美感知層的構成起著重要作用。儘管詞語的表現與詞作情緒並未顯示出直接的關係，然而從中也能體味出詞人獨特的審美情趣。〔註4〕茲將色彩辭彙歸納如下：

### （一）紅、朱

1、服飾妝容：紅淚、紅腮、紅顏、紅臉、紅粉面、紅粉淚、丹臉、朱唇；紅玉、紅妝、紅袂、紅袖、紅紗、紅纓、紅茵、焦紅衫。

2、器具用品：朱鞅、朱絃、紅蠟、紅燭、紅蠟燭、紅燭淚、紅霞酒、紅螺、紅爐、紅綬帶、紅繡被、紅錦薦、紅線毯、紅羅帳、丹竈、紅牋。

3、建築：紅樓、紅粉樓、紅房、紅牆、紅窗、朱扉、朱欄。

4、植物：紅豆、紅藥、紅杏、紅蓼、藕花、紅藕、紅藕花、紅牡丹、紅杏蒂、紅荳蔻、紅蕉葉、紅蒂、丹桂。

5、狀態：紅燼、紅散、紅深、紅羞、紅銷、紅嫩、紅繁、紅斂、紅膩、紅豔、紅芳、紅鮮；愁紅、嫩紅、香紅、落紅、殘紅、凝紅、深紅、堆紅、花紅、流紅、豔紅、檀紅、妝紅、微紅、新退紅、香露紅、繡幄紅、落殘紅、照日紅、暖日紅、荔枝

---

〔註3〕〔梁〕劉勰撰：《文心雕龍》（臺北：臺灣商務印書館，1986年3月，景印文淵閣《四庫全書》本），集部四一七，冊1478。
〔註4〕孫立著：《詞的審美特性》（臺北：文津出版社，1995年2月初版），頁140～141。

紅、錦衾紅、兩線紅；紅欲盡、紅欲爛、紅帶雨、紅上面、紅蘸水、低紅歛翠、燈花結碎紅、落花紅幾片。

## （二）青、綠、翠、碧、黛

1、服飾妝容：青娥、翠娥、青絲、青絲髮、綠鬢、綠雲鬢、翠鬟、翠雲、綠雲、翠眉、黛眉、翠眉、雙黛、翠靨、翠鈿、翠翹、翡翠、碧玉簪、天碧羅衣、雙翠羽、裙拖碧、碧羅衣、綠羅裙、碧羅裙、翡翠裙、翠裾、翠箔。

2、器具用品：翠屏、翡翠屏、翠疊、翠旗、碧紗、翠被、翠簾、翠帷、翠幄、翠幃、青紗帳、碧流紋、垂翠帶、青羅幕。

3、居室建築：青樓、青門、綠窗、碧窗、綠紗窗、碧紗窗、翠檻、碧砌。

4、自然植物：綠樹、綠槐、綠楊、綠楊絲、綠苔、綠荷、綠陰、綠蕪、翠竹、翠苔、青嶂、青松、青山、青塚、青莎、青錢、青鳥、碧山、碧流、碧波、碧沼、碧雲、碧天、碧梧桐、翠煙、碧煙。

5、摹形狀物：碧天雲、春水碧、春山碧、春山翠、楚山青、巫陽翠、碧江空、雞樹綠、芳草碧、閨草碧、芳草綠、春草綠、春草青、江草綠、草青、煙綠、綠草萋萋、香塵綠、裊煙青、雲鬢綠、黛綠、黛薄、黛怨、黛碧、黛色、眉黛、愁黛、翠黛、歛黛、水碧、春碧、明翠、眉翠、蒼翠、暖碧、脩碧、凝碧、殘碧、綃幌碧、愁眉歛翠、碧桃、碧染、綠萋萋、新綠、綠嫩、淡綠、含綠、嫩綠。

## （三）金

1、首飾：金額、金鈿、金篦、金釵、金條、金靨、金匣、金翹、金釧、金環、金蓮、金雀、金蟬、金虫、金燕、金翠羽、金翡翠、金鸂鶒、金蔓蜻蜓、金簇小蜻蜓、鳳舞黃金翅。

2、名物：金甲、金牓、金榜、金輪、金烏、金風、金船、金鍼、

金線、金縷、縷金衣、黃金縷、金鏤盞、金盞、金壺、金斝、金盃、金罇、金卮、金琖、金盤、金屑、金鑾、金鸞、金彎、金羈、金鞍、金勒、金鞭、金鑣、金燈、金鋪、金瑣、金繡、金籠、金磬、金鑪、金鴨、金鳳、金泥鳳、金帶、金枕、金帶枕、金屈曲、金翠尾、小金鸂鶒、金粉小屏。

3、建築：金門、金閨、金井、金扉、金甃井。

4、狀物：柳絲金縷、柳吐金絲、河橋柳似金、羅帶縷金、金爐、金柳、金絲、縷金、縷黃金、萬縷金、金縷線、金線縷、垂金線、金毳軟、共淘金。

## （四）白、雪、皓

1、狀人：皓腕、皓齒、雪肌、雪面、胸前雪、胸鋪雪、胸前如雪、白頭。

2、名物：白馬、白鳥、白酒、白衫、白玉冠、白玉簪、白雲、白蘋、白雪、春雪、雪梅、雪塢、皓月。

3、狀物：梨花白、榆花白、秋天白、霜白、梨雪、花似雪、雪漫漫、雪休誇、雪香、香雪、霜華如雪。

## （五）玉

1、首飾：玉蟬、玉釵、玉蟾、玉璫、玉佩、玉搔頭、玉街頭、小魚銜玉。

2、器物：玉籠、玉勒、玉鞭、玉轡、玉鑪、玉漏、玉盤、玉盞、玉罘、玉琴、玉鉤。

3、地點：玉殿、玉京、碧玉堂、玉樓、玉閨、玉階、玉闌干。

4、狀人：玉趾、玉郎、玉人、玉纖、玉步、玉容、玉肌膚、玉皇、玉筋。

5、其他：玉兔、玉蟾、玉露、玉燕、玉蘂、玉柔花。

## （六）黃

1、動物：黃鶯、黃鸝、黃鶖、黃雀。

2、地名：黃陵廟。

3、名物：黃羅帔、淡黃衣、黃葉。

4、顏色：麴塵（淡黃色）、鬱金黃、蘂黃、鵝黃、嫩黃。

5、狀態：黃昏、秋草黃、額黃侵膩髮、殘眉理舊黃、庭菊飄黃、
羅衣澹拂黃。

## （七）黑

1、顏色：香檀、檀眉、檀痕、勻檀注、注檀。

2、地名：黑山。

3、狀態：紅袖黗、歌扇花光黗。

## （八）紫

1、道路地點：紫陌、紫塞。

2、名物：紫燕、紫檀、紫簫、紫玫瑰。

## （九）銀

1、天文：銀河、銀漢、銀蟾。

2、名物：銀屏、銀釭、銀燭、銀箏、銀塘。

## （十）彩　色

1、自然景觀：朝霞、曉霞、晚霞、彩霞、綵霞、綺霞。

2、名物：霞裙、霞帔；綵牋、彩牋。

3、顏色：小檀霞、小屏霞。

西蜀詞人在描人繪物時，相當著重於色彩的運用與表現，使得作品呈現鏤金錯采的情調。全體作品中共使用了「紅」、「青」、「金」、「白」、「玉」、「黃」、「黑」、「紫」、「銀」、「彩色」等十種色彩顏色，為辭彙注入新的生命力。色彩詞並非文學作品中渲染色彩美的唯一材料，那些表示具有鮮明色澤的事物的名詞，例如「金」、「銀」、「玉」等也同樣顯示色彩美。〔註5〕詞人善用「金」、「銀」、「玉」等名詞，

---

〔註5〕 張鵠著：《文學語言藝術》（海口：南方出版社，1999年），頁51。

一方面與詞中物象的華貴典雅氣息相關,另一方面反映出詞人追求感官刺激,偏重外形描繪的審美心理。而冷暖濃淡的色調差異,形成了各自不同的情調和創作個性,使得作品呈現色調斑斕、風采各異的特色。〔註6〕

## 三、方言俗語,活潑生動

蜀地歷來是民歌興盛的地方,民間歌謠的節奏、韻律、用詞、風格、題材等,都對花間詞產生了影響,如李珣〈南鄉子〉組詞,帶有民歌的清新,李冰若《栩莊漫記》說:「均以淺語寫景,而極生動可愛。」再如「叵奈」、「早晚」、「過與」、「生」等俚俗語言的使用,就是從民歌中汲取營養而產生的。〔註7〕

而顧敻〈荷葉盃〉九首,詞中引人注目的「摩」字,《詞律》中言:「『摩』應係『麼』字,設為問答之辭,當於「知摩」二字略豆。」全詞九章均以「摩」字貫穿,從語言形式看,即與民間關係極深。全篇九首聯章,第一首和第九首均是寫閨中女子對心上人的相思之情,首尾兩曲之間,將過去的美好時光貫穿其中,篇章安排用心巧妙,語言極形容之美,描寫細緻生動,十分動人,李冰若言道:「以質樸詞寫入骨之情」,並認為是「前無古人」。細讀這組詞作,寫男女相思之情多矣,與其他同類作品相較,給人耳目一新之感,這與本組詞的民間性,即李冰若所說的「質樸」是分不開的,這種質樸既表現在語言上的靈動,也表現在形式上的聯章。〔註8〕

民歌、俗語、方言等所代表的是社會文化的反映,初時可能僅表現一時一地的語言特色,然其淺顯易懂、琅琅上口,久之即成為人們

---

〔註6〕 高鋒著:《花間詞研究》(南京:江蘇古籍出版社,2001年9月第1版第1刷),頁48。

〔註7〕 汪紅豔撰:《《花間集》語言研究》(安徽師範大學碩士論文,2006年5月),頁7。

〔註8〕 黃全彥撰:《《花間集》研究》(四川大學碩士論文,2003年3月),頁83。據曾編本《全唐五代詞》,顧敻〈荷葉盃〉一組九闋,均作「麼」字。

日常生活中耳熟能詳的語詞、歌謠而廣爲流傳。西蜀詞作中大量使用此類語詞，[註9] 呈現出清新、質樸的面貌，茲分述如下：

## （一）幾何、幾迴、幾度、幾多、幾許

1、長道人生能**幾何**。（韋莊〈天仙子〉其二，頁 164）

2、不語含嚬深浦裏，**幾迴**愁煞棹船郎。（薛昭蘊〈浣溪沙〉其一，頁 494）

3、每恨蟪蛄憐婺女，**幾迴**嬌妬下鴛機。（毛文錫〈浣溪沙〉其二，頁 537）

4、相見無言還有恨，**幾迴**拚卻又思量。（李珣〈浣溪沙〉其一，頁 595）

5、**幾迴**偷看寄來書。（李珣〈臨江仙〉其一，頁 599）

6、**幾度**將書託煙雁，淚盈襟。（牛嶠〈感恩多〉其二，頁 507）

7、夢中**幾度**見兒夫，不忍罵伊薄倖。（魏承班〈滿宮花〉其二，頁 488）

8、**幾多**情，無處說。（魏承班〈漁歌子〉，頁 488）

9、**幾多**惆悵，情緒在天涯。（顧敻〈臨江仙〉其三，頁 567）

10、楊柳杏花時節、**幾多**情。（毛熙震〈南歌子〉其一，頁 589）

11、拾翠採珠能**幾許**。（李珣〈南鄉子〉其十二，頁 610）

## （二）爭忍、忍教、忍辜、忍孤、空教、爭不

1、**爭忍**不相尋。（顧敻〈訴衷情〉其二，頁 564）

2、數樹海棠紅欲盡。**爭忍**。玉閨深掩過年華。（歐陽炯〈定風波〉，頁 464）

3、閒庭獨立鳥關關，**爭忍**拋奴深院裏。（歐陽炯〈木蘭花〉，頁 464）

---

〔註9〕 此處根據張相《詩詞曲語辭匯釋》一書所蒐之語辭爲例，將西蜀詞加以歸納整理。參見張相著：《詩詞曲語辭匯釋》（臺北：洪葉文化事業有限公司，1993 年 4 月）。

4、**忍教**牽恨暗形相。（毛熙震〈浣溪沙〉其五，頁 585）

5、一片相思休不得，**忍教**長日愁生。（毛熙震〈何滿子〉其
　　一，頁 589）

6、**忍辜**風月度良宵。（李珣〈望遠行〉其一，頁 605）

7、**忍孤**前約，教人花貌，虛老風光。（李珣〈中興樂〉，頁 608）

8、去便不歸來。**空教**駿馬回。（尹鶚〈菩薩蠻〉其三，頁 581）

9、離腸**爭不**千斷。（鹿虔扆〈思越人〉，頁 571）

## （三）那堪、豈堪、更堪、可堪、不堪

1、正是桃夭柳媚，**那堪**暮雨朝雲。（毛文錫〈贊浦子〉，頁
　　533）

2、**那堪**獨自步池塘。對鴛鴦。（魏承班〈訴衷情〉其三，頁 485）

3、**那堪**辜負不思歸。（顧敻〈浣溪沙〉其六，頁 558）

4、往事**豈堪**容易想。（李珣〈定風波〉其四，頁 612）

5、暗想歡娛何計好，**豈堪**期約有時乖。（毛熙震〈浣溪沙〉
　　其六，頁 586）

6、**更堪**能唱新詞。（尹鶚〈清平樂〉其二，頁 583）

7、香爐暗銷金鴨冷，**可堪**辜負前期。（顧敻〈臨江仙〉其三，
　　頁 567）

8、**不堪**相望病將成。（鹿虔扆〈虞美人〉，頁 571）

## （四）麼 [註10]

1、好是問他來得**麼**，和笑道，莫多情。（張泌〈江城子〉其
　　二，頁 526）

---

[註10] 麼，疑問辭。《雲謠集》為唐人作品，敦煌原本均作「磨」；《花間集》
　　　為五代作品，四印齋本作「磨」，《花菴詞選》作「麼」。由此而知唐
　　　五代時，隨聲取字，麼、摩、磨皆假其聲為之，尚未劃一，似至宋
　　　以還始專用「麼」字，後乃或并唐人所用之「磨」字而亦追改之。
　　　張相著：《詩詞曲語辭匯釋》（臺北：洪葉文化事業有限公司，1993
　　　年 4 月），上冊，卷三，頁 379。

2、知麼知。知麼知。（顧夐〈荷葉盃〉其一，頁 564）

3、愁麼愁。愁麼愁。（顧夐〈荷葉盃〉其二，頁 564）

4、狂麼狂。狂麼狂。（顧夐〈荷葉盃〉其三，頁 565）

5、羞麼羞。羞麼羞。（顧夐〈荷葉盃〉其四，頁 565）

6、歸麼歸。歸麼歸。（顧夐〈荷葉盃〉其五，頁 565）

7、吟麼吟。吟麼吟。（顧夐〈荷葉盃〉其六，頁 565）

8、憐麼憐。憐麼憐。（顧夐〈荷葉盃〉其七，頁 566）

9、嬌麼驕。嬌麼驕。（顧夐〈荷葉盃〉其八，頁 566）

10、來麼來。來麼來。（顧夐〈荷葉盃〉其九，頁 566）

## （五）和

1、歸路草和煙。（薛昭蘊〈喜遷鶯〉其三，頁 498）

2、寄語薄情郎，粉香和淚泣。（牛嶠〈望江怨〉，頁 509）

3、好是問他來得麼，和笑道，莫多情。（張泌〈江城子〉其
二，頁 526）

4、無端和淚拭燕脂。（張泌〈胡蝶兒〉，頁 527）

5、調清和恨，天路逐風飄。（牛希濟〈臨江仙〉其三，頁 543）

6、細和煙，冷和雨，透簾旌。（李珣〈酒泉子〉其三，頁 603）

7、粉檀珠淚和。（李珣〈河傳〉其二，頁 608）

8、蘆洲一夜風和雨。愁殺採蓮女。（毛文錫〈應天長〉，頁
539）

9、曉來中酒和春睡。（歐陽炯〈菩薩蠻〉其一，頁 465）

## （六）伊

1、早是自家無氣力，更被伊，惡憐人。（張泌〈江城子〉其
三，頁 527）

2、倚窗學畫伊。（張泌〈胡蝶兒〉，頁 527）

3、上馬出門時。金鞭莫與伊。（尹鶚〈菩薩蠻〉其一，頁 579）

4、夢中幾度見兒夫，不忍罵**伊**薄倖。（魏承班〈滿宮花〉其二，頁488）

5、終是爲**伊**，只恁偷瘦。（歐陽炯〈賀明朝〉其二，頁455）

6、怎生瞑得**伊**。（歐陽炯〈更漏子〉其一，頁463）

## （七）教、教人、交人

1、惹**教**雙翅垂。（張泌〈胡蝶兒〉，頁527）

2、漾酒勸人**教**半醉。（尹鶚〈撥棹子〉其二，頁581）

3、快**教**折取，戴玉瓏璁。（毛文錫〈贊成功〉，頁531）

4、良宵好事枉**教**休，無計那他狂耍婿。（顧夐〈玉樓春〉其三，頁555）

5、忍孤前約，**教人**花貌，虛老風光。（李珣〈中興樂〉，頁608）

6、**教人**魂夢逐楊花。（顧夐〈虞美人〉其五，頁551）

7、擬**交人**送又心忪。（韋莊〈浣溪沙〉其二，頁151）

## （八）爭

1、**爭**窈窕。（李珣〈南鄉子〉其四，頁600）

2、**爭**回顧。（李珣〈南鄉子〉其十四，頁610）

3、**爭**及村居織機女。（李珣〈南鄉子〉其十二，頁610）

4、見好花顏色，**爭**笑東風。（歐陽炯〈獻衷心〉，頁453）

## （九）叵耐〔註11〕

1、**叵耐**無端處。惱得眼慵開。（薛昭蘊〈醉公子〉，頁501）

2、**叵耐**天風緊，挫腰肢。（尹鶚〈女冠子〉，頁580）

3、雖**叵耐**，又尋思。（歐陽炯〈更漏子〉其一，頁463）

---

〔註11〕叵耐，叵爲不可之切音，耐即奈也。本爲不可奈何之意，引申之而成爲詈辭，一如今所云可惡。張相著：《詩詞曲語辭匯釋》（臺北：洪葉文化事業有限公司，1993年4月），上冊，卷二，頁289。

## （十）信

1、**信**浮沉，無管束。（李珣〈漁歌子〉其一，頁 596）

2、避暑**信**船輕浪裏。（李珣〈南鄉子〉其五，頁 601）

3、穿花，從拂柳，向九陌追風。（毛文錫〈接賢賓〉，頁 532）

## （十一）了

1、錦字書封**了**，銀河雁過遲。（牛嶠〈女冠子〉其四，頁 506）

2、睡起卷簾無一事，勻面**了**，沒心情。（張泌〈江城子〉其一，頁 525）

## （十二）爾許

1、章華臺畔隋堤上，傍得春風**爾許**多。（牛嶠〈柳枝〉其五，頁 504）

2、相逢**爾許**難。（顧敻〈醉公子〉其二，頁 568）

## （十三）煞、殺

1、不語含顰深浦裏，幾迴愁**煞**棹船郎。（薛昭蘊〈浣溪沙〉其一，頁 494）

2、蘆洲一夜風和雨。愁**殺**採蓮女。（毛文錫〈應天長〉，頁 539）

## （十四）休

1、雪**休**誇。（張泌〈柳枝〉，頁 524）

2、玉郎**休**惱人。（歐陽炯〈菩薩蠻〉其一，頁 465）

## （十五）惱

1、叵耐無端處。**惱**得眼慵開。（薛昭蘊〈醉公子〉，頁 501）

2、何處**惱**佳人。（尹鶚〈醉公子〉，頁 579）

## （十六）與

1、雁歸不見報郎歸，織成錦字封過**與**。（牛嶠〈玉樓春〉，頁 513）

2、翠鬟女。相**與**。共淘金。（毛文錫〈中興樂〉，頁 532）

## （十七）阿誰

1、**阿誰**提筆上銀河。（毛文錫〈巫山一段雲〉其二，頁 541）

2、此時心在**阿誰**邊。（歐陽炯〈浣溪沙〉其一，頁 448）

## （十八）其他

1、指點牡丹初綻朵，日高**猶自**凭朱欄。（韋莊〈浣溪沙〉其一，頁 150）

2、**有箇**嬌饒如玉。（韋莊〈謁金門〉其一，頁 161）

3、曲罷問郎名**箇甚**，想夫憐。（歐陽炯〈春光好〉其三，頁 458）

4、**獨自箇**，立多時。（歐陽炯〈更漏子〉其一，頁 463）

5、遊人**只合**江南老。（韋莊〈菩薩蠻〉其二，頁 153）

6、終是爲伊，**只恁**偷瘦。（歐陽炯〈賀明朝〉其二，頁 455）

7、良宵好事枉教休，**無計**那他狂耍瑣。（顧敻〈玉樓春〉其三，頁 555）

8、消息未通**何計**是，便須伴醉且隨行。（張泌〈浣溪沙〉其九，頁 519）

9、**早是**自家無氣力，更被伊，惡憐人。（張泌〈江城子〉其三，頁 527）

10、**阿嬌**初著淡黃衣。（張泌〈胡蝶兒〉，頁 527）

11、傷心**不柰**春何。（韋莊〈清平樂〉其五，頁 173）

12、紅腮隱出枕函花。**有些些**。（張泌〈柳枝〉，頁 524）

13、求仙去**也**。翠鈿金篦盡捨。（薛昭蘊〈女冠子〉其一，頁 501）

14、**堪羨**好因緣。（牛嶠〈夢江南〉其一，頁 506）

15、**全勝**薄情郎。（牛嶠〈夢江南〉其二，頁 506）

16、**爭那**尊前人意。（尹鶚〈清平樂〉其二，頁 583）

17、憔悴不知緣**底事**，遇人推道不宜春。（閻選〈八拍蠻〉其二，頁 574）

18、**等閒**無事莫思量。（歐陽炯〈赤棗子〉其二，頁 461）

19、**怎生**瞋得伊。（歐陽炯〈更漏子〉其一，頁 463）

20、**道兒**還是慵。（歐陽炯〈菩薩蠻〉其一，頁 465）

綜上所列，可知西蜀詞人創作時，善於運用方言、俗語，如：「爭忍」、「豈堪」、「那堪」等語，常用來表達自憐自艾、委屈婉轉的情意；「叵耐」、「無計」為嗔怨之辭，抒發無可奈何、惱怒難平的感受；而「煞」、「殺」、「休」、「惱」等語，僅一個字，卻強而有力的投射出詞人的直接想法，因之作品活潑生動、辭情豐富。

## 第二節　徵引典故　義蘊深厚

劉勰《文心雕龍・事類》云：「事類者，蓋文章之外，據事以類義，援古以證今者也。昔文王繇《易》，剖判爻位。〈既濟〉九三，遠引高宗之伐，〈明夷〉六五，近書箕子之貞；斯略舉人事，以徵義者也。至若〈胤征〉羲和，陳政典之訓；〈盤庚〉誥民，敘遲任之言，此全引成辭，以明理者也。然則明理引乎成辭，徵義舉乎人事，乃聖賢之鴻謨，經籍之通矩也。」〔註 12〕可知創作時，除了文辭、章法之外，更要引據事例典故以類比事理，援用古籍義理來印證實況。亦即把歷史事實、傳說故事或典章制度鎔鑄提煉，以表示特定意義的詞句。〔註 13〕而用典方式有「略舉人事以徵義」及「全引成辭以明理」兩項，即「事典」與「語典」兩種。

〔宋〕張炎《詞源・用事》條云：「詞用事最難，要體認著體，融化不澀。」〔註 14〕說明用典要自然、合宜。〔清〕袁枚《隨園詩話・用典有分際》條云：「用典，如水中著鹽，但知鹽味，未知鹽質。」

---

〔註 12〕〔梁〕劉勰撰：《文心雕龍》（臺北：臺灣商務印書館，1986 年 3 月，景印文淵閣《四庫全書》本），集部四一七，冊 1478，卷八，頁 159。

〔註 13〕余毅恆著：《詞筌》（臺北：正中書局，2001 年 1 月增訂本第三刷），頁 311。

〔註 14〕〔宋〕張炎撰：《詞源》（上海：上海古籍出版社，2002 年，續修《四庫全書》本），集部，冊 1733，卷下，頁 68 下。

〔註15〕鹽融於水中，有味道而不見其形體，水如辭章，鹽如典故，化典故於辭章中，兩者自然融合，將使文章辭藻華美，義蘊深刻。

　　以下將西蜀詞人群體作品分爲「事典」與「語典」兩方面論述，同一典故有兩闋詞作以上採用者方錄之，以見西蜀詞人群體使用典故之情形。

# 一、事　典

## （一）鞦　韆

　　《藝文類聚》載：「《古今藝術圖》曰：『北方山戎，寒食日用鞦韆爲戲，以習輕趫者。』」〔註16〕《開元天寶遺事》卷下載：「天寶宮中，至寒食節，競豎鞦韆，令宮嬪輩戲笑以爲宴樂，帝呼爲半仙之戲。」〔註17〕可知當時乘坐鞦韆者，不僅限於宮人，已爲女子日常生活的活動。以下兩闋詞都描寫女子欲乘坐鞦韆時，慵懶無力的樣貌：

　　1、韋莊〈浣溪沙〉其二：「欲上鞦韆四體慵。」（頁 151）

　　2、毛熙震〈小重山〉：「誰信損嬋娟。四肢無力上鞦韆。」（頁 590）

## （二）謝娘家、謝家、謝娘、謝娥

　　《唐音癸籤》載：「李太尉德裕有美妾謝秋娘，太尉以華屋貯之，眷之甚隆；德裕後鎮浙江，爲悼亡妓謝秋娘，用煬帝所作〈望江南〉詞，撰〈謝秋娘曲〉。」〔註18〕以後詩詞多用「謝娘」、「秋娘」來泛指妓女、美妾、佳人；以「謝家」泛指妓館、金閨。如：

---

〔註15〕〔清〕袁枚著：《足本隨園詩話及補遺》（臺北：長安出版社，1978年 6 月），頁 126。

〔註16〕〔唐〕歐陽詢等奉敕撰：《藝文類聚》（臺北：臺灣商務印書館，1986年 3 月，景印文淵閣《四庫全書》本），子部一九四，冊 888，卷四，頁 200 下。

〔註17〕〔北周〕王仁裕撰：《開元天寶遺事》（臺北：臺灣商務印書館，1986年 3 月，景印文淵閣《四庫全書》本），子部三四一，冊 1035，卷三，頁 856 上。

〔註18〕〔明〕胡震亨撰：《唐音癸籤》（臺北：臺灣商務印書館，1986 年 3月，景印文淵閣《四庫全書》本），集部四二一，冊 1482，卷十三。

1、韋莊〈浣溪沙〉其三：「小樓高閣謝娘家。」（頁 151）

2、韋莊〈歸國遙〉其三：「日落謝家池館。」（頁 156）

3、韋莊〈荷葉盃〉其二：「初識謝娘時。」（頁 158）

4、韋莊〈望遠行〉：「謝家庭樹錦雞鳴。」（頁 160）

5、張泌〈浣溪沙〉其五：「謝娥無力曉妝慵。」（頁 518）

6、李珣〈南鄉子〉其十五：「謝娘家傍越王臺。」（頁 611）

7、顧敻〈虞美人〉其三：「謝娘嬌極不成狂。罷朝妝。」（頁 550）

8、顧敻〈酒泉子〉其六：「謝娘斂翠。恨無涯。」（頁 561）

9、顧敻〈浣溪沙〉其四：「惆悵經年別謝娘。」（頁 558）

## （三）弄珠、弄珠江上、弄珠游女、解佩

《韓詩外傳》云：「鄭交甫將南適楚，遵彼漢皋臺下，遇二女，配兩珠，交甫目而挑之，二女解佩贈之。」〔註19〕張衡〈南都賦〉：「耕父揚光於清冷之淵，游女弄珠於漢皋之曲。」〔註20〕此處引漢皋神女解珮贈人的典故，訴說愛慕情意。如：

1、韋莊〈浣溪沙〉其四：「弄珠江上草萋萋。」（頁 151）

2、牛希濟〈臨江仙〉其六：「弄珠遊女，微笑自含春。」、「空勞纖手，解珮贈情人。」（頁 544）

3、毛文錫〈浣溪沙〉其一：「羅襪生塵游女過，有人逢著弄珠迴。蘭麝飄香初解　珮，忘歸來。」（頁 537）

## （四）當鑪、臨邛酒、燒春

《史記・司馬相如傳》載：「相如與俱之臨邛，盡賣其車騎，買一酒舍酤酒，而令文君當鑪。」〔註21〕《西京雜記》卷二載文君之美

---

〔註19〕〔漢〕韓嬰撰、賴炎元註譯：《韓詩外傳今註今譯》（臺北：臺灣商務印書館，1972 年）。

〔註20〕收錄於〔梁〕蕭統編、〔唐〕李善注：《文選》（臺北：華正書局有限公司，2000 年 10 月），第四卷，頁 69 上。

〔註21〕〔漢〕司馬遷撰：《史記》（臺北：鼎文書局，1990 年 7 月十版），冊四，卷一百一十七，頁 3000。

云：「眉色如望遠山，臉際常若芙蓉，肌膚柔滑如脂。」〔註22〕〔唐〕李肇《唐國史補》：「酒則有郢州之富水，烏程之若下，滎陽之土窟春，富平之石凍春，劍南之燒春。」〔註23〕此處借用文君當鑪的典故，言江南女子之美。

1、韋莊〈菩薩蠻〉其二：「鑪邊人似月。皓腕凝雙雪。」（頁 153）

2、韋莊〈河傳〉其二：「翠娥爭勸臨邛酒。纖纖手。拂面垂絲柳。」（頁 163）

3、牛嶠〈女冠子〉其二：「卓女燒春濃美。」（頁 505）

## （五）雙翠羽、金翡翠

《藝文類聚》卷九十一引《漢武故事》載：「七月七日，上于承華殿齋，正中，忽有一青鳥從西方來，集殿前。上問東方朔，朔曰：『此西王母欲來也。』有頃，王母至，有二青鳥如鳥，夾侍王母旁。」〔註24〕後常以「青鳥」作爲傳信之使者。如：

1、韋莊〈歸國遙〉其一：「早晚得同歸去。恨無雙翠羽。」（頁 155）

2、韋莊〈歸國遙〉其二：「金翡翠。爲我南飛傳我意。」（頁 155）

3、牛嶠〈女冠子〉其三：「青鳥傳心事，寄劉郎。」（頁 505）

4、顧敻〈浣溪沙〉其四：「青鳥不來傳錦字，瑤姬何處鎖蘭房。」（頁 558）

## （六）博山、博山爐

《欽定西清古鑑》曰：「按：《東宮故事》、《洞天清錄》、《西京雜

---

〔註22〕 〔漢〕劉歆撰、〔晉〕葛洪輯：《西京雜記》（臺北：臺灣商務印書館，1986 年 3 月，景印文淵閣《四庫全書》本），子部三四一，冊 1035，卷二，頁 8 下。

〔註23〕 〔唐〕李肇撰：《唐國史補》（臺北：臺灣商務印書館，1986 年 3 月，景印文淵閣《四庫全書》本），子部三四一，冊 1035，頁 447。

〔註24〕 〔唐〕歐陽詢等奉敕撰：《藝文類聚》（臺北：臺灣商務印書館，1986 年 3 月，景印文淵閣《四庫全書》本），子部一九四，冊 888，卷九十一，頁 834 上。

記》諸書『博山』,實始於漢。今詳此器分三層,蓋爲山形,下爲承盤,此劉向銘稱:『上貫太華,乘以銅盤』者是也。」﹝註25﹞又〔宋〕呂大臨《考古圖》云:「博山香爐者,爐像海中博山,下盤貯湯,潤氣蒸香,像海之四環,故名之。」﹝註26﹞西蜀詞人在描繪居室擺設時,屢屢述及「博山爐」,顯見其爲當時常用器物。如:

1、韋莊〈歸國遙〉其三:「閑倚博山長歎。」(頁 156)

2、顧敻〈玉樓春〉其三:「博山爐冷水沉微,惆悵金閨終日閉。」(頁 555)

3、顧敻〈臨江仙〉其一:「博山爐暖澹煙輕。」(頁 567)

4、毛熙震〈更漏子〉其一:「博山香炷融。」(頁 587)

5、歐陽炯〈更漏子〉其二:「紅線毯,博山爐。」(頁 464)

## (七)王孫

《史記·淮陰侯傳》載:「信釣於城下,諸母漂,有一母見信飢,飯信,竟漂數十日。信喜,謂漂母曰:『吾必有以重報母。』母怒曰:『大丈夫不能自食,吾哀王孫而進食,豈望報乎?』」《集解》引蘇林曰:「王孫如言公子也。」《索隱》引劉德曰:「秦末多失國,言王孫公子,尊之也。」﹝註27﹞此處多指貴族子弟。

1、韋莊〈清平樂〉其一:「盡日相望王孫。」(頁 159)

2、牛嶠〈應天長〉其一:「筵上王孫愁絕。」(頁 507)

3、尹鶚〈金浮圖〉:「繁華地。王孫富貴。」(頁 582)

4、尹鶚〈清平樂〉其二:「賺得王孫狂處,斷腸一搦腰肢。」(頁 583)

---

﹝註25﹞〔清〕梁詩正、蔣溥等奉敕撰:《欽定西清古鑑》(臺北:臺灣商務印書館,1986 年 3 月,景印文淵閣《四庫全書》本),子部一四八,冊 842,卷三十八,頁 334 上。

﹝註26﹞〔宋〕呂大臨撰:《考古圖》(臺北:臺灣商務印書館,1986 年 3 月,景印文淵閣《四庫全書》本),子部一四六,冊 840,卷十,頁 262~263。

﹝註27﹞〔漢〕司馬遷撰:《史記》(臺北:鼎文書局,1990 年 7 月十版),冊四,卷九十二,頁 2609。

5、魏承班〈滿宮花〉其二：「王孫何處不歸來，應在倡樓酩酊。」（頁 488）

6、魏承班〈玉樓春〉其二：「玉斝滿斟情未已。促坐王孫公子醉。」（頁 484）

7、歐陽炯〈春光好〉其八：「年少王孫何處好，競尋芳。」（頁 460）

## （八）遠山眉

《西京雜記》卷二載文君之美云：「眉色如望遠山，臉際常若芙蓉，肌膚柔滑如脂。」〔註28〕此處意指女子之妝容。

1、韋莊〈謁金門〉其一：「遠山眉黛綠。」（頁 161）

2、顧夐〈遐方怨〉：「嫩紅雙臉似花明。兩條眉黛遠山橫。」（頁 562）

3、毛熙震〈南歌子〉其一：「遠山愁黛碧，橫波慢臉明。」（頁 589）

4、歐陽炯〈西江月〉其二：「鏡中重畫遠山眉。」（頁 461）

## （九）常　娥

即嫦娥、姮娥也。《後漢書・天文志》注：「羿請無死之藥於西王母。姮娥竊之以奔月。」〔註29〕姮娥者，羿妻也。漢文帝諱恒，故改姮為嫦，嫦與常通。

1、韋莊〈謁金門〉其二：「天上常娥人不識。」（頁 161）

2、毛文錫〈月宮春〉：「玉兔銀蟾爭守護，姮娥姹女戲相偎。」（頁 538）

3、閻選〈浣溪沙〉：「劉阮信非仙洞客，常娥終是月中人。」（574）

---

〔註28〕〔漢〕劉歆撰、〔晉〕葛洪輯：《西京雜記》（臺北：臺灣商務印書館，1986 年 3 月，景印文淵閣《四庫全書》本），子部三四一，冊 1035，卷二，頁 8 下。

〔註29〕南朝〔宋〕范曄著：《後漢書》（臺北：鼎文書局，1987 年 1 月五版），冊五，志第十，頁 3216。

## （十）潘郎、檀郎、安仁

潘岳，字「安仁」。《晉書‧潘岳傳》載：「岳美姿儀，辭藻絕麗，尤善爲哀誄之文。少時常挾彈出洛陽道，婦人遇之者，皆連手縈繞，投之以果，遂滿車而歸。」〔註30〕後多以「潘郎」爲美男子之代稱。一說潘安小字檀奴，故謂之檀郎，乃女子對喜愛男子之稱呼。如：

1、韋莊〈江城子〉其一：「緩揭繡衾抽皓腕，移鳳枕，枕潘郎。」（頁 162）

2、韋莊〈江城子〉其二：「出蘭房。別檀郎。」（頁 162）

3、魏承班〈謁金門〉其二：「早是潘郎長不見。忍聽雙語燕。」（頁 489）

4、毛熙震〈木蘭花〉：「勻粉淚，恨檀郎，一去不歸花又落。」（頁 591）

5、歐陽炯〈春光好〉其六：「雖似安仁擲果，未聞韓壽分香。」（頁 459）

## （十一）香塵

李白〈感興〉詩六首其二：「香塵動羅襪，綠水不霑衣。」〔註31〕王建〈贈崔禮駙馬〉詩：「一月一回陪內宴，馬蹄猶厭踏香塵。」〔註32〕杜牧〈倡樓戲贈〉詩：「細柳橋邊深半春，繡衣簾裏動香塵。」〔註33〕、〈金谷園〉詩：「繁華事散逐香塵，流水無情草自春。」〔註34〕陸游《老學庵筆記》卷一云：「京師承平時，宗室戚里歲時入禁中，婦女上犢車，

---

〔註30〕〔唐〕房玄齡等撰：《晉書》（臺北：鼎文書局，1987 年 1 月五版），冊二，卷五十五，頁 1507。

〔註31〕清聖祖御製：《全唐詩》（臺北：明倫出版社，1971 年 5 月初版），冊三，卷一八三，頁 1863。

〔註32〕清聖祖御製：《全唐詩》（臺北：明倫出版社，1971 年 5 月初版），冊五，卷三〇〇，頁 3411。

〔註33〕清聖祖御製：《全唐詩》（臺北：明倫出版社，1971 年 5 月初版），冊八，卷五二四，頁 5990。

〔註34〕清聖祖御製：《全唐詩》（臺北：明倫出版社，1971 年 5 月初版），冊八，卷五二五，頁 6013。

皆用二小鬟持香球在旁，而袖中又自持兩小球。車馳過，香煙如雲，數里不絕，塵土皆香。」〔註35〕如：

1、韋莊〈清平樂〉其四：「去路香塵莫掃，掃即郎去歸遲。」（頁160）

2、韋莊〈河傳〉其三：「香塵隱映，遙見翠檻紅樓。」（頁163）

3、薛昭蘊〈離別難〉：「良夜促。香塵綠。魂欲迷。」（頁500）

4、閻選〈浣溪沙〉：「倚屏山枕惹香塵。」（頁574）

5、李珣〈浣溪沙〉其三：「六街微雨鏤香塵。」（頁596）

## （十二）蟾彩、蟾光、銀蟾、蟾影、玉蟾

蟾，月亮也。《藝文類聚》卷一引張衡〈靈憲〉云：「日月者，陰精之宗積而成，獸象蟾兔，又曰：『姮娥奔月，是爲蟾蜍。』」〔註36〕以蟾代月者，如：

1、韋莊〈天仙子〉其三：「蟾彩霜華夜不分。天外鴻聲枕上聞。」（頁165）

2、毛文錫〈浣溪沙〉其二：「蟾光鵲影伯勞飛。」（頁537）

3、毛文錫〈月宮春〉：「玉兔銀蟾爭守護，姮娥姹女戲相偎。」（頁538）

4、毛文錫〈臨江仙〉：「暮蟬聲盡落斜陽。銀蟾影挂瀟湘。」（頁540）

5、顧夐〈浣溪沙〉其八：「露白蟾明又到秋。佳期幽會兩悠悠。」（頁559）

6、鹿虔扆〈女冠子〉其二：「玉珮搖蟾影，金爐裊麝煙。」（頁570）

7、歐陽炯〈漁父〉其二：「小君山上玉蟾生。」（頁457）

〔註35〕〔宋〕陸游撰：《老學庵筆記》（臺北：臺灣商務印書館，1986年3月，景印文淵閣《四庫全書》本），子部一七一，冊865，卷一，頁5上。

〔註36〕〔唐〕歐陽詢等奉敕撰：《藝文類聚》（臺北：臺灣商務印書館，1986年3月，景印文淵閣《四庫全書》本），子部一九三，冊887，卷一，頁145下。

## （十三）劉阮、劉郎、阮郎

《太平廣記‧女仙‧天台二女》引《神仙記》載：「劉晨、阮肇，入天台採藥，遠不得返，經十三日饑。遙望山上有桃樹子熟，遂躋險援葛至其下。啖數枚，饑止體充。欲下山，以杯取水，見蕪菁葉流下，甚鮮妍。復有一杯流下，有胡麻飯焉。乃相謂曰：『此近人矣。』遂渡山。出一大溪，溪邊有二女子，色甚美，見二人持杯，便笑曰：『劉、阮二郎捉向杯來。』劉、阮驚。二女遂忻然如舊相識，曰：『來何晚耶？』因邀還家。南東二壁，各有絳羅帳，帳角懸鈴，上有金銀交錯，各有數侍婢使令。其饌有胡麻飯、山羊脯、牛肉，甚美。食畢行酒。俄有群女持桃子，笑曰：『賀汝婿來。』」酒酣作樂。夜後各就一帳宿，婉態殊絕。至十日求還，苦留半年。氣候草木，常是春時，百鳥啼鳴，更懷鄉。歸思甚苦，女遂相送，指示還路。鄉邑零落，已十世矣。」〔註37〕後多以劉、阮代指情郎。此爲西蜀詞人最常引用之典故，如：

1、韋莊〈天仙子〉其五：「劉阮不歸春日曛。」（頁165）

2、薛昭蘊〈浣溪沙〉其八：「碧桃花謝憶劉郎。」（頁 497）化用王渙〈惆悵〉詩：「晨肇重來路已迷，碧桃花謝武陵溪。」〔註38〕

3、薛昭蘊〈女冠子〉其二：「正遇劉郎使，啓瑤緘。」（頁501）

4、牛嶠〈女冠子〉其三：「青鳥傳心事，寄劉郎。」（頁505）

5、張泌〈浣溪沙〉其三：「雲雨自從分散後，人間無路到仙家。但憑魂夢訪天涯。」（頁517）

6、張泌〈女冠子〉：「何事劉郎去，信沉沉。」（頁520）

7、李珣〈女冠子〉其二：「劉阮今何處，絕來書。」（頁602）

8、李珣〈定風波〉其三：「又見新巢燕子歸。阮郎何事絕音徽。」

〔註37〕 〔宋〕李昉等奉敕撰：《太平廣記》（臺北：臺灣商務印書館，1986年3月，景印文淵閣《四庫全書》本），子部三四九，冊1043，卷六十一，頁310下。

〔註38〕 〔唐〕王渙〈惆悵〉詩十二首之十。見清聖祖御製：《全唐詩》（臺北：明倫出版社，1971年5月初版），冊十，卷六九○，頁7920。

（頁 612）

9、毛文錫〈訴衷情〉其一：「劉郎去，阮郎行。惆悵恨難平。」
（頁 539）

10、顧敻〈虞美人〉其六：「此時恨不駕鸞凰。訪劉郎。」（頁 551）

11、顧敻〈甘州子〉其三：「曾如劉阮訪仙蹤。深洞客，此時逢。」
（頁 554）

12、鹿虔扆〈女冠子〉其一：「惆悵劉郎一去。正春深。洞裏愁空
結，人間信莫尋。」（頁 570）

13、閻選〈浣溪沙〉：「劉阮信非仙洞客，常娥終是月中人。」（574）

14、歐陽炯〈春光好〉其六：「流水桃花情不已，待劉郎。」（頁
459）

## （十四）鶯遷龍化

《詩經‧小雅‧伐木》：「伐木丁丁，鳥鳴嚶嚶；出自幽谷，遷于
喬木。」〔註39〕〔唐〕韋絢《劉賓客嘉話錄》：「今謂登第爲遷鶯，蓋
本《毛詩》：『伐木丁丁，鳥鳴嚶嚶，出自幽谷，遷于喬木。』」〔註40〕
《三秦記》：「龍門水縣船而行，兩旁有山水陸不通，黿魚集龍門下，
數千不得上，上則爲龍。」〔註41〕文中多以「鶯遷」、「龍化」，喻登
科中舉。如：

1、韋莊〈喜遷鶯〉其二：「鶯已遷，龍已化。一夜滿城車馬。」
（頁 166）

---

〔註39〕〔漢〕毛亨傳、鄭玄箋、〔唐〕孔穎達疏：《詩經》（臺北：藝文印書
館股份有限公司，2001 年 12 月初版十四刷，十三經注疏本），卷九，
頁 327 上。

〔註40〕〔唐〕韋絢錄：《劉賓客嘉話錄》，原書闕漏此段文字，《說郛》載有
此文及出處。〔明〕陶宗儀編：《說郛》（臺北：臺灣商務印書館，1986
年 3 月，景印文淵閣《四庫全書》本），子部一八四，冊 878，卷三
十六，頁 47 上。

〔註41〕〔清〕張澍：《三秦記》，收錄於《叢書集成新編》（臺北：新文豐出
版有限公司，1985 年 1 月初版），冊九六，頁 376。

2、薛昭蘊〈喜遷鶯〉其一:「迴看塵土似前生。休羨谷中鶯。」
（頁 497）

3、薛昭蘊〈喜遷鶯〉其二:「認得化龍身。」（頁 498）

亦有使用本義，表遷徙之義者，如:

1、毛文錫〈喜遷鶯〉:「喬木見鶯遷。」（頁 530）

2、歐陽炯〈春光好〉其二:「雨霽山櫻紅欲爛，谷鶯遷。」（頁 458）

## （十五）子規、蜀魄、杜鵑

揚雄〈蜀王本紀〉載:「蜀王之先名蠶叢，後代名曰柏濩，後者名魚鳧。此三代各數百歲，皆神化不死，其民亦頗隨王化去。……後有一男子，名曰杜宇，從天墮止。朱提有一女子名利，從江源井中出，爲杜宇妻。乃自立爲蜀王，號曰望帝，治汶山下邑曰郫，化民往往復出。望帝積百餘歲，荊有一人名鱉靈，其屍亡去，荊人求之不得，鱉靈屍隨江水上至郫，遂活，與望帝相見。望帝以鱉靈爲相。時玉山出水，若堯之洪水，望帝不能治，使鱉靈決玉山，民得安處。鱉靈治水去後，望帝與其妻通，慚愧，自以德薄，不如鱉靈，乃委國授之而去，如堯之禪舜。鱉靈即位，號曰開明帝;帝生盧保，亦號開明。望帝去時，子鵑鳴，故蜀人悲子鵑鳴而思望帝。望帝，杜宇也，後天墮。」〔註42〕相傳爲古蜀王杜宇之魂所化，可稱爲「杜宇」、「鶗鴂」、「啼鴂」、「鶺鴂」、「子規」。常於春末初夏時晝夜不停啼叫，鳴聲淒厲，「規」字有思歸之義，能動旅客歸思。文中多以此表惜春、傷春，或淒涼哀傷之情。如:

1、韋莊〈酒泉子〉:「子規啼破相思夢。」（頁 170）

2、張泌〈南歌子〉其二:「數聲蜀魄入簾櫳。驚斷碧窗殘夢，畫屏空。」（頁 524）

---

〔註42〕收錄於陳延嘉等校點主編:《全上古三代秦漢三國六朝文》（石家莊:河北教育出版社，1997 年 10 月），冊一，卷五十三，頁 736。

3、尹鶚〈滿宮花〉:「漏清宮樹子規啼,愁鎖碧窗春曉。」(頁
　　578)

4、李珣〈菩薩蠻〉其二:「杜鵑啼落花。」(頁606)

5、毛文錫〈更漏子〉:「春夜闌,春恨切。花外子規啼月。」(頁
　　532)

## (十六)錦字書、錦字

《晉書・蘇蕙傳》載:「竇滔妻蘇氏,始平人也,名蕙,字若蘭。
善屬文。滔,苻堅時為秦州刺史,被徙流沙,蘇氏思之,織錦為迴文
旋圖詩以贈滔。宛轉循環以讀之,詞甚悽惋,凡八百四十字。」〔註43〕
又據武則天〈織錦迴文記〉云:「前秦苻堅時,……竇滔留鎮襄陽,……
攜寵姬趙陽臺之任,斷妻蘇蕙音問。蕙因織錦迴文,五綵相宣,瑩心
耀目,其錦縱橫八寸,題詩二百餘首,計八百餘言。縱橫反覆,皆成
章句,其文點畫無缺,才情之妙,超今邁古,名曰〈璇璣圖〉。……滔
省覽錦字,感其妙絕,因送陽臺之關中,而具車徒盛禮,邀迎蘇氏。」
〔註44〕後以「錦字」泛指妻子寄給丈夫的書信。如:

1、牛嶠〈女冠子〉其四:「錦字書封了,銀河雁過遲。」(頁
　　506)

2、牛嶠〈更漏子〉其一:「挑錦字,記情事。」(頁508)

3、牛嶠〈玉樓春〉:「雁歸不見報郎歸,織成錦字封過與。」(頁
　　513)

4、李珣〈定風波〉其四:「縱有回文重疊意。誰寄。」(頁612)

5、顧敻〈浣溪沙〉其四:「青鳥不來傳錦字,瑤姬何處鎖蘭房。」
　　(頁558)

6、歐陽炯〈鳳樓春〉:「錦書通。夢中相見覺來慵。」(頁455)

---

〔註43〕〔唐〕房玄齡等撰:《晉書》(臺北:鼎文書局,1987年1月五版),
　　　　冊四,卷九十六,頁2523。
〔註44〕收錄於周紹良主編:《全唐文新編》(長春:吉林文史出版社,2000
　　　　年12月成都第1刷),冊2,卷九十七,頁1138。

## （十七）銀河雁、書託雁、雁歸、魚雁、雁書、錦鱗

《漢書・蘇武傳》載：「昭帝即位，數年，匈奴與漢和親。漢求武等，匈奴詭言武死。後漢使復至匈奴，常惠請其守者與俱，得夜見漢使，具自陳道。教使者謂單于，言天子射上林中，得雁，足有係帛書，言武等在某澤中。使者大喜，如惠語以讓單于。單于視左右而驚，謝漢使曰：『武等實在。』」……單于召會武官屬，前以降及物故，凡隨武還者九人。」〔註45〕據此，後有「雁傳書」之典故。又《文選・樂府古辭》：「客從遠方來，遺我雙鯉魚。呼兒烹鯉魚，中有尺素書。」此處「魚」借代為書信。〔註46〕

1、牛嶠〈女冠子〉其四：「錦字書封了，銀河雁過遲。」（頁 506）

2、牛嶠〈感恩多〉其二：「幾度將書託煙雁，淚盈襟。淚盈襟。」（頁 507）

3、牛嶠〈更漏子〉其三：「書託雁，夢歸家。」（頁 509）

4、牛嶠〈玉樓春〉：「雁歸不見報郎歸，織成錦字封過與。」（頁 513）

5、張泌〈生查子〉：「魚雁疏，芳信斷。」（頁 523）

6、李珣〈望遠行〉其二：「水雲迢遞雁書遲。」（頁 605）

7、魏承班〈謁金門〉其一：「雁去音徽斷絕。有恨欲憑誰說。」（頁 489）

8、顧敻〈浣溪沙〉其七：「雁響遙天玉漏清。」、「何處不歸音信斷，良宵空使夢魂驚。」（頁 558）

9、顧敻〈酒泉子〉其四：「錦鱗無處傳幽意。」（頁 560）

10、閻選〈河傳〉：「幾迴邀約雁來時。違期。雁歸人不歸。」（頁 574）

---

〔註45〕〔漢〕班固撰：《漢書》（臺北：鼎文書局，1986 年 10 月六版），冊三，卷五十四，頁 2466。

〔註46〕〔梁〕蕭統編、〔唐〕李善注：《文選》（臺北：華正書局有限公司，2000 年 10 月），第二十七卷，頁 389 下。

## （十八）玉　郎

《晉書‧衛玠傳》：「總角乘羊車入市，見者皆以爲玉人，觀之者傾都。驃騎將軍王濟，玠之舅也，俊爽有風姿，每見玠，輒歎曰：『珠玉在側，覺我形穢。』又嘗語人曰：『與玠同遊，冏若明珠之在側，朗然照人。』」〔註47〕玉郎或當本此。此處爲女子對丈夫的愛稱，詞中多見埋怨、惆悵之情。如：

1、牛嶠〈菩薩蠻〉其一：「玉郎猶未歸。」（頁 509）

2、李珣〈望遠行〉其二：「玉郎一去負佳期。」（頁 605）

3、李珣〈虞美人〉：「夜來潛與玉郎期。多情不覺酒醒遲。失歸期。」（頁 607）

4、魏承班〈滿宮花〉其一：「玉郎何處狂飲。」（頁 483）

5、魏承班〈玉樓春〉其一：「好天涼月盡傷心，爲是玉郎長不見。」（頁 484）

6、顧敻〈虞美人〉其五：「玉郎還是不還家。教人魂夢逐楊花。繞天涯。」（頁 551）

7、顧敻〈楊柳枝〉：「正憶玉郎遊蕩去。無尋處。」（頁 562）

8、顧敻〈遐方怨〉：「玉郎經歲負娉婷。教人爭不恨無情。」（頁 562）

9、鹿虔扆〈臨江仙〉其二：「一自玉郎遊冶去，蓮凋月慘儀形。」（頁 570）

10、毛熙震〈定西番〉：「未得玉郎消息，幾時歸。」（頁 590）

11、歐陽炯〈鳳樓春〉：「因想玉郎何處去，對淑景誰同。」（頁 455）

12、歐陽炯〈玉樓春〉其二：「黛眉雙點不能描，留待玉郎歸日畫。」（頁 463）

13、歐陽炯〈菩薩蠻〉其一：「斜臥臉波春。玉郎休惱人。」（頁 465）

〔註47〕〔唐〕房玄齡等撰：《晉書》（臺北：鼎文書局，1987 年 1 月五版），冊二，卷三十六，頁 1067。

## （十九）畫　眉

《漢書·張敞傳》：「敞無威儀，時罷朝會，過走馬章臺街，使御史驅，自以便面拊馬。又爲婦畫眉，長安中傳張京兆眉憮。有司以奏敞。上問之，對曰：『臣聞閨房之內，夫婦之私，有過於畫眉者』。」上愛其能，弗備責也。」〔註48〕此爲夫妻恩愛的閨房之樂，如：

1、牛嶠〈菩薩蠻〉其三：「何處最相知。羨他初畫眉。」（頁510）

2、毛文錫〈柳含煙〉其三：「最憐京兆畫蛾眉。葉纖時。」（頁535）

3、歐陽炯〈玉樓春〉其二：「黛眉雙點不能描，留待玉郎歸日畫。」（頁463）

## （廿）落梅妝、豔梅妝

《太平御覽》卷三十引《雜五行書》載：「宋武帝女壽陽公主，人日臥於含章殿簷下，梅花落額上，成五出之花，拂之不去。皇后留之，看得幾時，經三日，洗之乃落。宮女奇其異，竟效之，自後有所謂梅花妝。」〔註49〕此處言女子妝容之美。如：

1、牛嶠〈酒泉子〉：「鳳釵低裊翠鬟上。落梅妝。」（頁512）

2、毛熙震〈浣溪沙〉其五：「翠鈿斜映豔梅妝。」（頁585）

## （廿一）乘龍、吹簫侶

〔宋〕李昉《太平廣記·神仙類》云：「蕭史不知得道年代，貌如二十許人，善吹簫作鸞鳳之響⋯⋯。秦穆公有女弄玉，善簫。公以弄玉妻之，遂教弄玉作鳳鳴。居十數年，吹簫似鳳聲，鳳凰來止其屋，公爲作鳳臺。夫婦止其上，不飲不食，不下數年。一旦，弄玉乘鳳，

---

〔註48〕〔漢〕班固：《漢書》（臺北：鼎文書局，1986年10月六版），冊四，卷七十六，頁3222。

〔註49〕〔宋〕李昉等奉敕撰：《太平御覽》（臺北：台灣商務印書館股份有限公司，1997年7月臺一版第七刷），卷三十，頁269上。

蕭史乘龍昇天而去。秦為作鳳女祠，時聞簫聲。」〔註50〕此處以蕭史、弄玉之典，表男女相屬之纏綿情意。如：

1、牛希濟〈臨江仙〉其三：「含情不語自吹簫。」、「何事乘龍人忽降，似知深意相招。」（頁543）

2、毛熙震〈女冠子〉其一：「應共吹簫侶，暗相尋。」（頁588）

## （廿二）紅螺、螺杯、鸚鵡琖

劉恂《嶺表錄異》卷下：「紅螺，大小亦類鸚鵡螺，殼薄而紅，亦堪為酒器。刳小螺為足，綴以膠漆，猶可佳尚。」〔註51〕因用為酒杯之代稱。此處三闋皆為李珣南遊之作，可見螺杯為南方盛行之器物。

1、李珣〈南鄉子〉其五：「傾淥蟻，泛紅螺。」（頁601）

2、李珣〈南鄉子〉其十五：「酒酌螺杯流水上。」（頁611）

3、李珣〈南鄉子〉其十六：「椰子酒傾鸚鵡琖。」（頁611）

## （廿三）天河、銀河、銀漢

《荊楚歲時記》載：「天河之東有織女，天帝之女孫也。年年織杼勞役，織成雲錦天衣，天帝憐其獨處，許嫁河西牽牛郎，嫁後遂廢織紝，天帝怒，責令歸河東，唯每年七月七日夜，渡河一會。」〔註52〕牛郎、織女的典故，多為情人相隔兩地，不得長相廝守之作，如：

1、毛文錫〈虞美人〉其一：「便是天河隔。」（頁529）

2、毛文錫〈醉花間〉其二：「銀漢是紅墻，一帶遙相隔。」（頁536）化用李商隱〈代應〉詩句：「本來銀漢是紅墻，隔得盧

---

〔註50〕〔宋〕李昉等奉敕撰：《太平廣記》（臺北：臺灣商務印書館，1986年3月，景印文淵閣《四庫全書》本），子部三四九，冊1043，卷四，頁22上。

〔註51〕〔唐〕劉恂撰：《嶺表錄異》（臺北：臺灣商務印書館，1986年3月，景印文淵閣《四庫全書》本），史部三四七，冊589，卷中，頁90下。

〔註52〕《荊楚歲時記》僅載：「七月七日為牽牛織女聚會之夜。」〔梁〕宗懍撰：《荊楚歲時記》（臺北：臺灣商務印書館，1986年3月，景印文淵閣《四庫全書》本），史部三四七，冊589，頁23下。〔梁〕殷芸撰：《小說・月令廣義》載有牛郎織女每年七夕相會本事。

家白玉堂。」〔註53〕

3、毛文錫〈浣溪沙〉其二：「銀河清淺白雲微。」（頁 537）化
用枚乘〈雜詩〉句：「河漢清且淺，相去復幾許？」〔註54〕

4、毛文錫〈浣溪沙〉其二：「七夕年年信不違。」、「今宵嘉會兩
依依。」（頁 537）

5、魏承班〈訴衷情〉：「銀漢雲晴玉漏長。」（頁 485）

## （廿四）龍麝、瑞龍香

香料名，即「龍腦香」，又稱「瑞腦」，以龍腦香的樹膠製成的藥，
有強烈的香氣。另一說為「龍涎香」，凝結如蠟，舊說是龍吐涎而凝
成，非是，得自於鯨魚內臟。《宋史・禮志》載：《宋史・禮志》載：
「紹興七年，三佛齊國……進貢南珠、象齒、龍涎、珊瑚、琉璃、香
藥。」〔註55〕《游宦紀聞》：「諸香中龍涎最貴重。廣州市直每兩不下
百千，次等亦五六十千，係番中禁榷之物，出大食國。」〔註56〕

1、顧夐〈甘州子〉其一：「一爐龍麝錦帷傍。」（頁 553）

2、毛熙震〈浣溪沙〉其五：「滿身新裹瑞龍香。」（頁 585）

## （廿五）竊香、韓壽

《晉書・賈充傳》載：「韓壽，字德眞，美姿貌，善容止，賈充
辟為司空掾。充每讌賓僚，其女輒於青璅中窺之，見壽而悅焉。問其
左右識此人不，有一婢說壽姓字，云是故主人。女大感想，發於寤寐。
婢後往壽家，具說女意，并言其女光麗艷逸，端美絕倫。壽聞而心動，

---

〔註53〕 清聖祖御製：《全唐詩》（臺北：明倫出版社，1971 年 5 月初版），冊
八，卷五三九，頁 6180。

〔註54〕 〔漢〕枚乘〈雜詩〉九首之八。見〔陳〕徐陵編：《玉臺新詠》（臺
北：臺灣商務印書館，1986 年 3 月，景印文淵閣《四庫全書》本），
集部二七〇，冊 1331，卷一，頁 638 上。

〔註55〕 〔元〕脫脫等撰：《宋史》（臺北：鼎文書局，1980 年 5 月再版），冊
四，卷一百一十九，頁 2814。

〔註56〕 〔宋〕張世南撰：《游宦紀聞》（臺北：臺灣商務印書館，1986 年 3 月，
景印文淵閣《四庫全書》本），子部一七〇，冊 864，卷七，頁 622 上。

便令爲通殷勤。婢以白女，女遂潛修音好，厚相贈結，呼壽夕入。壽勁捷過人，踰垣而至，家中莫知，惟充覺其女悅暢異於常日。時西域有貢奇香，一著人則經月不歇，帝甚貴之，惟以賜充及大司馬陳騫。其女密盜以遺壽，充僚屬與壽燕處，聞其芬馥，稱之於充。自是充意知女與壽通，而其門閤嚴峻，不知所由得入。乃夜中陽驚，託言有盜，因使循牆以觀其變。左右白曰：「無餘異，惟東北角如狐狸行處。」充乃考問女之左右，具以狀對。充祕之，遂以女妻壽。」〔註57〕韓壽之典，多表女子的愛慕之情，如：

1、毛熙震〈更漏子〉其二：「長憶得，與郎期。竊香私語時。」（頁587）

2、歐陽炯〈春光好〉其六：「雖似安仁擲果，未聞韓壽分香。」（頁459）

## 二、語　典

### （一）雲雨、高唐、巫山、陽臺

宋玉〈高唐賦序〉云：昔者楚襄王與宋玉遊於雲夢之臺，望高唐之觀。其上獨有雲氣，崒兮直上，忽兮改容，須臾之間，變化無窮。王問玉曰：「此何氣也？」玉對曰：「所謂朝雲者也。」王曰：「何謂朝雲？」玉曰：「昔者先王嘗遊高唐，怠而晝寢，夢見一婦人曰：『妾巫山之女也，爲高唐之客。聞君遊高唐，願薦枕席。』王因幸之。去而辭曰：『妾在巫山之陽，高丘之阻，旦爲朝雲，暮爲行雨。朝朝暮暮，陽臺之下。』旦朝視之如言。故爲立廟，號曰『朝雲』。」〔註58〕「雲雨」本義乃山中雲霧之氣，後常用「雲雨」、「高唐」、「巫山」、「陽臺」表男女歡合之意。

〔註57〕〔唐〕房玄齡等撰：《晉書》（臺北：鼎文書局，1987年1月五版），冊二，卷四十，頁1172～1173。

〔註58〕收錄於〔梁〕蕭統編、〔唐〕李善注：《文選》（臺北：華正書局有限公司，2000年10月），卷十九，頁264下～265上。

1、韋莊〈歸國遙〉其三:「畫屏雲雨散。」（頁 156）

2、韋莊〈清平樂〉其三:「蜀國多雲雨。」（頁 160）

3、韋莊〈望遠行〉:「雲雨別來易東西。」（頁 160）

4、韋莊〈河傳〉其三:「一望巫山雨。」（頁 163）

5、牛嶠〈菩薩蠻〉其四:「畫屏重疊巫陽翠。楚神尚有行雲意。朝暮幾般心。向他情謾深。」（頁 510）

6、張泌〈浣溪沙〉其三:「雲雨自從分散後，人間無路到仙家。但憑魂夢訪天涯。」（頁 517）

7、牛希濟〈臨江仙〉其一:「一自楚王驚夢斷，人間無路相逢。至今雲雨帶愁容。」（頁 543）

8、李珣〈浣溪沙〉其三:「早爲不逢巫峽夢，那堪虛度錦江春。」（頁 596）

9、李珣〈巫山一段雲〉其一:「楚王曾此夢瑤姬。一夢杳無期。」（頁 598）

10、李珣〈巫山一段雲〉其二:「雲雨朝還暮，煙花春復秋。」（頁 599）

11、李珣〈河傳〉其一:「朝雲暮雨。依舊十二峯前。」（頁 608）

12、毛文錫〈贊浦子〉:「正是桃夭柳媚，那堪暮雨朝雲。宋玉高唐意，裁瓊欲贈君。」（頁 533）

13、毛文錫〈巫山一段雲〉其一:「朝朝暮暮楚江邊。幾度降神仙。」（頁 540）

14、毛文錫〈臨江仙〉:「楚江紅樹，煙雨隔高唐。」（頁 540）

15、閻選〈虞美人〉其一:「偷期錦浪荷深處。一夢雲兼雨。」（頁 572）

16、閻選〈臨江仙〉其一:「不逢仙子，何處夢襄王。」（頁 573）

17、閻選〈臨江仙〉其二:「寶衣行雨在雲端。」、「欲問楚王何處去，翠屏猶掩金鸞。」（頁 573）

18、毛熙震〈臨江仙〉其一:「椒房蘭洞，雲雨降神仙。」（頁 586）

19、毛熙震〈南歌子〉其二：「暗想爲雲女，應憐傅粉郎。」（頁589）

## （二）絕代佳人、傾城、傾國

《漢書・外戚傳》載：「李延年侍上，起舞歌曰：『北方有佳人，絕世而獨立。一顧傾人城，再顧傾人國。寧不知傾城與傾國，佳人難再得。』上太息曰善，世豈有此人乎？」〔註59〕此處極言女子之美。如：

1、韋莊〈荷葉盃〉其一：「絕代佳人難得。傾國。」（頁158）

2、薛昭蘊〈浣溪沙〉其七：「傾國傾城恨有餘。」（頁497）

3、毛熙震〈臨江仙〉其一：「妖君傾國，猶自至今傳。」（頁586）

## （三）結同心、同心結、結同心苣

「同心結」乃用錦帶結成的連環，可引申爲愛情的象徵、作爲愛情的信物。又沈約〈少年新婚〉詩：「錦履併花紋，繡帶同心苣。」〔註60〕段成式〈嘲飛卿〉詩：「愁機懶織同新苣，悶繡先描連理枝。」〔註61〕同心苣，常做爲圖案織於綢錦之上，亦可象徵愛情不渝。如：

1、韋莊〈清平樂〉其二：「羅帶悔結同心。」（頁159）

2、牛嶠〈菩薩蠻〉其六：「窗寒天欲曙。猶結同心苣。」（頁511）

3、李珣〈望遠行〉其一：「同心猶結舊裙腰。忍辜風月度良宵。」（頁605）

4、李珣〈河傳〉其二：「粉檀珠淚和。臨流更把同心結。情哽咽。」（頁608）

---

〔註59〕〔漢〕班固撰：《漢書》（臺北：鼎文書局，1986年10月六版），冊五，卷九十七，頁3951。

〔註60〕收錄於〔陳〕徐陵編：《玉臺新詠》（臺北：臺灣商務印書館，1986年3月，景印文淵閣《四庫全書》本），集部二七〇，冊1331，卷五，頁667下。

〔註61〕〔唐〕段成式〈嘲飛卿〉詩七首之五。見清聖祖御製：《全唐詩》（臺北：明倫出版社，1971年5月初版），冊九，卷五八四，頁6769。

## （四）長　門

漢宮殿名。陳皇后失寵後所居之處。司馬相如〈長門賦序〉云：「孝武皇帝陳皇后時得幸，頗妒。別在長門宮，愁悶悲思。聞蜀郡成都司馬相如天下工爲文，奉黃金百斤爲相如、文君取酒，因于解悲愁之辭。而相如爲文以悟上，陳皇后復得親幸。」〔註62〕長門典故，多表宮人失寵之苦與盼憐之情。如：

1、韋莊〈小重山〉：「遶庭芳草綠，倚長門。萬般惆悵向誰論。」
　（頁171）

2、薛昭蘊〈小重山〉其一：「春到長門春草青。」（頁498）

## （五）咽湘絃、閑調寶瑟、靈蛾鼓瑟

屈原《楚辭·遠遊》：「使湘靈鼓瑟兮，令海若舞馮夷。」〔註63〕此處用湘靈鼓瑟事喻離愁。如：

1、薛昭蘊〈浣溪沙〉其六：「正是斷魂迷楚雨，不堪離恨咽湘絃。」（頁496）

2、張泌〈臨江仙〉：「翠竹暗留珠淚怨，閑調寶瑟波中。」（頁520）

3、毛文錫〈臨江仙〉：「靈蛾鼓瑟韻清商。朱絃淒切，雲散碧天長。」（頁540）

## （六）丁香結

李商隱〈代贈〉詩其一：「芭蕉不展丁香結，同向春風各自愁。」〔註64〕李璟〈浣溪沙〉：「青鳥不傳雲外信，丁香空結雨中愁。」〔註65〕

---

〔註62〕收錄於〔梁〕蕭統編、〔唐〕李善注：《文選》（臺北：華正書局有限公司，2000年10月），卷十六，頁227下。

〔註63〕〔宋〕朱熹撰、蔣立甫校點：《楚辭集注》（上海：上海古籍出版社，2001年12月），卷五，頁109。

〔註64〕〔唐〕李商隱〈代贈〉詩二首之一。見清聖祖御製：《全唐詩》（臺北：明倫出版社，1971年5月初版），冊八，卷五三九，頁6181。

〔註65〕曾昭岷等編撰：《全唐五代詞》（北京：中華書局，1999年12月第1版第1刷），上冊，正編卷三，頁725。

詩詞中多用來比喻愁思凝結不解。如：

1、牛嶠〈感恩多〉其二：「自從南浦別。愁見丁香結。」（頁 507）

2、尹鶚〈何滿子〉：「欲表傷離情味，丁香結在心頭。」（頁 580）

3、尹鶚〈撥棹子〉：「寸心恰似丁香結。」（頁 581）

4、李珣〈河傳〉其一：「愁腸豈異丁香結。因離別。」（頁 608）

5、毛文錫〈中興樂〉：「丁香軟結同心。」（頁 532）

6、毛文錫〈更漏子〉：「庭下丁香千結。」（頁 532）

## （七）南浦

屈原《楚辭‧九歌‧河伯》：「子交手兮東行，送美人兮南浦。」〔註66〕江淹〈別賦〉：「送君南浦，傷如之何！」〔註67〕南浦本意為南邊的水岸，後泛指為送別之處，詞中多見離別傷感的惆悵心情。如：

1、牛嶠〈感恩多〉其二：「自從南浦別。愁見丁香結。」（頁 507）

2、牛嶠〈更漏子〉其三：「南浦情，紅粉淚。」（頁 509）

3、李珣〈河傳〉其二：「春暮。微雨。送君南浦。」（頁 608）

4、歐陽炯〈南鄉子〉其四：「紅袖女郎相引去。遊南浦。」（頁 452）

## （八）點翠勻紅時世、上陽宮

《樂府詩集》卷九六引〈白居易傳〉云：「天寶五載已後，楊貴妃專寵，後宮無復進幸。六宮有美色者，輒置別所，上陽其一也。貞元中尚存焉。」白居易作〈上陽白髮人〉詩詠此事，詩云：「上陽人，紅顏闇老白髮新。綠衣監使守宮門，一閉上陽多少春。玄宗末歲初選入，入時十六今六十。同時采擇百餘人，零落年深殘此身。憶昔吞悲別親族，扶入車中不教哭。皆云入內便承恩，臉似芙蓉胸似玉。未容君王得見面，已被楊妃遙側目。妒令潛配上陽宮，一生

---

〔註66〕〔宋〕朱熹撰、蔣立甫校點：《楚辭集注》（上海：上海古籍出版社，2001 年 12 月），卷二，頁 44。

〔註67〕收錄於〔梁〕蕭統編、〔唐〕李善注：《文選》（臺北：華正書局有限公司，2000 年 10 月），卷十六，頁 239 上。

遂向空房宿。秋夜長，夜長無寐天不明。耿耿殘燈背壁影，蕭蕭暗雨打窗聲。春日遲，日遲獨坐天難暮。宮鶯百囀愁厭聞，梁燕雙棲老休妒。鶯歸燕去長悄然，春往秋來不記年。唯向深宮望明月，東西四五百迴圓。今日宮中年最老，大家遙賜尚書號。小頭鞋履窄衣裳，青黛點眉眉細長。外人不見見應笑，天寶末年時世妝。上陽人，苦最多，少亦苦，老亦苦。少苦老苦兩如何？君不見昔時呂向〈美人賦〉，又不見今日〈上陽白髮歌〉。」〔註68〕此處以上陽白髮人典故，述說宮人青春貌美時，引領化妝潮流以及宮中寂寞終老的無奈。如：

1、牛嶠〈女冠子〉其一：「綠雲高髻。點翠勻紅時世。月如眉。」（頁 504）

2、張泌〈滿宮花〉：「花正芳，樓似綺。寂寞上陽宮裏。」（頁 523）

## （九）玉　箸

高適〈燕歌行〉：「玉箸應啼離別後，鐵衣遠戍辛勤久。」〔註69〕、李白〈閨情〉詩：「玉箸夜垂流，雙雙落朱顏。」〔註70〕玉箸，同玉箸，眼淚也。

1、顧敻〈玉樓春〉其三：「懶展羅衾垂玉箸，羞對菱花篸寶髻。」（頁 555）

2、顧敻〈玉樓春〉其四：「話別情多聲欲顫。玉箸痕留紅粉面。」（頁 556）

3、毛熙震〈小重山〉：「倚屏啼玉箸，濕香鈿。」（頁 590）

---

〔註68〕〔宋〕郭茂倩編撰：《樂府詩集》（臺北：里仁書局，1999 年 1 月初版二刷），第二冊，頁 1349。

〔註69〕清聖祖御製：《全唐詩》（臺北：明倫出版社，1971 年 5 月初版），冊四，卷二一三，頁 2217。

〔註70〕清聖祖御製：《全唐詩》（臺北：明倫出版社，1971 年 5 月初版），冊三，卷一八四，頁 1880。

### （十）草萋萋

〔唐〕崔顥〈黃鶴樓〉詩：「晴川歷歷漢陽樹，春草萋萋鸚鵡洲。」〔註71〕〔唐〕白居易〈賦得古原草送別〉詩：「又送王孫去，萋萋滿別情。」〔註72〕萋萋，草茂盛的樣子，多寫於送別之時，故帶有濃厚離愁。如：

1、韋莊〈望遠行〉：「人欲別，馬頻嘶。綠槐千里長堤。出門芳草路萋萋。」（頁160）

2、毛文錫〈何滿子〉：「恨對百花時節，王孫綠草萋萋。」（頁540）

3、魏承班〈黃鍾樂〉：「池塘煙暖草萋萋。惆悵閑宵含恨，愁坐思堪迷。」（頁487）

4、毛熙震〈浣溪沙〉其二：「滿庭芳草綠萋萋。」（頁584）

以上所列舉之典故，可見詞人將情思鎔鑄其中，使其渾然天成、如出己意。劉勰《文心雕龍‧事類》云：「夫經典沉深，載籍浩瀚，實群言之奧區，而才思之神皋也。揚班以下，莫不取資，任力耕耨，縱意漁獵；操刀能割，必裂膏腴。是以將贍才力，務在博見，狐腋非一皮能溫，雞蹠必數千而飽矣。是以綜學在博，取事貴約，校練務精，捃理須覈，眾美輻輳，表裏發揮。」〔註73〕如能妥貼運用史籍經典、成語故辭，遵守「取事貴約」、「捃理須覈」的原則，著重簡要精練、詳實嚴謹的態度，將能使文章義蘊深長、韻致濃厚。

## 第三節　花鳥意象　寄托情感

「意象」一詞，係指「意」與「象」的組合，是作者的意識與外

---

〔註71〕清聖祖御製：《全唐詩》（臺北：明倫出版社，1971年5月初版），冊二，卷一三〇，頁1329。

〔註72〕清聖祖御製：《全唐詩》（臺北：明倫出版社，1971年5月初版），冊七，卷四三六，頁4836。

〔註73〕〔梁〕劉勰撰：《文心雕龍》（臺北：臺灣商務印書館，1986年3月，景印文淵閣《四庫全書》本），集部四一七，冊1478，卷八，頁53上。

界的物象相交會，經過觀察、審思與美的釀造，成為有意境的景象。然後透過文字，利用視覺意象或其他感官意象的傳達，將完美的意境與物象清晰地重現出來，讓讀者如同親見親受一般。〔註74〕意與象的意義與關係，最早見於《易經·繫辭》：「聖人立象以盡意，設卦以盡情偽，繫辭焉以盡其言。」〔註75〕而劉勰《文心雕龍·神思》：「使玄解之宰，尋聲律而定墨；獨照之匠，窺意象而運斤，此蓋馭文之首術，謀篇之大端。」〔註76〕已將意象合為一詞，並賦予文學意義，指作者以內心構思的形象，傳達出情意思想，是為文的首要條件。

《文心雕龍·物色》：「詩人感物，聯類無窮。流連萬象之際，沉吟視聽之區。寫氣圖貌，既隨物以宛轉；屬采附聲，亦與心而徘徊。」〔註77〕人物情感藉助於外象形式而投射、釋放出去；同樣，對客體的審美創造，也能結構成完整、美感力極強的藝術境界，給人以鮮明的審美感知。〔註78〕

在西蜀詞人群體作品中，涉及「植物」與「動物」者為數眾多。〔註79〕如下所列：

一、植　物

（一）花葉：牡丹、梅花、桃花、梨花、杏花、紅蓼、櫻花、芍藥花、荳蔻、海棠、蕉花、丁香、桐花、鬱金香、蘆花、

---

〔註74〕黃永武著：《中國詩學》（臺北：巨流圖書公司，1999年9月初版十二刷），頁3。

〔註75〕〔魏〕王弼、〔晉〕韓康伯注、〔唐〕孔穎達疏：《周易》（臺北：藝文印書館股份有限公司，2001年12月初版十四刷，十三經注疏本），卷七，頁158上。

〔註76〕〔梁〕劉勰撰：《文心雕龍》（臺北：臺灣商務印書館，1986年3月，景印文淵閣《四庫全書》本），集部四一七，冊1478，卷六，頁39下。

〔註77〕〔梁〕劉勰撰：《文心雕龍》（臺北：臺灣商務印書館，1986年3月，景印文淵閣《四庫全書》本），集部四一七，冊1478，卷十，頁64上。

〔註78〕孫立著：《詞的審美特性》（臺北：文津出版社，1995年2月初版），頁179。

〔註79〕此處所錄之「花」、「鳥」，為西蜀詞作中直言花種、鳥類者，不以數量多寡排列順序。下文兩意象部分，以運用次數多於五次者為例。

荷芰、菡萏、芙蓉、茱萸、菊藥、紅藕花、荻花、蓮花、刺桐花、玫瑰、木蘭、桂花、菖蒲花、楊花、蘋花、石榴花、槿花、薔薇；楓葉、梧桐葉、桄榔葉、桃葉、榆葉。

（二）草木：松、竹、綠樹、柳絲、綠槐、綠楊、橘林、芭蕉、桃李枝；巖蘿、綠苔、蘚、蕙、蒲、藻荇、綠蕪、蘆葦。

（三）其他：荔枝、椰子、櫻桃、紅豆、桃穰。

## 二、動　物

（一）禽鳥：鶯、黃鶯、黃鸝、鸚鵡、雙翠羽、金翡翠、雙羽玉、燕、燕鴻、紫燕、雁、鴛鴦、杜鵑、鷓鴣、鸂鶒、鷗鴣、鷗、沙鷺、雪鷺、鳳凰、寒鴉、鶴、鵲、伯勞、孔雀。

（二）走獸：白馬、猩猩。

（三）其他：蝶、蜂、蚤、蟬、蟋蟀、蜘蛛；象、龜、鱸魚。

綜上統計，以「花」與「鳥」較受人關注。詞人善用其特性，描形狀物，將思想情感寄託其中，使其成為傳遞人物情意的媒介，帶有豐富的藝術內涵。本節將從「花」意象與「鳥」意象兩個部分討論，展現西蜀詞作的藝術特色。

# 一、「花」意象

自古以來，文學作品中論及花者，不勝枚舉。《詩經・周南・桃夭》：「桃之夭夭，灼灼其華。之子于歸，宜其室家。」〔註 80〕、《詩經・小雅・苕之華》：「苕之華，芸其黃矣。心之憂矣，維其傷矣。」〔註 81〕早已運用比興的筆法，將花當作抒情寄託的媒介。葉嘉瑩曾云：

---

〔註 80〕　〔漢〕毛亨傳、鄭玄箋、〔唐〕孔穎達疏：《詩經》（臺北：藝文印書館股份有限公司，2001 年 12 月初版十四刷，十三經注疏本），卷一之二，頁 37 上。

〔註 81〕　〔漢〕毛亨傳、鄭玄箋、〔唐〕孔穎達疏：《詩經》（臺北：藝文印書館股份有限公司，2001 年 12 月初版十四刷，十三經注疏本），卷十五之三，頁 526。

> 人自花所得的意象既最鮮明，所以由花所觸發的聯想也最
> 豐富。……因為花所予人的生命感最深切也最完整的緣
> 故。……它一方面近到足以喚起人親切的共感，一方面又
> 遠到足以使人保留一種美化和幻想的餘裕。更何況「花」
> 從生長到凋落的過程又是如此明顯而迅速，……人的生
> 死，事之成敗，物之盛衰，都可以納入「花」這一個短小
> 的縮寫之中。因之它的每一過程，每一遭遇，都極易喚起
> 人類共鳴的感應。〔註82〕

花給人的感受，有視覺上的色彩繽紛、鮮妍美麗；嗅覺上的芬芳淡雅、濃郁襲人。其雖受人喜愛，然花期甚短，落英殘紅，常引起詞人對春光易逝的惆悵歎惋；對情人離別的思念眷戀；對個人際遇的感懷哀傷；對世事無常的莫可奈何等，此類自然性質，透由詞人的聯想類比、起興感發，而呈現諸多義涵。西蜀詞作中常見的花種如下所述：

## （一）荷芰、菡萏、藕花、蓮花〔註83〕

《爾雅‧釋草》：「荷，芙渠，其莖茄，其葉蕸，其本蔤，其華菡

---

〔註82〕 葉嘉瑩著：《迦陵談詩》（臺北：三民書局，1970 年 4 月初版），頁291～292。

〔註83〕 此類所涉作品甚多，正文僅節錄部份內容探析。正文未錄者，尚有：「競攜藤籠採蓮來。」（李珣〈南鄉子〉其二，頁 600）、「乘綵舫，過蓮塘。」（李珣〈南鄉子〉其四，頁 600）、「登畫舸，泛清波。採蓮時唱採蓮歌。」（李珣〈南鄉子〉其十三，頁 610）、「愁殺採蓮女。」（毛文錫〈應天長〉，頁 539）、「腰如細柳臉如蓮。」（顧敻〈荷葉盃〉其七，頁 566）、「粉融紅膩蓮房綻。」（閻選〈虞美人〉其一，頁 572）、「美人浴。碧沼蓮開芬馥。」（閻選〈謁金門〉，頁 575）、「纖腰婉約步金蓮。」（毛熙震〈臨江仙〉其一，頁 586）、「二八花鈿。胸前如雪臉如蓮。」（歐陽炯〈南鄉子〉其五，頁 452）、「胸鋪雪，臉分蓮。」（歐陽炯〈春光好〉其三，頁 458）、「蓮臉薄，柳眉長。」（歐陽炯〈赤棗子〉其二，頁 461）、「荷芰風輕簾幕香。繡衣鸂鶒泳迴塘。」（顧敻〈浣溪沙〉其三，頁 557）、「雨停荷芰逗濃香。岸邊蟬噪垂楊。物華空有舊池塘。」（閻選〈臨江仙〉其一，頁 573）、「紅藕花香到檻頻。可堪閒憶似花人。」（李珣〈浣溪沙〉其四，頁 596）、「碧沼藕花馨。偎藻荇，映蘭汀。和雨浴浮萍。」（毛文錫〈訴衷情〉其二，頁 539）、「露清枕簟藕花香。謝娘嬌極不成狂。罷朝妝。」（顧敻〈虞美人〉其三，頁 550）等。

苔，其實蓮，其根藕，其中的，的中薏。」郭璞注：「芙渠，別名芙
蓉。」邢昺疏：「江東呼荷菡萏、蓮華也。的，蓮實也。薏、中心也。」
〔註84〕可知荷因為部位的區別，而有許多別名。古典詩詞中最早出現
荷花者，見於《詩經・鄭風・山有扶蘇》：「山有扶蘇，隰有荷華。」
〔註85〕、《詩經・陳風・澤陂》：「彼澤之陂，有蒲與荷。」〔註86〕以
扶蘇、荷花、蒲等興起對美人的思念。此後或有以荷寄託懷念之情；
以荷象徵美好愛情；以荷比喻姣好容貌等。西蜀詞中關於荷花之作品
如下：

1、淚界**蓮**腮兩線紅。（韋莊〈天仙子〉其四，頁165）

2、隔窗煙月鎖**蓮**塘。（李珣〈定風波〉其四，頁612）

3、**蓮**冠穩簪鈿篦橫。（顧敻〈虞美人〉其六，頁551）

4、恨入空幃鸞影獨，淚凝雙臉渚**蓮**光。（顧敻〈浣溪沙〉其
　　三，頁557）

5、一自玉郎遊冶去，**蓮**凋月慘儀形。（鹿虔扆〈臨江仙〉其
　　二，頁570）

以上諸詞中之蓮，有形容女子美貌之「蓮腮」、「蓮光」。當情人遠離
後，因為相思情深，而「蓮凋月慘」，原本如蓮花般清新脫俗，如明
月般白皙柔美的容顏，不復存在。還有清雅的「蓮冠」頭飾，以及呈
現清幽景致的「蓮塘」。

6、一番**荷**芰生舊沼，檻前風送馨香。（尹鶚〈臨江仙〉其一，
　　頁577）

---

〔註84〕〔晉〕郭璞注、〔宋〕邢昺疏：《爾雅》（臺北：藝文印書館股份有
　　　　限公司，2001年12月初版十四刷，十三經注疏本），卷八，頁138
　　　　下。

〔註85〕〔漢〕毛亨傳、鄭玄箋、〔唐〕孔穎達疏：《詩經》（臺北：藝文印書
　　　　館股份有限公司，2001年12月初版十四刷，十三經注疏本），卷四
　　　　之三，頁171下。

〔註86〕〔漢〕毛亨傳、鄭玄箋、〔唐〕孔穎達疏：《詩經》（臺北：藝文印書
　　　　館股份有限公司，2001年12月初版十四刷，十三經注疏本），卷七
　　　　之一，頁526下。

7、繡簾高軸臨塘看。雨翻**荷芰**眞珠散。（毛熙震〈菩薩蠻〉
其二，頁 594）

8、時逞笑容無限態，還如**菡萏**爭芳。（尹鶚〈臨江仙〉其一，
頁 557）

此處善於描寫荷花的馨香、芳妍。「雨翻荷芰眞珠散」句，刻畫入微，
「翻」字一出，活靈活現，荷塘美景，宛若眼前。

9、吳主山河空落日，越王宮殿半平蕪。**藕花**菱蔓滿重湖。
（薛昭蘊〈浣溪沙〉其七，頁 497）

10、越王宮殿、蘋葉**藕花**中。（牛嶠〈江城子〉其一，頁 513）

11、煙月不知人事改，夜闌還照深宮。**藕花**相向野塘中。（鹿
虔扆〈臨江仙〉其一，頁 569）

12、**藕花**珠綴，猶似汗凝妝。（閻選〈臨江仙〉其一，頁 573）

前三闋皆以今昔對照的筆法，以今日野塘中的藕花，對照往昔富麗堂
皇的皇宮內苑，透露出一種弔古傷今、詠史懷古的情調。「藕花珠綴」
二句，以花擬人，譬喻傳神。

## （二）杏　花

《御定廣羣芳譜》：「杏樹大花多。根最淺，以大石壓根則花盛，
葉似梅差大，色微紅，圓而有尖，花二月開，未開色純紅，開時色白，
微帶紅，至落則純白矣。」〔註87〕其花色有紅有白，豔麗迷人。韓愈
曾作〈杏花〉詩：「居鄰北郭古寺空，杏花兩株能白紅。」〔註 88〕言
其花色之特性。西蜀詞中關於杏花之作品如下：

1、春日遊。**杏花**吹滿頭。（韋莊〈思帝鄉〉其二，頁 167）

2、醮壇春草綠，藥院**杏花**香。（牛嶠〈女冠子〉其三，頁 505）

3、黃鸝嬌囀聲初歇。**杏花**飄盡龍山雪。（牛嶠〈應天長〉其

---

〔註87〕〔清〕汪灝等奉敕撰：《御定廣羣芳譜》（臺北：世界書局，1986 年，
景印摛藻堂《四庫全書薈要》本），農家類，冊 259，卷二十五。

〔註88〕清聖祖御製：《全唐詩》（臺北：明倫出版社，1971 年 5 月初版），冊
五，卷三三八，頁 3791。

一，頁 507）

4、香閣掩，**杏花**紅。月明楊柳風。（牛嶠〈更漏子〉其一，頁
508）

5、微雨小庭春寂寞，燕飛鶯語隔簾櫳。**杏花**凝恨倚東風。
（張泌〈浣溪沙〉其五，頁 518）

6、枕障燻鑪隔繡幃。二年終日兩相思。**杏花**明月始應知。
（張泌〈浣溪沙〉其六，頁 518）

7、小檻日斜風悄悄，隔簾零落**杏花**陰。（張泌〈浣溪沙〉其
八，頁 519）

8、**杏花**愁，鶯正語。（顧夐〈酒泉子〉其一，頁 559）

9、翠簾慵卷，約砌**杏花**零。（鹿虔扆〈臨江仙〉其二，頁 570）

10、楊柳**杏花**時節、幾多情。（毛熙震〈南歌子〉其一，頁 589）

以上諸闋，多寫杏花之美豔、芳香。亦有寄託感慨者，如「杏花凝恨
倚東風」、「杏花明月始應知」、「杏花愁」、「楊柳杏花時節、幾多情」
等句，詞人以花代言、賦予花情感，使得無情之花生動、靈現，如實
傳遞詞人的悠悠情思。

## （三）芙　蓉

芙蓉有水、木之分，生於水中曰：「草芙蓉」，即荷花；生於陸上
曰：「木芙蓉」。《御定廣羣芳譜》：「芙蓉，原木芙蓉，一名木蓮，一
名華木，一名拒霜，一名柂木，一名地芙蓉。……八九月間次第開
謝……。此花清姿雅質，獨殿眾芳，秋江寂寞，不怨東風，可稱俟命
之君子矣。……《成都記》：『孟後主於成都城上遍種芙蓉，每至秋，
四十里如錦繡，高下相照，因名錦城。以花染繪爲帳，名芙蓉帳。』」
〔註89〕晚秋的清晨開白、紅、黃各色花，黃昏時變爲深紅色，大而美
豔，可供觀賞。西蜀詞中關於芙蓉之作品如下：

---

〔註89〕〔清〕汪灝等奉敕撰：《御定廣羣芳譜》（臺北：世界書局，1986 年，
景印摛藻堂《四庫全書薈要》本），農家類，冊 259，卷三十九，頁
500 上。

1、繡帶**芙蓉**帳，金釵芍藥花。（牛嶠〈女冠子〉其二，頁 505）

2、香閣掩**芙蓉**。畫屏山幾重。（牛嶠〈菩薩蠻〉其六，頁 511）

3、風切切。深秋月。十朵**芙蓉**繁豔歇。（尹鶚〈撥棹子〉其一，頁 581）

4、強整嬌姿臨寶鏡，小池一朵**芙蓉**。（李珣〈臨江仙〉其二，頁 599）

5、懶結**芙蓉**帶，慵拖翡翠裙。（毛文錫〈贊浦子〉，頁 533）

6、寶釵搖翡翠。香惹**芙蓉**醉。（魏承班〈菩薩蠻〉其三，頁 489）

7、小**芙蓉**，香旖旎。（魏承班〈木蘭花〉，頁 483）

8、一枝嬌臥醉**芙蓉**。良宵不得與君同。恨忡忡。（閻選〈虞美人〉其二，頁 573）

以上諸詞均就芙蓉妍麗的特質描繪，或詠芙蓉之繁豔；或狀女子器用之華美；或以芙蓉代指佳人，香花與美人相映襯，熠熠生輝。

## （四）海　棠

《御定廣羣芳譜》：「海棠，根色黃而盤勁，木堅而多節，外白而中赤，其枝柔密而條暢，其葉縹綠色，小者淺紫色，其香清酷，不蘭不麝。……盛於蜀，而秦中次之，其株翛然出塵，俯視眾芳，有超羣絕類之勢，而其花甚豐，其葉甚茂，其枝甚柔，望之綽約如處女，非若他花冶容不正者比，蓋色之美者惟海棠，視之如淺絳，外英英數點如深臙脂，此詩家所以難為狀也。」〔註90〕其無與倫比之姿，被視為「花中神仙」。〔註91〕西蜀詞中關於海棠之作品如下：

1、閒折**海棠**看又撚，玉纖無力惹餘香。（張泌〈浣溪沙〉其四，頁 518）

---

〔註90〕〔清〕汪灝等奉敕撰：《御定廣羣芳譜》（臺北：世界書局，1986 年，景印摛藻堂《四庫全書薈要》本），農家類，冊 259，卷三十五，頁 415 下。

〔註91〕唐相賈耽著《花譜》，以其有色無香，為花中神仙。見〔清〕汪灝等奉敕撰：《御定廣羣芳譜》（臺北：世界書局，1986 年，景印摛藻堂《四庫全書薈要》本），農家類，冊 259，卷三十五，頁 415 下。

2、晚出閑庭看**海棠**。風流學得內家妝。（李珣〈浣溪沙〉其
二，頁595）

3、**海棠**花下思朦朧。醉香風。（毛文錫〈酒泉子〉，頁530）

4、**海棠**未坼，萬點深紅。（毛文錫〈贊成功〉，頁531）

5、菱花掩卻翠鬟欹，慵整。**海棠**簾外影。（顧夐〈河傳〉其
一，頁552）

6、**海棠**零落，鶯語殘紅。（歐陽炯〈鳳樓春〉，頁455）

7、青娥紅臉笑來迎，又向**海棠**花下飲。（歐陽炯〈玉樓春〉
其一，頁462）

8、數樹**海棠**紅欲盡。爭忍。玉閨深掩過年華。（歐陽炯〈定
風波〉，頁464）

以上諸詞，皆以女子角度敘寫，海棠成為女子百無聊賴中關注的焦
點。其閒步於海棠花下，或折或撚，或賞或玩，兀自沉醉在美景中。
此外海棠的凋零也讓女子興起青春芳華不在、空閨寂寞的幽怨感慨。

## （五）桃　花

《禮記・月令》載：「仲春之月，始雨水，桃始華。」〔註92〕中國
的黃河流域，三月是雨季，正值桃花的花期。《漢書・溝洫志》載：「來
春桃華水盛，必羨溢，有墊淤反壤之害。」顏師古注：「月令『仲春之
月，始雨水，桃始華』，蓋桃方華時，既有雨水，川谷冰泮，眾流猥集，
波瀾盛長，故謂之桃花水耳。」〔註93〕因之黃河當地居民將三月的水稱
之為「桃花汛」，亦稱為「桃花水」、「桃汛」、「春汛」。由於桃花春水之
故，而誘發春心、春情，此後桃花便成為情愛的象徵。《詩經・周南・
桃夭》：「桃之夭夭，灼灼其華。之子于歸，宜其室家。」〔註94〕以桃樹

---

〔註92〕〔漢〕鄭玄注、〔唐〕孔穎達疏：《禮記》（臺北：藝文印書館股份有
限公司，2001年12月初版十四刷，十三經注疏本），卷十五，頁298。

〔註93〕〔漢〕班固撰：《漢書》（臺北：鼎文書局，1986年10月六版），
冊二，卷二十九，頁1689～1690。

〔註94〕〔漢〕毛亨傳、鄭玄箋、〔唐〕孔穎達疏：《詩經》（臺北：藝文印書
館股份有限公司，2001年12月初版十四刷，十三經注疏本），卷一

的花葉茂盛美麗來形容女子之姿，相得益彰，亦是對美滿愛情的祝福。
西蜀詞中關於桃花之作品如下：

1、**桃花**春水漾。水上鴛鴦浴。（韋莊〈菩薩蠻〉其五，頁 154）

2、依舊**桃花**面，頻低柳葉眉。（韋莊〈女冠子〉其二，頁 170）

3、不為遠山凝翠黛，只應含恨向斜陽。**碧桃花謝**憶劉郎。
（薛昭蘊〈浣溪沙〉其八，頁 497）

4、**桃花**流水漾縱橫。春畫彩霞明。（毛文錫〈訴衷情〉其一，
頁 539）

5、**露桃花**裏小樓深。持玉盞，聽瑤琴。（顧敻〈甘州子〉其
四，頁 554）

6、流水桃花情不已，待劉郎。（歐陽炯〈春光好〉其六，頁 459）

以上數闋的桃花多為美景的點綴，與潺潺流水相輝映，形成一種浪
漫、多情的春天氣息。「碧桃花謝憶劉郎」、「流水桃花情不已，待劉
郎」兩句，更表達出女子癡心眷戀、苦苦等待的情思。此外以花喻佳
人之姿容，詞中亦可見得，如「依舊桃花面」句，引用崔護的典故，
〔註95〕以「桃花面」代指思念的女子，然全詞卻透露出無法聚首，只

---

之二，頁 37 上。

〔註95〕 孟棨《本事詩‧情感》：「博陵崔護，姿質甚美，而孤潔寡合。舉進
士下第。清明日，獨遊都城南，得居人莊，一畝之宮，而花木叢萃，
寂若無人。扣門久之，有女子自門隙窺之，問曰：『誰耶？』以姓字
對，曰：『尋春獨行，酒渴求飲。』女入，以杯水至，開門設床命坐，
獨倚小桃斜柯佇立，而意屬殊厚，妖姿媚態，綽有餘妍。崔以言挑
之，不對，目注者久之。崔辭去，送至門，如不勝情而入。崔亦睠
盼而歸，嗣後絕不復至。及來歲清明日，忽思之，情不可抑，徑往
尋之。門牆如故，而已鎖扃之。因題詩於左扉曰：『去年今日此門中，
人面桃花相映紅。人面祇今何處去？桃花依舊笑春風。』後數日，
偶至都城南，復往尋之，聞其中有哭聲，扣門問之，有老父出曰：『君
非崔護邪？』曰：『是也。』又哭曰：『君殺吾女。』護驚起，莫知
所答。老父曰：『吾女笄年知書，未適人，自去年以來，常恍惚若有
所失。比日與之出，及歸，見左扉有字，讀之，入門而病，遂絕食
數日而死。吾老矣，此女所以不嫁者，將求君子以託吾身，今不幸
而殞，得非君殺之耶？』又特大哭。崔亦感慟，請入哭之。尚儼然

能夢裡相隨的傷心情懷。

## （六）丁　香

丁香花，花形甚小。詞中常作「丁香結」。丁香結，丁香的花蕾。丁香花簇生莖頂，往往含苞不放，所以常用來比喻愁思固結不解。西蜀詞中關於丁香之作品如下：

1、自從南浦別。愁見**丁香結**。（牛嶠〈感恩多〉其二，頁 507）

2、欲表傷離情味，**丁香結**在心頭。（尹鶚〈何滿子〉，頁 580）

3、寸心恰似**丁香結**。看看瘦盡胸前雪。偏挂恨、少年拋擲。
　　（尹鶚，頁 581）

4、愁腸豈異**丁香結**。因離別。（李珣〈河傳〉其一，頁 608）

5、偏怨別。是芳節。庭下**丁香千結**。（毛文錫〈更漏子〉，
　　頁 532）

以上數闋皆以「丁香結」寫離別之愁，傷心難忍。而尹鶚〈撥棹子〉：「瘦盡胸前雪」，言女子因情人拋下自己遠離而消瘦憔悴，雖造語誇張，然埋怨之情溢於言表。

6、荳蔻花繁煙豔深。**丁香軟結同心**。（毛文錫〈中興樂〉，
　　頁 532。）

此首不同前述，而以丁香結喻「同心結」，象徵男女相悅相愛，永結同心。前句「荳蔻花」除了點明季節，也說明女子宛如荳蔻花般嬌美、青春，烘托出柔媚香軟的氣息，美景與佳人兩相映襯，充分展現男女間甜蜜熱戀的喜悅。

## （七）梨　花

《御定廣羣芳譜》載：「梨樹似杏，高二、三丈，葉亦似杏，微厚而硬，色清，光膩有細齒，老則見斑點。二月間開白花，如雪六出。」

---

在床。崔舉其首，枕其股，哭而祝曰：『某在斯，某在斯。』須臾開目，半日復活矣。父大喜，遂以女歸之。」〔唐〕孟棨撰：《本事詩》（臺北：臺灣商務印書館，1986 年 3 月，景印文淵閣《四庫全書》本），集部四一七，冊 1478，頁 237。

〔註96〕梨花色白而脫俗，古人常以梨花飄落來形容女子的眼淚。如白居易〈長恨歌〉：「玉容寂寞淚闌干，梨花一枝春帶雨。」〔註97〕形容美人的淚容，有如春天沾著雨的梨花。西蜀詞中關於梨花之作品如下：

1、細雨霏霏**梨花白**。燕拂畫簾金額。（韋莊〈清平樂〉其一，頁159）

2、瑣窗春暮。滿地**梨花**雨。（韋莊〈清平樂〉其五，頁173）

3、低紅斂翠。盡日思閒事。鬢滑鳳凰釵欲墜。雨打**梨花**滿地。（尹鶚〈清平樂〉其一，頁583）

4、春色迷人恨正賒。可堪蕩子不還家。細風輕露著**梨花**。（顧夐〈浣溪沙〉其一，頁556）

5、**梨花**滿院飄香雪。高樓夜靜風箏咽。（毛熙震〈菩薩蠻〉其一，頁593）

此處多寫細雨紛飛中的梨花，充滿飄逸、嬌弱的美感。詞中「滿地梨花雨」、「雨打梨花滿地」、「梨花滿院飄香雪」等句，皆是暮春時節，梨花飄散的景象，象徵著春光的消逝，與苦等情人的孤獨寂寞，常用來比喻美人的遲暮。

## 二、「鳥」意象

鳥類是自然界中相當貼近人類生活的動物，因其毛色鮮豔、體態輕盈、啼聲各異、展翅高飛、偶居為伴等自然天性，帶給人們視覺與聽覺的饗宴，深深觸動人們的心弦。因此，風流雅士將其豢養在裝飾精美的鳥籠裡，觀賞把玩；騷人墨客使其駐足在情采並茂的辭章中，反覆吟誦。透過文辭修飾，鳥兒栩栩如生、躍然紙上，豐富了文章的意蘊內涵。《詩經·周南·關雎》：「關關雎鳩，在河之洲。窈窕淑女，

---

〔註96〕〔清〕汪灝等奉敕撰：《御定廣羣芳譜》（臺北：世界書局，1986年，景印摛藻堂《四庫全書薈要》本），農家類，冊259，卷二十七，頁268下～269上。

〔註97〕清聖祖御製：《全唐詩》（臺北：明倫出版社，1971年5月初版），冊七，卷四三五，頁4819。

君子好逑。」〔註98〕即以鳥的形象，興起愛情的象徵。西蜀詞人善用
鳥的特質，描情繪景，抒志詠懷，渲染特定氣氛，暗示情感方向，更
爲詞章憑添美感的強度與深度。作品中常見的鳥類如下所述：

（一）鶯〔註99〕

---

〔註98〕〔漢〕毛亨傳、鄭玄箋、〔唐〕孔穎達疏：《詩經》（臺北：藝文印書
　　　館股份有限公司，2001 年 12 月初版十四刷，十三經注疏本），卷一
　　　之一，頁 20 下。

〔註99〕「鶯」，《本草綱目》作「鸎」。見〔明〕李時珍撰：《重訂本草綱目》
　　　（臺北：文化圖書公司，1992 年 8 月），下冊，卷四十九，頁 1473。
　　　此類所涉作品甚多，正文僅節錄部份內容探析。正文未錄者，尚有：
　　　「綠樹藏鶯鶯正啼。」（韋莊〈浣溪沙〉其四，頁 151）、「琵琶金
　　　翠羽，弦上黃鶯語。」（韋莊〈菩薩蠻〉其一，頁 152）、「綠槐陰
　　　裏黃鶯語。」（韋莊〈應天長〉其一，頁 156）、「鶯鶯語。」（韋
　　　莊〈河傳〉其三，頁 160）、「鶯已遷，龍以化。」（韋莊〈喜遷鶯〉
　　　其二，頁 166）、「不是人間風景。迴看塵土似前生。休羨谷中鶯。」
　　　（薛昭蘊〈喜遷鶯〉其一，頁 497）、「宮漏促，簾外曉啼鶯。」（薛
　　　昭蘊〈小重山〉其一，頁 498）、「柳暗鶯啼處，認郎家。」（牛嶠
　　　〈女冠子〉其二，頁 505）、「春晝後園鶯語。」（牛嶠〈女冠子〉
　　　其四，頁 506）、「陌上鶯啼蝶舞，柳花飛。柳花飛。」（牛嶠〈感
　　　恩多〉其一，頁 506）、「柳花飛處鶯聲急。」（牛嶠〈菩薩蠻〉其
　　　二，頁 510）、「風簾燕舞鶯啼柳。」（牛嶠〈菩薩蠻〉其五，頁 511）、
　　　「斜陽似共春光語。蝶爭舞。更引流鶯妒。」（張泌〈河傳〉其二，
　　　頁 521）、「燕雙飛，鶯百囀，越波堤下長橋。」（張泌〈思越人〉，頁
　　　523）、「細雨黃鶯雙起。」（張泌〈滿宮花〉，頁 523）、「曉鶯聲。」
　　　（張泌〈江城子〉其一，頁 525）、「嬌鶯獨語關關。」（牛希濟〈臨
　　　江仙〉其四，頁 544）、「鶯啼楚岸春山暮。」（李珣〈漁歌子〉其
　　　三，頁 597）、「鶯報簾前暖日紅。」（李珣〈臨江仙〉其二，頁 599）、
　　　「瓊窗時聽語鶯嬌。」（李珣〈望遠行〉其一，頁 605）、「金籠鶯報
　　　天將曙。驚起分飛處。」（李珣〈虞美人〉，頁 607）、「南園綠樹語
　　　鶯鶯。」（毛文錫〈虞美人〉其二，頁 529）、「綠樹春深，燕語鶯啼
　　　聲斷續。」（毛文錫〈酒泉子〉，頁 530）、「喬木見鶯遷。傳枝限葉
　　　語關關。飛過綺叢間。」（毛文錫〈喜遷鶯〉，頁 530）、「眞珠簾下
　　　曉光侵。鶯語隔瓊林。」（毛文錫〈戀情深〉其一，頁 538）、「紅粉
　　　樓前月照，碧紗窗外鶯啼。」（毛文錫〈何滿子〉，頁 540）、「鶯囀一
　　　枝花影裏。」（魏承班〈玉樓春〉其二，頁 484）、「黃鸝嬌囀呢芳妍。」
　　　（顧敻〈虞美人〉其五，頁 551）、「碧梧桐映紗窗晚。花謝鶯聲懶。」
　　　（顧敻〈虞美人〉其四，頁 551）、「露華鮮，杏枝繁，鶯囀。」（顧

又名「黃鸝」、「鶯黃」、「黃鳥」、「倉庚」、「鶬鶊」、「黃伯勞」，體態嬌小可愛，啼聲婉轉動聽。《本草綱目》載黃鶯：「立春後即鳴，麥黃葚熟時尤甚，其音圓滑如織機聲，乃應節趨時之鳥也。」〔註100〕常以「黃鶯出谷」比喻人的歌聲，宛轉清脆，悅耳動聽。西蜀詞中關於鶯之作品如下：

1、惆悵曉鶯殘月。（韋莊〈荷葉盃〉其二，頁 158）

2、柳吐金絲鶯語早。惆悵香閨暗老。（韋莊〈清平樂〉其二，頁 159）

3、鶯啼殘月。（韋莊〈清平樂〉其四，頁 160）

4、微雨小庭春寂寞，燕飛鶯語隔簾櫳。（張泌〈浣溪沙〉其五，頁 518）

5、雨細花零鶯語切。愁腸千萬結。（魏承班〈謁金門〉其一，頁 489）

---

夐〈河傳〉其二，頁 552)、「曉鶯簾外語花枝，背帳猶殘紅蠟燭。」（顧夐〈玉樓春〉其一，頁 554)、「杏花愁，鶯正語。」（顧夐〈酒泉子〉其一，頁 559)、「幽閨小檻春光晚，柳濃花澹鶯稀。」（顧夐〈臨江仙〉其二，頁 567)、「雨晴鶯百囀。」（顧夐〈醉公子〉其二，頁 568)、「春暮黃鶯下砌前。」（毛熙震〈浣溪沙〉其一，頁 584)、「香暖薰鶯語，風清引鶴音。」（毛熙震〈女冠子〉其一，頁 588)、「蒼翠濃陰滿院，鶯對語，蝶交飛。戲薔薇。」（毛熙震〈定西番〉，頁 590)、「滿院鶯聲春寂寞。」（毛熙震〈木蘭花〉，頁 591)、「鶯啼燕語芳菲節。」（毛熙震〈後庭花〉其一，頁 591)、「春殘日暖鶯嬌懶。」（毛熙震〈後庭花〉其三，頁 592)、「鶯啼芳樹暖。」（毛熙震〈菩薩蠻〉其三，頁 594)、「落絮殘鶯半日天。」（歐陽炯〈浣溪沙〉其一，頁 448)、「海棠零落，鶯語殘紅。」（歐陽炯〈鳳樓春〉，頁 455)、「雨霽山櫻紅欲爛，谷鶯邊。」（歐陽炯〈春光好〉其二，頁 458)、「花拆香枝黃鸝語。」（韋莊〈清平樂〉其六，頁 173)、「紫燕黃鸝猶生，恨何窮。」（韋莊〈定西番〉其二，頁 173)、「黃鸝嬌囀聲初歇。杏花飄盡龍山雪。」（牛嶠〈應天長〉其一，頁 507)。以下「鴛鴦」、「燕」、「青鳥」、「雁」等四類，均節錄部份內容，其餘相關作品詳見註腳。

〔註100〕〔明〕李時珍撰：《重訂本草綱目》（臺北：文化圖書公司，1992年 8 月），下冊，卷四十九，頁 1473。

　　6、幽閨欲曙聞**鶯囀**，紅窗月影微明。（毛熙震〈臨江仙〉其
　　　二，頁 587）

以上數闋，透過婉轉鶯啼的映襯，帶出傷春、惜春的慨惋之情。聽著
美妙愉悅的聲音，卻引起心中無限悲情，想起不能長相廝守的情人、
空閨寂寞的歲月，不禁讓人愁腸百轉千結。

　　7、夢魂驚，鍾漏歇。窗外**曉鶯**殘月。（魏承班〈漁歌子〉，
　　　頁 488）

　　8、無賴**曉鶯**驚夢斷，起來殘酒初醒。（鹿虔扆〈臨江仙〉其
　　　二，頁 570）

　　9、**曉鶯**啼破相思夢。（顧敻〈虞美人〉其一，頁 550）

　　10、綠楊風送**小鶯聲**，殘夢不成離玉枕。（歐陽炯〈玉樓春〉
　　　其一，頁 462）

以上數闋，藉夢抒情，本欲夢裡相尋，一解相思之苦，無奈鶯啼聲打
斷夢境，其悅耳動聽的啼轉，聽在傷心人耳裡，更覺孤獨寂寞。

## （二）鴛　鴦 ﹝註 101﹞

────────────

﹝註 101﹞　此類所涉作品甚多，正文僅節錄部份內容探析。正文未錄者，尚有：
　　　「恩重嬌多情易傷。漏更長。解**鴛鴦**。」（韋莊〈江城子〉其一，
　　　頁 162）、「羅幕繡幃**鴛被**。」（韋莊〈歸國遙〉其二，頁 155）、
　　　「**鴛**夢隔星橋。迢迢。」（韋莊〈訴衷情〉其二，頁 168）、「舞衣
　　　紅綬帶，繡**鴛鴦**。」（薛昭蘊〈小重山〉其二，頁 499）、「**鴛鴦**排
　　　寶帳，荳蔻繡連枝。」（牛嶠〈女冠子〉其四，頁 506）、「近來情
　　　轉深，憶**鴛衾**。」（牛嶠〈感恩多〉其二，頁 507）、「**鴛鴦**對銜羅
　　　結。兩情深夜月。」（牛嶠〈應天長〉其一，頁 507）、「贏得一場
　　　愁，**鴛衾**誰竝頭。」（牛嶠〈菩薩蠻〉其二，頁 510）、「薰爐蒙翠
　　　被，繡帳**鴛鴦**睡。」（牛嶠〈菩薩蠻〉其三，頁 510）、「玉樓冰簟
　　　**鴛鴦**錦。」（牛嶠〈菩薩蠻〉其七，頁 512）、「錦帷**鴛被**宿香濃。」
　　　（張泌〈浣溪沙〉其五，頁 512）、「鈿籠金瑣睡**鴛鴦**，簾冷露華珠
　　　翠。」（張泌〈滿宮花〉，頁 523）、「**鴛鴦**對浴浪痕新。」（牛希
　　　濟〈臨江仙〉其六，頁 544）、「方喜正同**鴛帳**，又言將往皇州。」
　　　（尹鶚〈何滿子〉，頁 580）、「醉並**鴛鴦**雙枕，暖偎春雪。」（尹
　　　鶚〈秋夜月〉，頁 582）、「應待少年公子，**鴛幃**深處同歡。」（尹
　　　鶚〈清平樂〉其一，頁 583）、「棹歌驚起睡**鴛鴦**。」（李珣〈南鄉
　　　子〉其四，頁 600）、「手尋裙帶**鴛鴦**。」（李珣〈中興樂〉，頁 608）、

　　雄曰鴛，雌曰鴦，亦稱爲「匹禽」。《本草綱目》載：「鴛鴦終日並游，有宛在水中央之意也。」〔註102〕因鴛鴦常偶居不離，故以鴛鴦比喻夫婦，象徵堅貞不二的感情。西蜀詞中關於鴛鴦之作品如下：

　　1、桃花春水漾。水上鴛鴦浴。（韋莊〈菩薩蠻〉其五，頁154）

　　2、永願作鴛鴦伴，戀情深。（毛文錫〈戀情深〉其二，頁538）

　　3、平江波暖鴛鴦語。（毛文錫〈應天長〉，頁539）

　　4、遲遲好景煙花媚。曲渚鴛鴦眠錦翅。（魏承班〈木蘭花〉，頁483）

　　5、那堪獨自步池塘。對鴛鴦。（魏承班〈訴衷情〉其三，頁485）

以上諸闋，寫鴛鴦恣意悠游、交頸恩愛的模樣。看著眼前鴛鴦的繾綣

「鴛鴦對浴銀塘暖。」（毛文錫〈虞美人〉其一，頁529）、「寶檀金縷鴛鴦枕。」（毛文錫〈虞美人〉其二，頁529）、「碧紗窗曉怕聞聲，驚破鴛鴦暖。」（毛文錫〈喜遷鶯〉，頁530）、「鴛鴦浦。」（毛文錫〈中興樂〉，頁532）、「宴餘香殿會鴛衾。」（毛文錫〈戀情深〉其一，頁538）、「每恨蟪蛄憐娶女，幾回嬌妒下鴛機。」（毛文錫〈浣溪沙〉其二，頁537）、「鴛鴦交頸繡衣輕。」（毛文錫〈訴衷情〉其二，頁539）、「攜手入鴛衾。誰人知此心。」（魏承班〈菩薩蠻〉其三，頁489）、「醉時想得縱風流，羅帳香幃鴛寢。」（魏承班〈滿宮花〉其一，頁483）、「鴛被繡花重。」（顧敻〈虞美人〉其二，頁550）、「小窗屏暖，鴛鴦交頸。」（顧敻〈河傳〉其一，頁552）、「羅薦繡鴛鴦。」（顧敻〈甘州子〉其一，頁553）、「醉歸青瑣入鴛衾。」（顧敻〈甘州子〉其四，頁554）、「夢驚鴛被覺來時，何處管弦聲斷續。」（顧敻〈玉樓春〉其一，頁554）、「小鴛鴦，金翡翠。稱人心。」（顧敻〈酒泉子〉其四，頁560）、「鴛幃羅幌麝煙銷。燭光搖。」（顧敻〈楊柳枝〉，頁562）、「繡鴛鴦帳暖，畫孔雀屏欹。」（顧敻〈獻衷心〉，頁562）、「香滅簾垂春漏永，整鴛衾。」（顧敻〈訴衷情〉其一，頁563）、「金鴨香濃鴛被。」（顧敻〈荷葉盃〉其七，頁566）、「珍簟對欹鴛枕冷，此來晨暗淒涼。」（閻選〈臨江仙〉其一，頁573）、「鳳屏鴛枕宿金鋪。」（歐陽炯〈浣溪沙〉其三，頁499）、「日暮江亭春影漾，鴛鴦浴。」（歐陽炯〈南鄉子〉其一，頁451）、「水上鴛鴦比翼。巧將繡作羅衣。」（歐陽炯〈西江月〉其一，頁461）、「日高猶未起。爲戀鴛鴦被。」（歐陽炯〈菩薩蠻〉其一，頁465）等。

〔註102〕〔明〕李時珍撰：《重訂本草綱目》（臺北：文化圖書公司，1992年8月），下冊，卷四十七，頁1435。

纏綿，不禁讓人睹物生情，自傷難忍。

1、空把金鍼獨坐，**鴛鴦**愁繡雙窩。（韋莊〈清平樂〉其五，頁173）

2、紅繡被，兩兩間**鴛鴦**。（牛嶠〈夢江南〉其二，頁506）

3、玉釵橫，山枕膩。寶帳**鴛鴦**春睡美。（牛嶠〈應天長〉其二，頁507）

4、粉黛暗愁金帶枕，**鴛鴦**空繞畫羅衣。（顧夐〈浣溪沙〉其五，頁558）

5、幾回垂淚滴**鴛衾**。薄情何處去。（顧夐〈酒泉子〉其二，頁559）

鴛鴦是愛情圓滿的象徵，是對婚姻最誠摯的祝福，故寢被‧服飾上常繡有鴛鴦圖案，以示雙雙對對、百年好合。因此當情人遠離、女子空閨寂寞時，面對鴛鴦，更生愁腸。

## （三）燕〔註103〕

---

〔註103〕 正文未錄者，尚有：「**燕**拂畫簾金額。」（韋莊〈清平樂〉其一，頁159）、「碧窗望斷**燕**鴻。」（韋莊〈清平樂〉其六，頁173）、「**紫燕**黃鸝猶生，恨何窮。」（韋莊〈定西番〉其二，頁173）、「**燕**歸帆盡水茫茫。」（薛昭蘊〈浣溪沙〉其一，頁494）、「畫梁語**燕**驚殘夢。」（牛嶠〈菩薩蠻〉其一，頁509）、「風簾**燕**舞鶯啼柳。」（牛嶠〈菩薩蠻〉其五，頁511）、「小玉窗前嗔**燕**語。紅淚滴穿金線縷。」（牛嶠〈玉樓春〉，頁513）、「微雨小庭春寂寞，**燕**飛鶯語隔簾櫳。」（張泌〈浣溪沙〉其五，頁518）、「舊巢中，新**燕**子。語雙雙。」（張泌〈酒泉子〉其一，頁522）、「又見新巢**燕**子歸。阮郎何事絕音徽。」（李珣〈定風波〉其三，頁612）、「綠樹春深，**燕**語鶯啼聲斷續。」（毛文錫〈酒泉子〉，頁530）、「寂寂畫堂梁上**燕**。」（魏承班〈玉樓春〉其一，頁485）、「**燕**颺，晴景。」（顧夐〈河傳〉其一，頁552）、「拂水雙飛來去**燕**。」（顧夐〈玉樓春〉其四，頁556）、「簾外有情雙**燕**颺，檻前無力綠楊斜。」（顧夐〈浣溪沙〉其一，頁556）、「海**燕**蘭堂春又至。」（顧夐〈酒泉子〉其四，頁560）、「何事狂夫音信斷，不如梁**燕**猶歸。」（顧夐〈臨江仙〉其二，頁567）、「**紫燕**一雙嬌語碎，翠屏十二晚峯齊。」（毛熙震〈浣溪沙〉其二，頁584）、「深院空聞**燕**語，滿園閒落花輕。」（毛熙震〈何滿子〉

《爾雅・釋鳥》:「燕燕,鳦。」郭璞注云:「《詩》云:『燕燕于飛。』一名玄鳥,齊人呼鳦。」〔註104〕《禮記・月令》載:「玄鳥,春分至,秋乃歸。」〔註105〕性習銜泥築巢於屋簷之下,常被視為吉祥之鳥。其雙宿雙飛的既定形象,恩愛纏綿的深厚感情,讓人相當羨慕。西蜀詞中關於燕之作品如下:

1、**畫梁雙燕去**,出宮牆。（薛昭蘊〈小重山〉其二,頁499）

2、簷前**雙語燕**。（薛昭蘊〈謁金門〉,頁502）

3、**燕雙飛**,鶯百囀。（張泌〈思越人〉,頁523）

4、隔簾微雨**雙飛燕**。（李珣〈菩薩蠻〉其三,頁606）

5、**梁間雙燕飛**。（毛文錫〈更漏子〉,頁532）

6、新春**燕子**還來至。**一雙飛**。（毛文錫〈紗窗恨〉其一,頁534）

7、難話此時心,**梁燕雙來去**。（魏承班〈生查子〉其一,頁486）

8、早是潘郎長不見。忍聽**雙語燕**。（魏承班〈謁金門〉其二,頁489）

9、人不在,**燕空歸**。負佳期。（歐陽炯〈三字令〉,頁450）

10、羨春來**雙燕**。飛到玉樓,朝暮相見。（歐陽炯〈賀明朝〉其一,頁454）

燕子飛舞於空中,為環境增添一抹靈動、輕快的氣息,然而成雙成對

其一,頁589）、「**梁燕雙飛**畫閣前。」（毛熙震〈小重山〉,頁590）、「**鶯啼燕語**芳菲節。」（毛熙震〈後庭花〉其一,頁591）、「小窗燈影背,**燕語**驚愁態。」（毛熙震〈菩薩蠻〉其一,頁593）、「鶯啼芳樹暖,**燕拂**回塘滿。」（毛熙震〈菩薩蠻〉其三,頁594）、「恨不如**雙燕**,雙舞簾櫳。」（歐陽炯〈獻衷心〉,頁453）、「春**燕**舞隨風勢。」（歐陽炯〈清平樂〉,頁465）、「**雙雙梁燕語**。」（歐陽炯〈菩薩蠻〉其三,頁466）等。

〔註104〕〔晉〕郭璞注、〔宋〕邢昺疏:《爾雅》(臺北:藝文印書館股份有限公司,2001年12月初版十四刷,十三經注疏本),卷十,頁184下。

〔註105〕〔漢〕鄭玄注、〔唐〕孔穎達疏:《禮記》(臺北:藝文印書館股份有限公司,2001年12月初版十四刷,十三經注疏本),卷十五、十六,頁298~299、頁324。

的燕子，看在獨守空閨、寂寞惆悵的女子眼裡，益生傷感。

　　10、金蟲**玉燕**。（顧敻〈酒泉子〉其五，頁 561）

　　11、碧玉冠輕嫋**燕釵**。（毛熙震〈浣溪沙〉其六，頁 586）

　　12、嫋釵**金燕**軟。（毛熙震〈酒泉子〉其二，頁 593）

此處「玉燕」、「燕釵」、「金燕」皆是髮飾。詞人描繪女子形象時，或重妝容，或重衣冠，或重首飾，觀察入微，摹寫深刻。

## （四）翠羽、翡翠、青鳥〔註 106〕

　　翡翠，一指全體羽毛帶赤褐色，惟臀部中央與上尾間有白紋一條，又雜以青色斑紋，羽毛可作裝飾品的翡翠鳥。一指呈翠綠色之玉石。《藝文類聚》卷九十一引《漢武故事》載：「七月七日，上于承華殿齋，正中，忽有一青鳥從西方來，集殿前。上問東方朔，朔曰：『此西王母欲來也。』有頃，王母至，有二青鳥如烏，夾侍王母旁。」〔註107〕此後常以「青鳥」作爲傳信之使者。詞中之翡翠、翠羽亦常代指爲信差。西蜀詞中關於翡翠、青鳥之作品如下：

　　1、早晚得同歸去。恨無**雙翠羽**。（韋莊〈歸國遙〉其一，頁 155）

　　2、**金翡翠**。爲我南飛傳我意。（韋莊〈歸國遙〉其二，頁 155）

　　3、**青鳥**傳心事，寄劉郎。（牛嶠〈女冠子〉其三，頁 505）

　　4、**青鳥**不來傳錦字，瑤姬何處鎖蘭房。（顧敻〈浣溪沙〉其四，頁 558）

---

〔註106〕　正文未錄者，尚有：「琵琶**金翠羽**。絃上黃鶯語。」（韋莊〈菩薩蠻〉其一，頁152）、「柳外飛來**雙羽玉**。弄晴相對浴。」（韋莊〈謁金門〉其三，頁174）、「**翡翠**屏深月落，漏依依。」（韋莊〈思帝鄉〉其一，頁167）「懶結芙蓉帶，慵拖**翡翠**裙。」（毛文錫〈贊浦子〉，頁533）、「寶釵搖**翡翠**。」（魏承班〈菩薩蠻〉其三，頁489）、「小鴛鴦，**金翡翠**。稱人心。」（顧敻〈酒泉子〉其四，頁560）、「**翡翠**鵁鶄。」（歐陽炯〈南鄉子〉其八，頁453）等。

〔註107〕　〔唐〕歐陽詢等奉敕撰：《藝文類聚》（臺北：臺灣商務印書館，1986年3月，景印文淵閣《四庫全書》本），子部一九四，冊888，卷九十一，頁834上。

以上諸闋，均以鳥代人，希望能將情意傳達給遠方的情人知曉。

　　5、冠子縷金裝**翡翠**。（尹鶚〈撥棹子〉其二，頁 581）

　　6、**翡翠屏**開繡幄紅。（張泌〈浣溪沙〉其五，頁 518）

　　7、慵整落釵**金翡翠**，象梳欹鬢月生雲。（毛熙震〈浣溪沙〉
　　　　其七，頁 586）

此處的翡翠爲裝飾物，使用者透過其烘托，呈現出一種富麗華美的氣息。

## （五）雁〔註 108〕

　　雁爲春去秋來的候鳥，每年春分後往北飛，秋分後往南飛。羽淡紫褐色，鳴聲嘹亮，飛時自成行列。雁南來時，南方正值秋季，因此給人蕭瑟寂寥的感受。

　　《漢書・蘇武傳》載：「昭帝即位，數年，匈奴與漢和親。漢求武等，匈奴詭言武死。後漢使復至匈奴，常惠請其守者與俱，得夜見漢使，具自陳道。教使者謂單于，言天子射上林中，得雁，足有係帛書，言武等在某澤中。使者大喜，如惠語以讓單于。單于視左右而驚，謝漢使曰：『武等實在。』」……單于召會武官屬，前以降及物故，凡隨武還者九人。」〔註 109〕據此而有「雁傳書」之典故，文章中所見之雁信、雁書、雁足、雁聲、魚雁，多代指爲音訊與書信。西蜀詞中關於雁之作品如下：

　　1、錦字書封了，銀河**雁**過遲。（牛嶠〈女冠子〉其四，頁 506）

〔註 108〕　正文未錄者，尚有：「幾度將書託煙雁，淚盈襟。淚盈襟。」（牛嶠〈感恩多〉其二，頁 507）、「**書託雁**，夢歸家。」（牛嶠〈更漏子〉其三，頁 509）、「**魚雁疏**，芳信斷。」（張泌〈生查子〉，頁 523）、「春雲空有**雁歸**。」（牛希濟〈中興樂〉，頁 546）、「寶柱秦箏彈向晚，**絃促雁**，更思量。」（尹鶚〈江城子〉，頁 579）、「**雁過秋空夜未央**。」（李珣〈定風波〉其三，頁 612）、「**雁響遙天玉漏清**。」（顧敻〈浣溪沙〉其七，頁 558）、「淚侵山枕濕，銀燈背帳夢方酣。**雁飛南**。」（顧敻〈酒泉子〉其五，頁 561）等。
〔註 109〕　〔漢〕班固撰：《漢書》（臺北：鼎文書局，1986 年 10 月六版），冊三，卷五十四，頁 2466。

2、**雁歸**不見報郎歸，織成錦字封過與。（牛嶠〈玉樓春〉，頁513）

3、玉郎一去負佳期，水雲迢遞**雁書**遲。（李珣〈望遠行〉其二，頁605）

4、**雁去**音徽斷絕。有恨欲憑誰説。（魏承班〈謁金門〉其一，頁489）

5、幾回邀約**雁**來時。違期。**雁歸**人不歸。（閻選〈河傳〉，頁574）

以上數闋，均引用「雁傳書」之典故，訴説女子心心念念、癡情眷戀，期盼情人捎來信息，早日歸家的心情。無奈雁歸人未返，始終無從得知消息，悵然失意，或生怨懟之情。

6、渺莽，雲水。惆悵暮帆，去程迢遞。　　夕陽芳草，千里萬里，**雁聲**無限起。（張泌〈河傳〉其一，頁521）

7、秋風緊，平磧**雁行**低。陣雲齊。（毛文錫〈甘州遍〉其二，頁534）

以上二闋，前闋寫送別離情；後闋寫沙漠荒寒，在秋風颯颯聲中，牽動人心，使人備感哀愁。

## （六）杜鵑、子規、蜀魄

相傳爲古蜀王杜宇之魂所化，或稱爲「杜宇」、「子規」、「鷤䳏」、「啼䳏」、「鵜䳏」。春末夏初時常晝夜不停啼叫，聲音淒厲，能牽動人內心的哀愁情感。古蜀王杜宇死後，其魄化爲杜鵑，日夜悲啼，淚盡繼以血，哀鳴而終。後以「杜鵑啼血」比喻哀傷至極。西蜀詞中關於杜鵑之作品如下：

1、夢覺雲屏依舊空，**杜鵑聲**咽隔簾櫳。（韋莊〈天仙子〉其四，頁165）

2、花滿驛亭香露細，**杜鵑聲**斷玉蟾低。（張泌〈浣溪沙〉其一，頁517）

3、**杜鵑**啼落花。（李珣〈菩薩蠻〉其二，頁606）

4、**子規啼破**相思夢。（韋莊〈酒泉子〉，頁 170）

5、漏清宮樹**子規啼**，愁鎖碧窗春曉。（尹鶚〈滿宮花〉，頁 578）

6、春夜闌，春恨切。花外**子規啼月**。（毛文錫〈更漏子〉，頁 532）

7、數聲**蜀魄**入簾櫳。驚斷碧窗殘夢，畫屏空。（張泌〈南歌子〉其二，頁 524）

以上數闋，或以杜鵑的哀泣、啼鳴狀無盡的相思離愁；或以其鳴表春光易逝、惜春傷春的惆悵心情。思念、慨歎的意味十分濃厚。

## （七）鸂鶒

一種水鳥，頭有纓，形似鴛鴦而稍大，尾羽上蠢如船舵。《本草綱目》載：「鸂鶒，其游於溪也，左雄右雌，羣伍不亂，似有式度者，故《說文》又作『谿𪆻』。其形大於鴛鴦而色多紫，亦好並游，故謂之『紫鴛鴦』也。」〔註110〕《爾雅翼》載：「今婦人閨房中，飾以鴛鴦，黃赤五色者，首有纓者，乃是鸂鶒耳。然鸂鶒亦鴛鴦之類，其色多紫。李白詩所謂『七十紫鴛鴦，雙雙戲亭幽』，謂鸂鶒也。」〔註111〕鸂鶒由於色彩美麗，又如鴛鴦般成雙成對，因此常被繡製在床被、羅衣上，是愛情美滿的象徵。西蜀詞中關於鸂鶒之作品如下：

1、錦薦紅**鸂鶒**，羅衣袖鳳凰。（張泌〈南歌子〉其三，頁 525）

2、春水滿塘生，**鸂鶒**還相趁。（毛文錫〈醉花間〉其一，頁 536）

3、晴日眠沙**鸂鶒**穩，暖相偎（毛文錫〈浣溪沙〉其一，頁 537）

4、繡衣**鸂鶒**泳回塘。（顧夐〈浣溪沙〉其三，頁 557）

以上諸詞，無論是池中真實嬉遊的鸂鶒，亦或是墊蓆、繡衣上的圖案，所呈現的多是雙雙對對、幸福和樂的歡愉氛圍。

---

〔註110〕 〔明〕李時珍撰：《重訂本草綱目》（臺北：文化圖書公司，1992年 8 月），下冊，卷四十七，頁 1436。

〔註111〕 〔宋〕羅願撰、石雲孫點校：《爾雅翼》（合肥：黃山書社，1991年 10 月），卷十七，頁 180。

5、**小金鸂鶒**沉煙細，枕膩堆雲鬢。（顧夐〈虞美人〉其三，頁
550）

6、繡緯香斷**金鸂鶒**。無消息，心事空相憶。（顧夐〈河傳〉
其一，頁552）

「小金鸂鶒沉煙細」、「繡緯香斷金鸂鶒」等語，則是透過鸂鶒造型的
金香爐烘托出輕煙繚繞、飄散後，室內空寂沉靜的悵然氣息。

## （八）鶴

《詩經·小雅·鶴鳴》:「鶴鳴于九皋，聲聞于野。」〔註112〕古
人多用有翩翩君子風度的白鶴，來比喻品德為世人所敬重而隱居不仕
的人，稱為「鶴鳴之士」。《埤雅》載:「鶴體潔白，舉則高至，鳴則
遠聞，性又善警，行必依洲嶼，止必集林木，故詩傳以為君子言行之
象其精神氣骨。」〔註113〕鶴的意象，多具有品格高潔、仙風道骨的
特色。西蜀詞中關於鶴之作品如下:

1、家家樓上簇神仙。爭看**鶴沖天**。（韋莊〈喜遷鶯〉其二，頁
166）

2、五雲**雙鶴去無蹤**。幾迴魂斷，凝望向長空。（張泌〈臨江
仙〉，頁520）

3、時聞**唳鶴**起前林。十洲高會，何處許相尋。（牛希濟〈臨
江仙〉其二，頁543）

4、到處等閒邀**鶴伴**。李珣（〈定風波〉其二，頁612）

5、香暖薰鶯語，風清引**鶴音**。（毛熙震〈女冠子〉其二，頁588）

以上諸闋，除了〈喜遷鶯〉一闋以「丁令威」化鶴歸來，後高飛沖天
的典故，來寫登第的喜悅外，其餘數闋或寫仙家氣息;或以鶴鳴襯寫
殷殷盼望的心情;或寫自然悠閒的生活，意蘊相當豐富。

---

〔註112〕　〔漢〕毛亨傳、鄭玄箋、〔唐〕孔穎達疏:《詩經》（臺北:藝文印
書館股份有限公司，2001年12月初版十四刷，十三經注疏本），卷
十一之一，頁376下。

〔註113〕　〔宋〕陸佃撰:《埤雅》（臺北:鼎文書局，1976年，古今圖書集成
本），冊63，頁79。

## （九）鷗

《列子・黃帝篇》云：「海上之人有好漚鳥者，每旦之海，從漚鳥游，漚鳥之至者百往而不止。其父曰：『吾聞漚鳥皆從汝游，汝取來，吾玩之。』明日之海上，漚鳥舞而不下也。」〔註114〕此即「鷗盟」、「鷗鳥忘機」的典故緣由。鷗鳥爲清高的象徵，與其立誓結盟，以表超脫凡俗的境界。後多以此指隱者恬淡自適，不存機心、忘身物外。西蜀詞中關於歐鳥之作品如下：

1、紅蓼灘頭秋正雨，印**沙鷗**跡自成行。（薛昭蘊〈浣溪沙〉其一，頁 494）

2、池光颭，驚起**沙鷗**八九點。（李珣〈南鄉子〉其十三，頁 610）

3、棹警**鷗飛**水濺袍。（李珣〈漁父〉其三，頁 609）

4、花島爲鄰**鷗作侶**。（李珣〈定風波〉其一，頁 611）

5、**江鷗**接翼飛。（顧夐〈更漏子〉，568）

以上數闋，多寫歐鳥飛舞之狀，爲整體環境注入一股躍動的生命力。而「花島爲鄰鷗作侶」句，則表現出詞人灑脫自然的閒適心情。

## （十）鸚 鵡

羽毛有白、紅、黃、綠等色，鮮豔美麗。經過調教後，善學人語，亦稱爲「能言鳥」，頗受世人喜愛。由於鸚鵡常被豢養在籠子裡，因此在文學作品中多用來代言其主人的心事、襯托主人孤獨寂寞的身影。西蜀詞中關於鸚鵡之作品如下：

1、惆悵玉籠**鸚鵡**。單栖無伴侶。（韋莊〈歸國遙〉其一，頁 155）

2、椰子酒傾**鸚鵡琖**。（李珣〈南鄉子〉其十六，頁 611）

3、畫堂**鸚鵡**語雕籠，金粉小屏猶半掩。（顧夐〈玉樓春〉其二，頁 555）

---

〔註114〕 蕭登福著：《列子古注今譯》（臺北：文津出版社，1990 年 3 月初版），卷二，頁 181。

4、垂交帶。盤**鸚鵡**。裊裊翠翹移玉步。（顧敻〈應天長〉，
563）

5、**鸚鵡**語金籠。道兒還是慵。（歐陽炯〈菩薩蠻〉其一，頁465）

首闋「惆悵玉籠鸚鵡」兩句，明寫鸚鵡，暗寫人，「惆悵」、「單栖」、
「無伴侶」，都是女子自傷寂寞的情懷。而「鸚鵡琖」、盤「鸚鵡」，
所指的都是鸚鵡造型的用具、飾品。其他則單純描繪鸚鵡說話的模樣。

西蜀詞人群體創作時最常使用的花類爲「荷花」、「杏花」、「芙
蓉」、「海棠」、「桃花」、「丁香」、「梨花」等七種。詞人善於觀察花開
花謝、花色花香的自然特性，予以聯想比賦，或以花譬喻佳人；或以
花寄託深情；或以花點綴風景；或以花詠史懷古；或以花修容裝飾等，
創造出情感豐富、內容充實的辭章。

至於鳥類，則以「鶯」、「鴛鴦」、「燕」、「青鳥」、「雁」、「杜鵑」、
「鸂鶒」、「鶴」、「鷗」、「鸚鵡」等十種爲代表。詞人妥貼運用各種鳥
類的特質及象徵意涵，鋪設景象，襯托情感，或歌詠鳥之輕盈曼妙、
婉轉嬌啼；或敘寫人之觸景傷情、不堪承受；或描繪首飾服著之造型
精巧、亮麗華美等，使內容更貼近人心、反映當時的審美眼光。

# 第七章 結 論

　　對於五代詞的研究，歷來多著重在花間與南唐兩個範疇，除了少數專家詞人，如韋莊、李珣、李煜、馮延巳受到重視外，其他詞人則較少受到關注。本文以五代西蜀詞爲研究範疇，首先建構出西蜀詞人群體的面貌。其次，將西蜀詞作內容加以歸納、分析、演繹。再者，探討西蜀詞人的填詞狀況。最後，論述西蜀詞的藝術特色。茲將研究所得，綜述如下：

　　「西蜀詞人生平及創作背景概述」一章，一一交代詞人的生平事蹟，接著從時代背景的角度切入研究中心。雖然唐末五代在整體的文學表現上，並不出色，然「偏安蜀地，物產豐饒」的地理位置，使得西蜀成爲文化重心。而物阜民康的安定社會，正是詞人創作的溫床。政治的偏安、經濟的繁榮，帶來的是享受的習性。由於兩代蜀主樂於追求感官享受、游宴安逸的生活，沒有遠大的政治抱負，因此社會風氣，奢靡縱情，在醇酒歡飲中，創作出流芳萬世的作品。再者由於君王的提倡，對蜀詞的繁榮起了推動的作用，文學大環境，沿襲娛樂、緣情的風氣，因此臣屬競相跟隨，投入詞壇創作。而在西蜀詞壇活躍的詞人，多數具有仕宦身分，故詞作中多反映聲色歌舞、觥籌交錯的社會現象。此外，由於前、後蜀的國祚均相當短暫，面對王朝更迭、個人際遇的改變，詞人多有所感，遂賦詞章。

　　「西蜀詞人群體創作主題」兩章，將西蜀詞四百一十六闋分爲「男女情愛」之「閨情詞」、「思念詞」、「歡會詞」、「別離詞」、「美人詞」、「遊仙詞」、「女冠詞」；「風土人事」之「仕進詞」、「漁隱詞」、「詠懷詞」、「游逸詞」、「詠物詞」、「風土詞」、「邊塞詞」等，共十四個主題論述。

　　「閨情詞」一類，以「惜春傷春」、「秋思秋愁」、「閨愁閨怨」、「宮怨」等方面敘述女子空閨寂寞，幽怨恨悔之情；「思念詞」一類，以「女子思念」、「男子思念」、「男女相思」等方面將相思之情刻劃得淋漓盡致；「歡會詞」一類，分別從男女的角度，敷寫男女雙方兩情相悅之情事；「別離詞」一類，筆調悽楚哀怨，呈現人有悲歡離合，月有陰晴圓缺之悵惋憾恨；「美人詞」一類，詞人運筆細膩深刻，女子萬千形象躍然紙上；「遊仙詞」一類，詞人拉近天上與人間之距離，馳思於時間、空間中，不受拘束；「女冠詞」一類，多緣題而寫，描繪女冠面貌。

　　「仕進詞」一類，展現出士子寒窗苦讀、求取功祿、金榜題名、洋洋自得之價值觀；「漁隱詞」一類，側筆於山林隱逸之閑適生活；「詠懷詞」一類，以「感傷亡國」、「去國懷鄉」、「詠史懷古」、「觸景生情」等方面，表達詞人生活感悟、所思所想；「游逸詞」一類，流露出當代放肆縱情、及時行樂之社會風氣；「詠物詞」一類，詞人好發聯想，寄託胸懷；「風土詞」一類，詞人描情繪景，將地理景觀與人文習尚巧妙結合，使作品宛如一幅自然清新之南國風景圖；「邊塞詞」一類，充分展現出邊塞荒寒蕭瑟，征人心頭之凄苦。

　　綜上所述，雖然「男女情愛」作品數量高達三百一十一闋，然就總體觀察，西蜀詞作主題之豐，內容之廣，實不可忽視，斷不可以柔婉浮靡，一語蓋之。

　　「西蜀詞人擇調與用韻」一章，在擇調方面，分析出西蜀詞人創作時仍舊以傳統的詞調作爲依據，此間尹鶚、毛文錫等人自創詞調，惟所創詞調在當時並未廣受詞人喜愛，因此數調僅見詞人自度之作。又詞人擇調填詞，其創作內容根據統計，並未侷限在詞調本義，緣題而作者僅佔詞調及創作總數的五分之一。而將近二分之一的作品數量，內容間

或與詞調相關，絕大多數同一詞調的題材屬性是較為相近的。

在用韻方面，沿襲王師偉勇〈以唐、五代小令為例試述詞律之形成〉一文中所整理出來的「同部平聲韻通押」、「同部仄聲韻通押」、「間韻」、「轉韻」、「遞韻」、「同部平仄通協」等六種用韻方式，歸納出西蜀詞凡七十調，最常使用之用韻方式為「同部平聲韻通押」；最少使用之用韻方式為「遞韻」。同一詞調除押韻之譜式或有不同，用韻方式亦有差別。其中除了〈訴衷情〉、〈楊柳枝〉、〈天仙子〉、〈酒泉子〉、〈定西蕃〉、〈中興樂〉、〈望遠行〉、〈更漏子〉、〈玉樓春〉、〈木蘭花〉、〈河傳〉、〈喜遷鶯〉、〈柳含煙〉、〈南鄉子〉、〈女冠子〉、〈清平樂〉、〈醉公子〉、〈感恩多〉十八調外，其餘五十二調僅有一種用韻方式。

「西蜀詞人群體作品藝術特色」一章，探討「辭彙」、「典故」、「意象」三部分，歸納出詞人常用辭彙，閨閣氣息十分濃厚，蓋因創作主題仍以男女情愛為主。此外辭彙設色鮮豔，反映出當代的審美心理。詞人填詞時以大量的方言、俗語入詞，使作品生動活潑，辭情相當豐富。用典部分，典故來源甚廣，包含史傳、神話傳說、詩文篇章等，使內容義蘊深厚。意象部分，透過「花」與「鳥」意象的聯想比賦，不但賦予讀者無限的想像空間，更能深入人心、誘發讀者的真摯情感。

木論文寫作至此，仍有許多木臻完備之處。如詞人填詞，尚有體製、句法、格律的基本準則與規範，惟研究時力有未逮，未能一一詳細分析，以全面呈現五代西蜀詞作的詞律狀況，將留待日後有機會時加以探析。

# 參考書目

(古籍以作者年代、今著以出版年月排序)

## 一、詞學專著

### (一) 詞集、詞選、詞注

1. 《唐宋名家詞賞析》，葉嘉瑩著，臺北：大安出版社，1975 年 10 月。

2. 《唐宋詞選釋》，顧俊著，臺北：木鐸出版社，1985 年 5 月再版。

3. 《唐五代兩宋詞選釋》，俞陛雲著，上海：上海古籍出版社，1985 年 9 月。

4. 《胡適選註的詞選》，胡適著，臺北：遠流出版事業股份有限公司，1986 年 5 月 25 日遠流一版。

5. 《全唐五代詞》，張璋、黃畬編，臺北：文史哲出版社，1986 年 10 月臺一版。

6. 《唐五代詞評析》，徐育民著，太原：山西人民出版社，1987 年 2 月。

7. 《唐五代詞詳析》，汪志勇著，臺北：華正書局有限公司，1990 年 8 月六版。

8. 《花間集注》，華連圃撰，臺北：天工書局，1992 年 3 月，增訂本。

9. 《花間詞派選集》，王新霞選注，北京：北京師範學院出版社，1993 年 9 月。

10. 《唐宋詞評譯》，木齋著，桂林：廣西師範大學出版社，1996 年 1 月。

11. 《唐五代詞三百首今譯》，弓保安著，西安：陝西人民出版社，1996 年 3 月第 1 版第 3 刷。

12. 《全唐五代詞釋注》，孔范今主編，西安：陝西人民出版社，1998 年 10 月。

13. 《眞情告白，韋莊詞名篇欣賞》，杜少春主編，臺北：學鼎出版有限

公司，1999 年 4 月。

14. 《唐宋詞簡釋》，唐圭璋選釋，上海：上海古籍出版社，1999 年 5 月第 1 版第 4 刷。

15. 《全唐五代詞》，曾昭岷、曹濟平、王兆鵬、劉尊明編著，北京：中華書局，1999 年 12 月。

16. 《韋莊集箋注》，〔五代〕韋莊著、聶安福箋注，上海：上海古籍出版社，2002 年 4 月。

17. 《溫庭筠韋莊詞選》，劉尊明注評，上海：上海古籍出版社，2002 年 6 月。

18. 《韋莊詩詞箋注》，齊濤箋注，濟南：山東教育出版社，2002 年 6 月。

19. 《花間詞全集》，錢國蓮、項文惠、毛曉峰選注，北京：當代世界出版社，2002 年 9 月。

20. 《唐宋詞選釋》，俞平伯選釋，北京：人民文學出版社，2005 年 8 月第 2 版第 1 刷。

21. 《唐五代兩宋詞簡析》，劉永濟著，北京：中華書局，2007 年 10 月。

22. 《唐宋詞選》，中國社會科學院文學研究所編，北京：人民文學出版社，2007 年 11 月。

## （二）詞學理論與詞史

1. 《詞曲史》，王易撰，上海：上海書店，1991 年，《民國叢書》。

2. 《唐宋詞史》，楊海明著，天津：天津古籍出版社，1998 年 12 月。

3. 《唐五代詞史論稿》，劉尊明著，北京：文化藝術出版社，2000 年 10 月。

4. 《唐宋詞通論》，吳熊和著，北京：商務印書館，2003 年 10 月。

5. 《唐宋詞綜論》，劉尊明著，北京：中國社會科學出版社，2004 年 12 月。

6. 《唐五代詞研究史稿》，高峰著，濟南：齊魯書社，2006 年 8 月。

7. 《唐宋詞史論稿》，黃昭寅、張士獻著，濟南：山東大學出版社，2006 年 11 月。

## （三）詞話筆記

1. 《碧雞漫志校正》，〔宋〕王灼著、岳珍校正，成都：巴蜀書社，2000 年 7 月。

2. 《詞源》，〔宋〕張炎撰，上海：上海古籍出版社，2002 年 3 月，續修《四庫全書》本。

3. 《古今詞統》，〔明〕卓人月匯選、徐士俊參評、谷輝之校點，瀋陽：遼寧教育出版社，2000 年 1 月。

4. 《古今詞話》，〔清〕沈雄撰，北京：中華書局，2005 年 10 月第 2 版第 5 刷，《詞話叢編》本。

5. 《花草蒙拾》，〔清〕王士禎撰，北京：中華書局，2005 年 10 月第 2 版第 5 刷，《詞話叢編》本。

6. 《金粟詞話》，〔清〕彭孫遹撰，北京：中華書局，2005 年 10 月第 2 版第 5 刷，《詞話叢編》本。

7. 《白雨齋詞話》，〔清〕陳廷焯撰，北京：中華書局，2005 年 10 月第 2 版第 5 刷，《詞話叢編》本。

8. 《雨村詞話》，〔清〕李調元撰，北京：中華書局，2005 年 10 月第 2 版第 5 刷，《詞話叢編》本。

9. 《聲執》，陳匪石撰，北京：中華書局，2005 年 10 月第 2 版第 5 刷，《詞話叢編》本。

10. 《蕙風詞話》，況周頤撰，北京：中華書局，2005 年 10 月第 2 版第 5 刷，《詞話叢編》本。

11. 《蕙風詞話，廣蕙風詞話》，況周頤著、孫克強輯考，鄭州：中州古籍出版社，2003，年 11 月第 1 版第 1 刷。

12. 《人間詞話》，王國維撰，北京：中華書局，2005 年 10 月第 2 版第 5 刷，《詞話叢編》本。

13. 《花間集評注》，李冰若著，臺北：鼎文書局，1974 年 10 月，收錄於楊家駱主編《宋紹興本花間集附校注》，。

14. 《蜀詞人評傳》，姜方錟編，成都：成都古籍書店，1984 年 8 月。

15. 《唐五代詞紀事會評》，史雙元編著，合肥：黃山書社，1995 年 12 月。

16. 《唐宋人詞話》，孫克強編著，鄭州：河南文藝出版社，1999 年 8 月。

## （四）詞律、詞譜

1. 《詞律》，〔清〕萬樹撰，臺北：臺灣商務印書館，1986 年 3 月，景印文淵閣《四庫全書》本。

2. 《康熙詞譜》，〔清〕陳廷敬主編，長沙：岳麓書社，2000 年 10 月。

3. 《填詞名解》，〔清〕毛先舒撰，臺南縣：莊嚴文化事業有限公司，1997 年 6 月初版一刷，《四庫全書存目叢書》本。

4. 《白香詞譜》，〔清〕舒夢蘭撰、丁如明評訂，上海：上海古籍出版社，2001 年 12 月，第 1 版第 8 刷。

5. 《詞調溯源》，夏敬觀著，上海：上海商務印書館，1932 年 1 月。

6. 《詞牌彙釋》，聞汝賢纂，臺北：作者自印本，1963 年 5 月臺壹版。

7. 《漢語詩律學》，王力著，上海：上海教育出版社，2005 年 4 月第 2 版第 1 刷。

8. 《唐宋詞格律》，龍榆生編撰，上海：上海古籍出版社，2007 年 11 月第 1 版第 19 刷。

## （五）詞學著作

1. 《唐五代詞研究》，陳弘治著，臺北：文津出版社，1980 年 3 月。

2. 《詞學論叢》，唐圭璋著，上海：上海古籍出版社，1986 年 6 月。

3. 《唐宋詞的風格學》，唐圭璋著，臺北：木鐸出版社，1987 年 6 月。

4. 《唐五代北宋詞研究》，村上哲見著、楊鐵嬰譯，西安：陝西人民出版社，1987 年 8 月。

5. 《唐五代詞》，黃進德著，臺北：國文天地雜誌社，1990 年 11 月。

6. 《羣體的選擇——唐宋人選詞與詞選通論》，蕭鵬著，臺北：文津出版社，1992 年 11 月。

7. 《詩詞曲語辭匯釋》，張相著，臺北：洪葉文化事業有限公司，1993 年 4 月。

8. 《靈谿詞說》，繆鉞、葉嘉瑩合著，臺北：正中書局，1993 年 8 月臺初版。

9. 《中國詞學批評史》，方智范、鄧喬彬、周聖偉、高建中著，北京：中國社會科學出版社，1994 年 7 月。

10. 《唐五代詞的文化觀照》，劉尊明著，臺北：文津出版社，1994 年 12 月。

11. 《唐宋詞別論》，青山宏著、程郁綴譯，北京：北京大學出版社，1995 年 1 月。

12. 《詞的審美特性》，孫立著，臺北：文津出版社，1995 年 2 月。

13. 《唐宋詞主題探索》，楊海明著，高雄：麗文文化事業股份有限公司，1995 年 10 月。

14. 《中國詩詞風格研究》，楊成鑒著，臺北：洪葉文化事業有限公司，1995 年 12 月。

15. 《唐宋詞研究》，鄭福田著，呼和浩特：內蒙古大學出版社，1997 年 11 月。

16. 《迦陵論詞叢稿》，葉嘉瑩著，石家庄：河北教育出版社，1998 年 6

月第 1 版第 2 刷，修訂本。

17. 《唐宋詞美學》，楊海明著，南京：江蘇教育出版社，1998 年 6 月。

18. 《唐宋詞名家論稿》，葉嘉瑩著，石家庄：河北教育出版社，1998 年 6 月第 1 版第 2 刷。

19. 《唐宋詞流派史》，劉揚忠著，福州：福建人民出版社，1999 年 3 月。

20. 《吳熊和詞學論集》，吳熊和著，杭州：杭州大學出版社，1999 年 4 月。

21. 《歷代詩歌經典寶庫——真情告白「韋莊」》，杜少春主編，臺北：學鼎出版有限公司，1999 年 4 月。

22. 《唐宋詞審美觀照》，吳惠娟著，上海：學林出版社，1999 年 8 月。

23. 《花間集的主題與感覺》，洪華穗撰，臺北：文津出版社有限公司，1999 年 12 月。

24. 《唐宋詞名家論集》，葉嘉瑩著，臺北：桂冠圖書股份有限公司，2000 年 2 月。

25. 《詞學新詮》，葉嘉瑩著，臺北：桂冠圖書股份有限公司，2000 年 2 月。

26. 《迦陵說詞講稿》，葉嘉瑩著，臺北：桂冠圖書股份有限公司，2000 年 6 月。

27. 《詞筌》，余毅恆著，臺北：正中書局，2001 年 1 月增訂本第三印。

28. 《花間詞研究》，高鋒著，南京：江蘇古籍出版社，2001 年 9 月。

29. 《花間詞藝術》，艾治平著，上海：學林出版社，2001 年 10 月。

30. 《花間詞論集》，張以仁著，臺北：中央研究院中國文哲研究所籌備處，2001 年 11 月修訂一版。

31. 《詞學》，鄧喬彬、方智範、高建中等主編，上海：華東師範大學出版社，2001 年 11 月，第十三輯。

32. 《唐宋詞與人生》，楊海明著，石家庄：河北人民出版社，2002 年 5 月。

33. 《中國詩學史·詞學卷》，蔣哲倫、傅蓉蓉著，廈門：鷺江出版社，2002 年 9 月。

34. 《詞藝術研究》，祁光祿著，長沙：湖南教育出版社，2003 年 2 月。

35. 《詞學專題研究》，王師偉勇著，臺北：文史哲出版社，2003 年 4 月。

36. 《詞學史料學》，王兆鵬著，北京：中華書局，2004 年 5 月。

37. 《唐宋詞流派研究》，余傳棚著，武漢：武漢大學出版社，2004 年 6 月。

38. 《唐宋詞與商業文化關係研究》,王曉驪著,北京:中國社會科學出版社,2004 年 8 月。

39. 《唐宋詞美學》,鄧喬彬著,濟南:齊魯書社,2004 年 10 月第 2 版第 2 刷。

40. 《唐宋詞社會文化學研究》,沈松勤著,杭州:浙江大學出版社,2005 年 1 月第 2 版第 3 刷。

41. 《詞學廿論》,鄧喬彬著,上海:上海古籍出版社,2005 年 6 月。

42. 《唐宋詞抒情美探幽》,吳小英著,杭州:浙江大學出版社,2005 年 6 月。

43. 《《花間集》接受史論稿》,李冬紅著,濟南:齊魯書社,2006 年 6 月。

44. 《唐五代詞研究史稿》,高峰著,濟南:齊魯書社,2006 年 8 月。

45. 《花間詞論續集》,張以仁撰,臺北:中央研究院中國文哲研究所,2006 年 8 月。

46. 《唐宋蜀詞人論叢》,張帆著,成都:四川出版集團巴蜀書社,2006 年 9 月。

47. 《蜀學》,成都:四川出版集團巴蜀書社,2006 年 9 月,第一輯。

48. 《唐宋詞與唐宋歌妓制度》,李劍亮著,杭州:杭州大學出版社,2006 年 10 月第 2 版第 3 刷,修訂本。

49. 《唐宋詞研究》,許興寶著,成都:四川出版集團巴蜀書社,2007 年 3 月。

50. 《唐宋詞審美文化闡釋》,楊柏嶺著,合肥:黃山書社,2007 年 3 月。

51. 《唐宋詞流派史》,劉揚忠著,北京:中國社會科學出版社,2007 年 4 月。

52. 《唐五代北宋詞學思想史論》,徐安琪著,北京:人民文學出版社,2007 年 11 月。

53. 《詞學》,鄧喬彬等主編,上海:華東師範大學出版社,2007 年 12 月,第十八輯。

## 二、其他專著

### (一)隋唐五代、巴蜀相關著作

1. 《唐才子傳全譯》,〔元〕辛文房原著、李立朴譯注,貴陽:貴州人民出版社,1994 年 2 月。

2. 《唐才子傳校箋》,傅璇琮主編,北京:中華書局,1995 年 11 月。

3. 《韋莊研究》，任海天著，北京：人民文學出版社，2005 年 3 月。

4. 《孫光憲《北夢瑣言》，研究》，房銳著，北京：中華書局，2006 年 9 月。

5. 《隋唐五代文學批評資料彙編》，國立編譯館主編，臺北：成文出版社有限公司 1979 年 1 月。

6. 《隋唐五代史》，王仲犖撰，臺北縣：漢京文化事業有限公司，1992 年 9 月 1 日臺版一刷。

7. 《中國隋唐五代思想史》，謝保成著，北京：人民出版社，1994 年 1 月。

8. 《中國隋唐五代文學史》，史仲文著，北京：人民出版社，1994 年 1 月。

9. 《隋唐五代文學批評史》，王運熙、楊明著，上海：上海古籍出版社，1994 年 10 月。

10. 《隋唐五代文學史料學》，陶敏、李一飛著，北京：中華書局，2001 年 11 月。

11. 《隋唐五代文學研究》，杜曉勤著，北京：北京出版社，2001 年 12 月。

12. 《中國詩學史・隋唐五代卷》，倪進、趙立新、羅立剛、李承輝著，廈門：鷺江出版社，2002 年 9 月。

13. 《隋唐五代文學史》，毛水清著，南寧：廣西人民出版社，2003 年 8 月。

14. 《隋唐五代文學思想史》，羅宗強著，北京：中華書局，2003 年 10 月。

15. 《隋唐五代社會生活史》，李斌城等著，北京：中國社會科學出版社，2004 年 12 月第 1 版第 2 刷。

16. 《中國風俗通史・隋唐五代卷》，吳玉貴著，上海：上海文藝出版社，2005 年 2 月。

17. 《隋唐五代文學》，周奇文著，長春：吉林文史出版社，2005 年 10 月。

18. 《巴蜀文化》，袁庭棟著，瀋陽：遼寧教育出版社，1998 年 6 月第 2 版第 3 刷。

19. 《蜀中文章冠天下——巴蜀文學史稿》，譚興國著，成都：四川人民出版社，2001 年 8 月。

20. 《濯錦清江萬里流》，段渝、譚洛非著，成都：四川人民出版社，2001 年 8 月。

21. 《巴蜀文學史》，楊世明著，成都：巴蜀書社，2003 年 9 月。

22. 《晚唐五代巴蜀文學論稿》，房銳主編，成都：四川出版集團巴蜀書社，2005 年 5 月。

23. 《巴蜀文學與文化研究》，李大明主編，北京：商務印書館，2005 年 8 月。

## （二）經　部

1. 《詩經》，〔漢〕毛亨傳、鄭玄箋、〔唐〕孔穎達疏，臺北：藝文印書館股份有限公司，2001 年 12 月初版十四刷，十三經注疏本。

2. 《禮記》，〔漢〕鄭玄注、〔唐〕孔穎達疏，臺北：藝文印書館股份有限公司，2001 年 12 月初版十四刷，十三經注疏本。

3. 《周易》，〔魏〕王弼、〔晉〕韓康伯注、〔唐〕孔穎達疏，臺北：藝文印書館股份有限公司，2001 年 12 月初版十四刷，十三經注疏本。

4. 《爾雅》，〔晉〕郭璞注、〔宋〕邢昺疏，臺北：藝文印書館股份有限公司，2001 年 12 月初版十四刷，十三經注疏本。

5. 《埤雅》，〔宋〕陸佃撰，臺北：鼎文書局，1976 年，古今圖書集成本。

6. 《爾雅翼》，〔宋〕羅願撰、石雲孫點校，合肥：黃山書社，1991 年 10 月。

## （三）史　部

1. 《史記》，〔漢〕司馬遷撰，臺北：鼎文書局，1990 年 7 月十版。

2. 《漢書》，〔漢〕班固撰，臺北：鼎文書局，1986 年 10 月六版。

3. 《後漢書》，南朝〔宋〕范曄著，臺北：鼎文書局，1987 年 1 月五版。

4. 《三國志》，〔晉〕陳壽撰，臺北：鼎文書局，1987 年 5 月六版。

5. 《晉書》，〔唐〕房玄齡等撰，臺北：鼎文書局，1987 年 1 月五版。

6. 《南史》，〔唐〕李延壽著，臺北：鼎文書局，1985 年 3 月四版。

7. 《隋書》，〔唐〕魏徵等撰，臺北：鼎文書局，1980 年 6 月三版。

8. 《舊唐書》，後〔晉〕劉昫等撰，臺北：鼎文書局，1985 年 3 月四版。

9. 《新唐書》，〔宋〕歐陽修等撰，臺北：鼎文書局，1985 年 2 月四版。

10. 《舊五代史》，〔宋〕薛居正等著，臺北：鼎文書局，1985 年 12 月四版。

11. 《新五代史》，〔宋〕歐陽修編，臺北：鼎文書局，1985 年 1 月四版。

12. 《宋史》，〔元〕脫脫等撰，臺北：鼎文書局，民國 1980 年 5 月再版。

13. 《華陽國志》，〔晉〕常璩撰、嚴茜子點校，濟南：齊魯書社，2000

年 5 月，《二十五別史》本。

14. 《九國志》，〔宋〕路振撰、連人點校，濟南：齊魯書社，2000 年 5 月，《二十五別史》本。

15. 《蜀檮杌》，〔宋〕張唐英撰，臺北：臺灣商務印書館，1986 年 3 月，景印文淵閣《四庫全書》本。

16. 《十國春秋》，〔清〕吳任臣撰，臺北：臺灣商務印書館，1986 年 3 月，景印文淵閣《四庫全書》本。

17. 《水經注》，〔北魏〕酈道元撰，臺北：臺灣商務印書館，1986 年 3 月，景印文淵閣《四庫全書》本。

18. 《荊楚歲時記》，〔梁〕宗懍撰，臺北：臺灣商務印書館，1986 年 3 月，景印文淵閣《四庫全書》本。

19. 《嶺表錄異》，〔唐〕劉恂撰，臺北：臺灣商務印書館，1986 年 3 月，景印文淵閣《四庫全書》本。

20. 《資治通鑑》，〔宋〕司馬光編著、〔元〕胡三省音註，臺北：華世出版社，1987 年 6 月。

21. 《游城南記》，〔宋〕張禮撰，臺北：臺灣商務印書館，1986 年 3 月，景印文淵閣《四庫全書》本。

22. 《益部方物略記》，〔宋〕宋祁撰，臺北：臺灣商務印書館，1986 年 3 月，景印文淵閣《四庫全書》本。

23. 《蜀檮杌校箋》，王文才、王炎校箋，成都：巴蜀書社，1999 年 1 月。

24. 《隋唐五代史》，呂思勉著，上海：上海古籍出版社，2005 年 11 月。

## （四）子　部

1. 《海內十洲記》，〔漢〕東方朔撰，臺北：臺灣商務印書館，1986 年 3 月，景印文淵閣《四庫全書》本。

2. 《西京雜記》，〔漢〕劉歆撰、〔晉〕葛洪輯，臺北：臺灣商務印書館，1986 年 3 月，景印文淵閣《四庫全書》本。

3. 《洞冥記》，〔漢〕郭憲撰，臺北：臺灣商務印書館，1986 年 3 月，景印文淵閣《四庫全書》本。

4. 《拾遺記》，〔晉〕王嘉撰、〔梁〕蕭綺輯編，臺北：臺灣商務印書館，1986 年 3 月，景印文淵閣《四庫全書》本。

5. 《搜神後記》，〔晉〕陶潛撰，臺北：臺灣商務印書館，1986 年 3 月，景印文淵閣《四庫全書》本。

6. 《述異記》，〔南朝・梁〕任昉撰，臺北：臺灣商務印書館，1986 年 3 月，景印文淵閣《四庫全書》本。

7. 《開元天寶遺事》，〔北周〕王仁裕撰，臺北：臺灣商務印書館，1986年3月，景印文淵閣《四庫全書》本。

8. 《鑒誡錄》，〔五代〕何光遠撰，臺北：新文豐出版股份有限公司，1985年1月，《叢書集成新編》本。

9. 《北夢瑣言》，〔五代〕孫光憲撰、賈二強點校，北京：中華書局2002年6月。

10. 《教坊記箋訂》，〔唐〕崔令欽撰、任半塘箋訂，臺北：宏業書局，1973年1月。

11. 《酉陽雜俎》，〔唐〕段成式撰，臺北：臺灣商務印書館，1986年3月，景印文淵閣，《四庫全書》本。

12. 《煬帝開河記》，〔唐〕韓偓撰，臺北：新文豐出版公司，1985年1月，叢書集成新編本。

13. 《隋帝迷樓記》，〔唐〕韓偓撰，臺北：新文豐出版公司，1985年1月，叢書集成新編本。

14. 《唐國史補》，〔唐〕李肇撰，臺北：臺灣商務印書館，1986年3月，景印文淵閣《四庫全書》本。

15. 《劉賓客嘉話錄》，〔唐〕韋絢撰，臺北：臺灣商務印書館，1986年3月，景印文淵閣《四庫全書》本。

16. 《藝文類聚》，〔唐〕歐陽詢等奉敕撰，臺北：臺灣商務印書館，1986年3月，景印文淵閣《四庫全書》本。

17. 《太平御覽》，〔宋〕李昉等奉敕撰，臺北：臺灣商務印書館股份有限公司，1997年7月臺一版第七刷。

18. 《太平廣記》，〔宋〕李昉等奉敕撰，臺北：臺灣商務印書館，1986年3月，景印文淵閣《四庫全書》本。

19. 《老學庵筆記》，〔宋〕陸游撰，臺北：臺灣商務印書館，1986年3月，景印文淵閣《四庫全書》本。

20. 《漁樵閒話錄》，〔宋〕蘇軾撰，鄭州：大象出版社，2003年10月，傅璇琮等主編《全宋筆記》。

21. 《游宦紀聞》，〔宋〕張世南撰，臺北：臺灣商務印書館，1986年3月，景印文淵閣《四庫全書》本。

22. 《茅亭客話》，〔宋〕黃休復撰，臺北：臺灣商務印書館，1986年3月，景印文淵閣《四庫全書》本。

23. 《考古圖》，〔宋〕呂大臨撰，臺北：臺灣商務印書館，1986年3月，景印文淵閣《四庫全書》本。

24. 《說郛》，〔明〕陶宗儀編，臺北：臺灣商務印書館，1986年3月，

景印文淵閣《四庫全書》本。

25. 《重訂本草綱目》，〔明〕李時珍撰，臺北：文化圖書公司，1992 年 8 月。

26. 《欽定西清古鑑》，〔清〕梁詩正、蔣溥等奉敕撰，臺北：臺灣商務印書館，1986 年 3 月，景印文淵閣《四庫全書》本。

27. 《御定廣羣芳譜》，〔清〕汪灝等奉敕撰，臺北：世界書局，1986 年，景印摛藻堂《四庫全書薈要》本。

28. 《古詩源》，〔清〕沈德潛撰，臺北：華正書局，1975 年 1 月臺一版。

29. 《三秦記》，〔清〕張澍撰，臺北：新文豐出版有限公司，1985 年 1 月，《叢書集成新編》本。

30. 《列子古注今譯》，蕭登福著，臺北：文津出版社，1990 年 3 月。

31. 《列仙傳校箋》，王叔岷撰，北京：中華書局，2007 年 6 月。

32. 《列女傳彙編》，鄭曉霞、林佳鬱編，北京：北京圖書館出版社，2007 年 7 月。

（五）集 部

1. 《文選》，〔梁〕蕭統編、〔唐〕李善注，臺北：華正書局有限公司，2000 年 10 月。

2. 《文心雕龍》，〔梁〕劉勰撰，臺北：臺灣商務印書館，1986 年 3 月，景印文淵閣《四庫全書》本。

3. 《玉臺新詠》，〔陳〕徐陵編，臺北：臺灣商務印書館，1986 年 3 月，景印文淵閣《四庫全書》本。

4. 《本事詩》，〔唐〕孟棨撰，臺北：臺灣商務印書館，1986 年 3 月，景印文淵閣《四庫全書》本。

5. 《隋遺錄》，〔唐〕顏師古撰，上海：上海古籍出版社，2002 年 3 月，續修《四庫全書》本。

6. 《楚辭集注》，〔宋〕朱熹撰、蔣立甫校點，上海：上海古籍出版社，2001 年 12 月。

7. 《樂府詩集》，〔宋〕郭茂倩編撰，臺北：里仁書局，1999 年 1 月初版二刷。

8. 《唐音癸籤》，〔明〕胡震亨撰，臺北：臺灣商務印書館，1986 年 3 月，景印文淵閣，《四庫全書》本。

9. 《全唐詩》，清聖祖御製，臺北：明倫出版社，1971 年 5 月。

10. 《足本隨園詩話及補遺》，〔清〕袁枚著，臺北：長安出版社，1978 年 6 月。

11. 《龔自珍全集》，〔清〕龔自珍撰，臺北：遠流出版社，1983 年 7 月 31 日初版，李敖主編《中國名著精華全集》。

12. 《迦陵談詩》，葉嘉瑩著，臺北：三民書局，1970 年 4 月。

13. 《中國文學批評史》，復旦大學中文系古典文學教研組編，上海：上海古籍出版社，1979 年 10 月新 1 版第 1 刷。

14. 《李白集校注》，瞿蛻園等校注，臺北：里仁書局，1981 年 3 月 24 日。

15. 《中國文化地理》，陳正祥著，臺北：木鐸出版社，1984 年 9 月。

16. 《夏承燾集》，夏承燾撰，杭州：浙江古籍出版社，1997 年。

17. 《全上古三代秦漢三國六朝文》，陳延嘉等校點主編，石家莊：河北教育出版社，1997 年 10 月。

18. 《古典詩韻易檢》，許清雲編，臺北：文津出版社，1998 年 10 月初版二刷。

19. 《文學語言藝術》，張鵠著，海口：南方出版社，1999 年。

20. 《中國詩學》，黃永武著，臺北：巨流圖書公司，1999 年 9 月初版十二刷。

21. 《全唐文新編》，周紹良主編，長春：吉林文史出版社，2000 年 12 月。

22. 《中國文學批評史新編》，王運熙、顧易生主編，上海：復旦大學出版社，2005 年 3 月第一版第三刷。

23. 《中國文學批評史》，鄔然主編，北京：北京大學出版社，2006 年 6 月。

## 三、期刊、會議論文

1. 〈試論花間詞派的表現手法和藝術風格〉，沈祥源、傅生文，《深圳大學學報》，1984 年第 1 期，頁 117-122。

2. 〈「花間詞」中的別調——毛文錫詞作初探〉，諸葛憶兵，《求是學刊》，1986 年第 3 期，頁 61-65。

3. 〈敦煌歌辭中「征婦怨」辭析論〉，王忠林，《國立高雄師範大學學報》，第 1 期，1990 年 5 月，頁 53-71。

4. 〈於「花間」香風中行「教化之道」——論「花間詞人」牛希濟的散文創作〉，劉尊明，《南京師大學報》（社會科學版），1992 年第 2 期，頁 60-64。

5. 〈「漁父」在唐宋詞中的意義〉，黃文吉，《第一屆詞學國際研討會論文集》，臺北：中央研究院中國文哲研究所籌備處，1994 年 11 月，

頁 139-156。

6. 〈論花間詞中的鳥類意象〉,周建國,《杭州師範學院學報》,1996 年第 5 期,1996 年 9 月,頁 16-21。

7. 〈花間詞人李珣詞風的文化闡釋〉,路成文、劉尊明,《湖北大學學報》(哲學社會科學版),1997 年第 5 期,頁 17-22。

8. 〈試論花間詞中男女相思情有別〉,房開江,《六盤水師專學報》,第 11 卷 3 期,1999 年 9 月,頁 1-5。

9. 〈論花間詞人的詠史懷古詞〉,閔定慶,《中國韻文學刊》,2000 年第 1 期,頁 54-59。

10. 〈論《花間集》裡的邊塞詞〉,閔定慶,《深圳信息職業技術學院學報》,2000 年第,1 期,頁 44-46。

11. 〈論花間詞人歐陽炯的詞論及其詞〉,白靜、劉尊明,《湖北大學學報》(哲學社會科學版),第 29 卷第 6 期,2002 年 11 月,頁 60-64。

12. 〈「人間無路相逢」的悲哀——兼談牛希濟的七首〈臨江仙〉詞〉,吳夏平,《貴州教育學院學報》(社會科學版),第 19 卷,2003 年第 1 期,頁 49-64。

13. 〈李珣的漁父詞和〈南鄉子〉組詞〉,牛曉風,《忻州師範學院學報》,第 20 卷第 5 期,2004 年 10 月,頁 5-8。

14. 〈花間詞人填詞環境變化初探——兼論晚唐五代曲子詞性質之轉變〉,洪若蘭《淡江人文社會學刊》,第 21 期,2004 年 12 月,頁 31-64。

15. 〈論牛嶠詞的「勁氣暗轉」〉,張帆,《西華大學學報》(哲學社會科學版),2006 年第 1 期,2006 年 2 月,頁 11-13。

16. 〈西蜀詞人李珣及其花間別調研究〉,韓瑜,《長沙理工大學學報》(哲學社會科學版),第 21 卷第,1 期,2006 年 3 月,頁 100-102。

17. 〈論《花間集》中「花」意象的成因〉,鄭順婷,《南京林業大學學報》(人文社會科學版),第 6 卷第 2 期,2006 年 6 月,頁 68-71。

18. 〈唐宋閒逸詞的思想內容〉,段鍾嶸,《承德民族師專學報》第 26 卷第 3 期,2006 年 8 月,頁 41-43。

19. 〈花做情,情如花——論王衍、孟昶對花間詞人的影響〉,劉眞眞,《宿州教育學院學報》,第 9 卷第 5 期,2006 年 10 月,頁 61-63。

20. 〈論花間詞的色彩藝術〉,徐玲,《語文學刊》,2006 年第 4 期,頁 84-85。

21. 〈《花間集》與地域文化〉,陳未鵬,《瀋陽大學學報》,第 19 卷第 4 期,2007 年 8 月,頁 43-46。

22. 〈五代詞人李珣《瓊瑤集》及其生平新探〉，高法成，《今日南國》，第 112 期，2009 年 1 月，頁 102-103。

23. 〈略論花間詞之審美趣味〉，蘇中，《青海師範大學學報》（哲學社會科學版），2009 年第 1 期，頁 106-110。

## 四、學位論文

1. 《韋莊研究》，黃彩勤撰，東海大學中國文學研究所碩士論文，1987 年。

2. 《五代詩詞比較研究》，李寶玲撰，政治大學中國文學研究所碩士論文，1990 年 6 月。

3. 《唐五代詞研究》，鄭憲哲撰，臺灣大學中國文學研究所博士論文，1993 年 7 月。

4. 《唐五代詞「夢」運用現象研究》，王迺貴撰，輔仁大學中國文學研究所碩士論文，1996 年 6 月。

5. 《《花間集》的女性形象研究》，賴珮如撰，東海大學中國文學研究所碩士論文，1996 年。

6. 《五代詞中山的意象研究》，謝奇懿撰，臺灣師範大學國文研究所碩士論文，1997 年 7 月。

7. 《韋莊詞新探》，陳慧寧撰，香港新亞研究所文學組碩士論文，1997 年 7 月。

8. 《《花間集》主題內容與感覺意象之研究》，洪華穗撰，政治大學中國文學研究所碩士論文，1997 年。

9. 《《花間集》女性敘寫研究》，王怡芬撰，成功大學中國文學研究所碩士論文，1998 年。

10. 《《花間集》與巴蜀文化》，陳明撰，西北大學碩士論文，2000 年 5 月。

11. 《韋莊男女情詞研究》，詹乃凡撰，臺灣大學中國文學研究所碩士論文，2001 年。

12. 《花間詞的社會文化闡釋》，張巍撰，西北師範大學碩士論文，2002 年 6 月。

13. 《主體意識的情志抒寫——韋莊詩詞關係研究》，林淑華撰，彰化師範大學國文研究所碩士論文，2002 年。

14. 《花間集風土詞研究》，賴靖宜撰，政治大學國文教學碩士學位班碩士論文，2002 年。

15. 《《花間集》研究》，黃全彥撰，四川大學碩士論文，2003 年 3 月。

16. 《五代西蜀詞論稿》,郭楊波撰,四川大學碩士論文,2003 年 4 月。

17. 《波斯裔花間詞人李珣研究》,楊學娟撰,寧夏大學碩士論文,2003 年 4 月。

18. 《《花間集》接受論》,范松義撰,河南大學碩士論文,2003 年 5 月。

19. 《唐五代詞雨意象探討》,王盈潔撰,玄奘大學中國語文學系碩士班碩士論文,2004 年。

20. 《李珣詞研究》,邱柏瑜撰,高雄師範大學國文研究所碩士論文,2004 年。

21. 《李珣生平及其詞研究》,蒲曾亮撰,湘潭大學碩士論文,2005 年 5 月。

22. 《花間詞人李珣作品研究》,黃圓撰,貴州大學碩士論文,2006 年 4 月。

23. 《《花間集》語言研究》,汪紅豔撰,安徽師範大學碩士論文,2006 年 5 月。

24. 《花間集修辭美學研究》,李姚霜撰,雲林科技大學漢學資料整理研究所碩士論文,2006 年。

25. 《尊前集研究》,阮珮銘撰,中央大學中國文學研究所碩士論文,2007 年。

## 五、工具書

1. 《唐五代詞鑑賞辭典》,潘慎主編,北京:北京燕山出版社,1991 年 5 月。

2. 《詞學研究書目》,黃文吉主編,臺北:文津出版社,1993 年 4 月。

3. 《詞學論著總目》,林玫儀主編,臺北:中央研究院中國文哲研究所籌備處,1995 年 6 月。

4. 《詞學研究年鑑:1995～1996》,劉揚忠等主編,武漢:武漢出版社,2000 年 3 月。

5. 《五代十國文學編年》,張興武著,北京:人民文學出版社,2001 年 10 月。

## 六、電子資源

1. 中研院漢籍電子文獻 瀚典全文檢索系統
   http://dbo.sinica.edu.tw/~tdbproj/handy1/

2. 網路展書讀　http://cls.hs.yzu.edu.tw/tasuhome.htm

# 附錄一　西蜀詞人群體創作主題分類表（上）——男女情愛

## （一）閨情詞：92 闋

| 主題 | 作者 | 詞　調 | 詞　作　內　容 | 頁 |
|---|---|---|---|---|
| 惜春傷春 | 韋莊 | 〈浣溪沙〉一 | 清曉粧成寒食天。柳毬斜嫋間花鈿。捲簾直出畫堂前。　指點牡丹初綻朵，日高猶自凭朱欄。含嚬不語恨春殘。 | 150 |
| | 韋莊 | 〈歸國遙〉三 | 春欲晚。戲蝶遊蜂花爛熳。日落謝家池館。柳絲金縷斷。　睡覺綠鬟風亂。畫屏雲雨散。閑倚博山長歎。流淚沾皓腕。 | 156 |
| | 韋莊 | 〈謁金門〉一 | 春漏促。金燼暗挑殘燭。一夜簾前風撼竹。夢魂相斷續。　有箇嬌饒如玉。夜夜繡屏孤宿。閑抱琵琶尋舊曲。遠山眉黛綠。 | 161 |
| | 韋莊 | 〈更漏子〉 | 鐘鼓寒，樓閣暝。月照古桐金井。深院閉，小庭空。落花香露紅。　煙柳重，春霧薄。燈背水窗高閣。閑倚戶，暗沾衣。待郎郎不歸。 | 170 |
| | 韋莊 | 〈清平樂〉二 | 野花芳草。寂寞關山道。柳吐金絲鶯語早。惆悵香閨暗老。　羅帶悔結同心。獨凭朱欄思深。夢覺半床斜月，小窗風觸鳴琴。 | 159 |

| 韋莊 | 〈清平樂〉五 | 瑣窗春暮。滿地梨花雨。君不歸來情又去。紅淚散沾金縷。　　夢魂飛斷煙波。傷心不奈春何。空把金鍼獨坐，鴛鴦愁繡雙窠。 | 173 |
|---|---|---|---|
| 牛嶠 | 〈菩薩蠻〉三 | 玉釵風動春幡急。交枝紅杏籠煙泣。樓上望卿卿。窗寒新雨晴。　　薰爐蒙翠被。繡帳鴛鴦睡。何處最相知。羨他初畫眉。 | 510 |
| 張泌 | 〈浣溪沙〉五 | 翡翠屏開繡幄紅。謝娥無力曉妝慵。錦帷鴛被宿香濃。　　微雨小庭春寂寞，燕飛鶯語隔簾櫳。杏花凝恨倚東風。 | 518 |
| 張泌 | 〈酒泉子〉一 | 春雨打窗。驚夢覺來天氣曉。畫堂深，紅焰小。背蘭釭。　　酒香噴鼻懶開缸。惆悵更無人共醉。舊巢中，新燕子。語雙雙。 | 522 |
| 張泌 | 〈南歌子〉二 | 岸柳拖煙綠，庭花照日紅。數聲蜀魄入簾櫳。驚斷碧窗殘夢，畫屏空。 | 524 |
| 張泌 | 〈江城子〉一 | 碧闌干外小中庭。雨初晴。曉鶯聲。飛絮落花，時節近清明。睡起卷簾無一事，勻面了，沒心情。 | 525 |
| 牛希濟 | 〈中興樂〉 | 池塘暖碧浸晴暉。濛濛柳絮輕飛。紅蕊凋來，醉夢還稀。　　春雲空有鴈歸。珠簾垂。東風寂寞，恨郎拋擲，淚濕羅衣。 | 546 |
| 李珣 | 〈酒泉子〉一 | 寂寞青樓。風觸繡簾珠碎撼。月朦朧，花暗澹。鎖春愁。　　尋思往事依稀夢。淚臉露桃紅色重。鬢欹蟬，釵墜鳳。思悠悠。 | 603 |
| 李珣 | 〈望遠行〉一 | 春日遲遲思寂寥。行客關山路遙。瓊窗時聽語鶯嬌。柳絲牽恨一條條。　　休暈繡，罷吹簫。貌逐殘花暗凋。同心猶結舊裙腰。忍辜風月度良宵。 | 605 |
| 李珣 | 〈西溪子〉一 | 金縷翠鈿浮動。妝罷小窗圓夢。日高時，春已老。人未到。　　滿地落花慵掃。無語倚屏風。泣殘紅。 | 607 |
| 李珣 | 〈中興樂〉 | 後庭寂寂日初長。翩翩蝶舞紅芳。繡簾垂地，金鴨無香。誰知春思如狂。憶蕭郎。等閒一去，程遙信斷，五嶺三湘。　　休開鸞鏡學宮妝。可能更理笙簧。倚屏凝睇，淚落成行。手尋裙帶鴛鴦。暗思量。忍孤前約，教人花貌，虛老風光。 | 608 |

| 毛文錫 | 〈喜遷鶯〉 | 芳春景，暖晴煙。喬木見鶯遷。傳枝隈葉語關關。飛過綺叢間。　錦翼鮮，金毳軟。百囀千嬌相喚。碧紗窗曉怕聞聲，驚破鴛鴦暖。 | 530 |
|---|---|---|---|
| 毛文錫 | 〈紗窗恨〉一 | 新春燕子還來至。一雙飛。壘巢泥濕時時墜，涴人衣。　後園裏、看百花發，香風拂、繡戶金扉。月照紗窗，恨依依。 | 534 |
| 魏承班 | 〈玉樓春〉一 | 寂寂畫堂梁上燕。高卷翠簾橫數扇。一庭春色惱人來，滿地落花紅幾片。　愁倚錦屏低雪面。淚滴繡羅金縷線。好天涼月盡傷心，為是玉郎長不見。 | 484 |
| 魏承班 | 〈生查子〉二 | 寂寞畫堂空，深夜垂羅幕。燈暗錦屏欹，月冷珠簾薄。　愁恨夢難成，何處貪歡樂。看看又春來，還是長蕭索。 | 487 |
| 魏承班 | 〈漁歌子〉 | 柳如眉，雲似髮。鮫綃霧縠籠香雪。夢魂驚，鐘漏歇。窗外曉鶯殘月。　幾多情，無處說。落花飛絮清明節。少年郎，容易別。一去音書斷絕。 | 488 |
| 顧敻 | 〈虞美人〉一 | 曉鶯啼破相思夢。簾卷金泥鳳。宿妝猶在酒初醒。翠翹慵整倚雲屏。轉娉婷。　香檀細畫侵桃臉。羅袂輕輕斂。佳期堪恨再難尋。綠蕪滿院柳成陰。負春心。 | 550 |
| 顧敻 | 〈虞美人〉二 | 觸簾風送景陽鐘。鴛被繡花重。曉幃初卷冷煙濃。翠勻粉黛好儀容。思嬌慵。　起來無語理朝妝。寶匣鏡凝光。綠荷相倚滿池塘。露清枕簟藕花香。恨悠揚。 | 550 |
| 顧敻 | 〈虞美人〉五 | 深閨春色勞思想。恨共春蕪長。黃鸝嬌囀呢芳妍。杏枝如畫倚輕煙。瑣窗前。　憑欄愁立雙娥細。柳影斜搖砌。玉郎還是不還家。教人魂夢逐楊花。繞天涯。 | 551 |
| 顧敻 | 〈河傳〉一 | 燕颺，晴景。小窗屏暖，鴛鴦交頸。菱花掩卻翠鬟欹，慵整。海棠簾外影。　繡幃香斷金鸂鶒。無消息。心事空相憶。倚東風。春正濃。愁紅。淚痕衣上重。 | 552 |
| 顧敻 | 〈玉樓春〉一 | 月照玉樓春漏促。颯颯風搖庭砌竹。夢驚鴛被覺來時，何處管弦聲斷續。　惆悵少年遊冶去，枕上兩蛾攢細綠。曉鶯簾外語花枝，背帳猶殘紅蠟燭。 | 554 |

| | | | |
|---|---|---|---|
| 顧敻 | 〈玉樓春〉二 | 柳映玉樓春日晚。雨細風輕煙草軟。畫堂鸚鵡語雕籠，金粉小屏猶半掩。　香滅繡幃人寂寂，倚檻無言愁思遠。恨郎何處縱疏狂，長使含啼眉不展。 | 555 |
| 顧敻 | 〈浣溪沙〉一 | 春色迷人恨正賒。可堪蕩子不還家。細風輕露著梨花。　簾外有情雙燕颺，檻前無力綠楊斜。小屏狂夢極天涯。 | 556 |
| 顧敻 | 〈酒泉子〉四 | 黛薄紅深。約掠綠鬟雲膩。小鴛鴦，金翡翠。稱人心。　錦鱗無處傳幽意。海燕蘭堂春又去。隔年書，千點淚。恨難任。 | 560 |
| 顧敻 | 〈酒泉子〉七 | 黛怨紅羞。掩映畫堂春欲暮。殘花微雨。隔青樓。思悠悠。　芳菲時節看將度。寂寞無人還獨語。畫羅襦，香粉污。不勝愁。 | 562 |
| 顧敻 | 〈訴衷情〉一 | 香滅簾垂春漏永，整鴛衾。羅帶重。雙鳳。縷黃金。窗外月光臨。沉沉。斷腸無處尋。負春心。 | 563 |
| 閻選 | 〈虞美人〉二 | 楚腰蠐領團香玉。鬢疊深深綠。月蛾星眼笑微頻。柳夭桃豔不勝春。晚妝勻。　水紋簟映青紗帳。霧罩秋波上。一枝嬌臥醉芙蓉。良宵不得與君同。恨忡忡。 | 573 |
| 閻選 | 〈八拍蠻〉二 | 愁瑣黛眉煙易慘，淚飄紅臉粉難勻。憔悴不知緣底事，遇人推道不宜春。 | 574 |
| 毛熙震 | 〈浣溪沙〉二 | 花榭香紅煙景迷。滿庭芳草綠萋萋。金鋪閑掩繡簾低。　紫燕一雙嬌語碎，翠屏十二晚峯齊。夢魂銷散醉空閨。 | 584 |
| 毛熙震 | 〈浣溪沙〉三 | 晚起紅房醉欲銷。綠鬟雲散裊金翹。雪香花語不勝嬌。　好是向人柔弱處，玉纖時急繡裙腰。春心牽惹轉無憀。 | 585 |
| 毛熙震 | 〈臨江仙〉二 | 幽閨欲曙聞鶯囀，紅窗月影微明。好風頻謝落花聲。隔幃殘燭，猶照綺屏箏。　繡被錦茵眠玉暖，炷香斜裊煙輕。澹蛾羞斂不勝情。暗思閑夢，何處逐雲行。 | 587 |
| 毛熙震 | 〈清平樂〉 | 春光欲暮。寂寞閑庭戶。粉蝶雙雙穿檻舞。簾卷晚天疏雨。　含愁獨倚閨幃。玉鑪煙斷香微。正是銷魂時節，東風滿樹花飛。 | 588 |

| | 毛熙震 | 〈何滿子〉一 | 寂寞芳菲暗度，歲華如箭堪驚。緬想舊歡多少事，轉添春思難平。曲檻絲垂金柳，小窗絃斷銀箏。　　深院空聞燕語，滿園閑落花輕。一片相思休不得，忍教長日愁生。誰見夕陽孤夢，覺來無限傷情。 | 589 |
|---|---|---|---|---|
| | 歐陽炯 | 〈獻衷心〉 | 見好花顏色，爭笑東風。雙臉上，晚粧同。閉小樓深閣，春景重重。三五夜，偏有恨，月明中。　　情未已，信曾通。滿衣猶自染檀紅。恨不如雙燕，雙舞簾櫳。春欲暮，殘絮盡，柳條空。 | 453 |
| | 歐陽炯 | 〈鳳樓春〉 | 鳳髻綠雲叢。深掩房櫳。錦書通。夢中相見覺來慵。勻面淚，臉珠融。因想玉郎何處去，對淑景誰同。　　小樓中。春思無窮。倚欄顒望，闇牽愁緒，柳花飛起東風。斜日照簾，羅幌香冷粉屏空。海棠零落，鶯語殘紅。 | 455 |
| | 歐陽炯 | 〈木蘭花〉 | 兒家夫壻心容易。身又不來書不寄。閒庭獨立鳥關關，爭忍拋奴深院裏。　　悶向綠紗窗下睡。睡又不成愁已至。今年卻憶去年春，同在木蘭花下醉。 | 464 |
| | 歐陽炯 | 〈定風波〉 | 暖日閒窗映碧紗。小池清水浸晴霞。數樹海棠紅欲盡。爭忍。玉閨深掩過年華。　　獨凭繡床方寸亂。腸斷。淚珠穿破臉邊花。鄰舍女郎相借問。音信。教人羞道未還家。 | 464 |
| | 歐陽炯 | 〈清平樂〉 | 春來階砌。春雨如絲細。春地滿飄紅杏蒂。春燕舞隨風勢。　　春幡細縷春繒。春閨一點春燈。自是春心繚亂，非干春夢無憑。 | 465 |
| 秋思秋愁 | 牛希濟 | 〈謁金門〉 | 秋已暮。重疊關山歧路。嘶馬搖鞭何處去。曉禽霜滿樹。　　夢斷禁城鐘鼓。淚滴枕檀無數。一點凝紅和薄霧。翠娥愁不語。 | 546 |
| | 尹鶚 | 〈菩薩蠻〉一 | 隴雲暗合秋天白。俯窗獨坐窺煙陌。樓際角重吹。黃昏方醉歸。　　荒唐難共語。明日還應去。上馬出門時。金鞭莫與伊。 | 579 |
| | 尹鶚 | 〈撥棹子〉一 | 風切切。深秋月。十朵芙蓉繁豔歇。小檻細腰無力。空贏得、目斷魂飛何處說。　　寸心恰似丁香結。看看瘦盡胸前雪。偏挂恨、少年拋擲。羞覷見、繡被堆紅閒不徹。 | 581 |

| 李珣 | 〈酒泉子〉三 | 秋雨聯綿，聲散敗荷叢裏，那堪深夜枕前聽。酒初醒。　牽愁惹思更無停。燭暗香凝天欲曉，細和煙，冷和雨，透簾旌。 | 603 |
|---|---|---|---|
| 李珣 | 〈酒泉子〉四 | 秋月嬋娟，皎潔碧紗窗外，照花穿竹冷沉沉。印池心。　凝露滴，砌蛩吟。驚覺謝娘殘夢，夜深斜傍枕前來。影徘徊。 | 604 |
| 顧敻 | 〈虞美人〉三 | 翠屏閑掩垂珠箔。絲雨籠池閣。露粘紅藕咽清香。謝娘嬌極不成狂。罷朝妝。　小金鸂鶒沉煙細。膩枕堆雲髻。淺眉微斂注檀輕。舊歡時有夢魂驚。悔多情。 | 550 |
| 顧敻 | 〈玉樓春〉三 | 月皎露華窗影細。風送菊香粘繡袂。博山爐冷水沉微，惆悵金閨終日閉。　懶展羅衾垂玉筯，羞對菱花篸寶髻。良宵好事枉教休，無計那他狂耍壻。 | 555 |
| 顧敻 | 〈浣溪沙〉五 | 庭菊飄黃玉露濃。冷莎偎砌隱鳴蛩。何期良夜得相逢。　背帳風搖紅蠟滴，惹香暖夢繡衾重。覺來枕上怯晨鐘。 | 558 |
| 顧敻 | 〈楊柳枝〉 | 秋夜香閨思寂寥。漏迢迢。鴛幃羅幌麝煙銷。燭光搖。　正憶玉郎遊蕩去。無尋處。更聞簾外雨蕭蕭。滴芭蕉。 | 562 |
| 顧敻 | 〈荷葉盃〉五 | 夜久歌聲怨咽。殘月。菊冷露微微。看看濕透縷金衣。歸麼歸。歸麼歸。 | 565 |
| 顧敻 | 〈臨江仙〉一 | 碧染長空池似鏡，倚樓閑望凝情。滿衣紅藕細香清。象床珍簟，山障掩，玉琴橫。暗想昔時歡笑事，如今贏得愁生。博山爐暖澹煙輕。蟬吟人靜，殘日傍，小窗明。 | 567 |
| 顧敻 | 〈醉公子〉一 | 漠漠愁雲澹。紅藕香侵檻。枕倚小山屏。金鋪向晚扃。　睡起橫波慢。獨望情何限。衰柳數聲蟬。魂銷似去年。 | 568 |
| 閻選 | 〈虞美人〉一 | 粉融紅膩蓮房綻。臉動雙波慢。小魚銜玉鬢釵橫。石榴裙染象紗輕。轉娉婷。　偷期錦浪荷深處。一夢雲兼雨。臂留檀印齒痕香。深秋不寐漏初長。盡思量。 | 572 |
| 閻選 | 〈河傳〉 | 秋雨。秋雨。無晝無夜，滴滴霏霏。暗燈涼簟怨分離。妖姬。不勝悲。　西風稍急喧窗竹。停又續。膩臉懸雙玉。幾回邀約雁來時。違期。雁歸人不歸。 | 574 |

| | | | | |
|---|---|---|---|---|
| | 毛熙震 | 〈更漏子〉一 | 秋色清，河影澹。深戶燭寒光暗。綃幌碧，錦衾紅。博山香炷融。　更漏咽。蛩鳴切。滿院霜華如雪。新月上，薄雲收。映簾懸玉鉤。 | 587 |
| | 歐陽炯 | 〈南歌子〉 | 錦帳銀燈影，紗窗玉漏聲。迢迢永夜夢難成。愁對小庭秋色，月空明。 | 456 |
| 閨愁閨怨 | 韋莊 | 〈天仙子〉四 | 夢覺雲屏依舊空。杜鵑聲咽隔簾櫳。玉郎薄幸去無蹤。一日日，恨重重。淚界蓮腮兩線紅。 | 165 |
| | 韋莊 | 〈定西蕃〉一 | 挑盡金燈紅燼，人灼灼，漏遲遲。未眠時。　斜倚銀屏無語。閑愁上翠眉。悶煞梧桐殘雨。滴相思。 | 172 |
| | 薛昭蘊 | 〈相見歡〉 | 羅襦繡袂香紅。畫堂中。細草平沙蕃馬，小屏風。　卷羅幕。憑妝閣。思無窮。暮雨輕煙魂斷，隔簾櫳。 | 500 |
| | 張泌 | 〈浣溪沙〉四 | 依約殘眉理舊黃。翠鬟拋擲一簪長。暖風晴日罷朝妝。　閑折海棠看又撚，玉纖無力惹餘香。此情誰會倚斜陽。 | 518 |
| | 張泌 | 〈南歌子〉三 | 錦薦紅鸂鶒，羅衣繡鳳皇。綺疏飄雪北風狂。簾幕盡垂無事，鬱金香。 | 525 |
| | 尹鶚 | 〈清平樂〉一 | 低紅歛翠。盡日思閒事。髻滑鳳凰釵欲墜。雨打梨花滿地。　繡衣獨倚闌干。玉容似怯春寒。應待少年公子，鴛幃深處同歡。 | 583 |
| | 尹鶚 | 〈何滿子〉 | 雲雨常陪勝會，竿歌慣逐閑游。錦里風光應占，玉鞭金勒驊騮。戴月潛穿深曲，和香醉脫輕裘。　方喜正同鴛帳，又言將往皇州。每憶良宵公子伴，夢魂長挂紅樓。欲表傷離情味，丁香結在心頭。 | 580 |
| | 尹鶚 | 〈菩薩蠻〉三 | 錦茵閑襯丁香枕。銀釭爐落猶慵寢。頤坐徧紅爐。誰知情緒孤。　少年狂蕩慣。花曲長牽絆。去便不歸來。空教駿馬回。 | 581 |
| | 李珣 | 〈望遠行〉二 | 露滴幽庭落葉時。愁聚蕭娘柳眉。玉郎一去負佳期。水雲迢遞鴈書遲。　屏半掩，枕斜攲。蠟淚無言對垂。吟蛩斷續漏頻移。入窗明月鑒空帷。 | 605 |

| 毛文錫 | 〈贊浦子〉 | 錦帳添香睡，金鑪換夕薰。懶結芙蓉帶，慵拖翡翠裙。　　正是桃夭柳媚，那堪暮雨朝雲。宋玉高唐意，裁瓊欲贈君。 | 533 |
|---|---|---|---|
| 魏承班 | 〈木蘭花〉 | 小芙蓉，香旖旎。碧玉堂深清似水。閉寶匣，掩金鋪，倚屏拖袖愁如醉。　　遲遲好景煙花媚。曲渚鴛鴦眠錦翅。凝然愁望靜相思，一雙突醫頓香藥。 | 483 |
| 魏承班 | 〈滿宮花〉二 | 寒夜長，更漏永。愁見透簾月影。王孫何處不歸來，應在倡樓酩酊。　　金鴨無香羅帳冷。羞更雙鸞交頸。夢中幾度見兒夫，不忍罵伊薄倖。 | 488 |
| 魏承班 | 〈訴衷情〉三 | 銀漢雲晴玉漏長。蛩聲悄畫堂。筠簟冷，碧窗涼。紅燭淚飄香。　　皓月瀉寒光。割人腸。那堪獨自步池塘。對鴛鴦。 | 485 |
| 顧敻 | 〈甘州子〉四 | 露桃花裏小樓深。持玉盞，聽瑤琴。醉歸青瑣入鴛衾。月色照衣襟。山枕上、翠鈿鎮眉心。 | 554 |
| 顧敻 | 〈甘州子〉五 | 紅鑪深夜醉調笙。敲拍處，玉纖輕。小屏古畫岸低平。煙月滿閑庭。山枕上、燈背臉波橫。 | 554 |
| 顧敻 | 〈浣溪沙〉三 | 荷芰風輕簾幕香。繡衣鸂鶒泳迴塘。小屏閑掩舊瀟湘。　　恨入空幃鸞影獨，淚凝雙臉渚蓮光。薄情年少悔思量。 | 557 |
| 顧敻 | 〈浣溪沙〉六 | 雲澹風高葉亂飛。小庭寒雨綠苔微。深閨人靜掩屏幃。　　粉黛暗愁金帶枕，鴛鴦空繞畫羅衣。那堪辜負不思歸。 | 558 |
| 顧敻 | 〈酒泉子〉五 | 掩卻菱花，收拾翠鈿休上面。金蟲玉燕。鎖香奩。恨猒猒。　　雲鬟半墜懶重簪。淚侵山枕濕，銀燈背帳夢方酣。雁飛南。 | 561 |
| 顧敻 | 〈酒泉子〉六 | 水碧風清，入檻細香紅藕膩。謝娘斂翠。恨無涯。小屏斜。　　堪憎蕩子不還家。謾留羅帶結，帳深枕膩炷沉煙。負當年。 | 561 |
| 顧敻 | 〈臨江仙〉三 | 月色穿簾風入竹，倚屏雙黛愁時。砌花含露兩三枝。如啼恨臉，魂斷損容儀。　　香燼暗銷金鴨冷，可堪辜負前期。繡襦不整鬢鬉欹。幾多惆悵，情緒在天涯。 | 567 |

| | | | | |
|---|---|---|---|---|
| 顧敻 | 〈訴衷情〉二 | 永夜拋人何處去，絕來音。香閣掩。眉斂。月將沉。爭忍不相尋。怨孤衾。換我心、爲你心。始知相憶深。 | 564 | |
| 閻選 | 〈八拍蠻〉一 | 雲鎖嫩黃煙柳細，風吹紅蒂雪梅殘。光影不勝閨閣恨，行行坐坐黛眉攢。 | 574 | |
| 毛熙震 | 〈浣溪沙〉六 | 碧玉冠輕裊燕釵。捧心無語步香階。緩移弓底繡羅鞋。　暗想歡娛何計好，豈堪期約有時乖。日高深院正忘懷。 | 586 | |
| 毛熙震 | 〈南歌子〉二 | 惹恨還添恨，牽腸即斷腸。凝情不語一枝芳。獨映畫簾閑立、繡衣香。　暗想爲雲女，應憐傅粉郎。晚來輕步出閨房。髻慢釵橫無力、縱猖狂。 | 589 | |
| 毛熙震 | 〈何滿子〉二 | 無語殘妝澹薄，含羞斂袂輕盈。幾度香閨眠過曉，綺窗疏日微明。雲母帳中偷惜，水精枕上初驚。　笑靨嫩疑花拆，愁眉翠斂山橫。相望只教添悵恨，整鬟時見纖瓊。獨倚朱扉閑立，誰知別有深情。 | 590 | |
| 毛熙震 | 〈小重山〉 | 梁燕雙飛畫閣前。寂寥多少恨，懶孤眠。曉來閑處想君憐。紅羅帳，金鴨冷沉煙。　誰信損嬋娟。倚屏啼玉筯，濕香鈿。四肢無力上鞦韆。臺花謝，愁對豔陽天。 | 590 | |
| 毛熙震 | 〈酒泉子〉一 | 閑臥繡幃。慵想萬般情寵。錦檀偏，翹股重。翠雲欹。　暮天屏上春山碧。映香煙霧隔。蕙蘭心，魂夢役。斂蛾眉。 | 592 | |
| 宮怨 | 韋莊 | 〈小重山〉 | 一閉昭陽春又春。夜寒宮漏永，夢君恩。臥思陳事暗消魂。羅衣濕，紅袂有啼痕。　歌吹隔重閽。遶庭芳草綠，倚長門。萬般惆悵向誰論。凝情立，宮殿欲黃昏。 | 171 |
| | 薛昭蘊 | 〈小重山〉一 | 春到長門春草青。玉階華露滴，月朧明。東風吹斷紫簫聲。宮漏促，簾外曉啼鶯。　愁極夢難成。紅妝流宿淚，不勝情。手挼裙帶遶階行。思君切，羅幌暗塵生。 | 498 |
| | 薛昭蘊 | 〈小重山〉二 | 秋到長門秋草黃。畫梁雙燕去，出宮牆。玉簫無復理霓裳。金蟬墜，鸞鏡掩休妝。　憶昔在昭陽。舞衣紅綬帶，繡鴛鴦。至今猶惹御爐香。魂夢斷，愁聽漏更長。 | 499 |

| 張泌 | 〈滿宮花〉 | 花正芳，樓似綺。寂寞上陽宮裏。鈿籠金瑣睡鴛鴦，簾冷露華珠翠。　嬌豔盈香雪膩。細雨黃鶯雙起。東風惆悵欲清明，公子橋邊沉醉。 | 523 |
|---|---|---|---|
| 尹鶚 | 〈滿宮花〉 | 月沉沉，人悄悄。一炷後庭香裊。風流帝子不歸來，滿地禁花慵掃。　離恨多，相見少。何處醉迷三島。漏清宮樹子規啼，愁鎖碧窗春曉。 | 578 |
| 歐陽炯 | 〈更漏子〉二 | 三十六宮秋夜永，露華點滴高梧。丁丁玉漏咽銅壺。明月上金鋪。　紅線毯，博山爐。香風暗觸流蘇。羊車一去長青蕪。鏡塵鸞影孤。 | 464 |

## （二）思念詞：95 闋

| 主題 | 作者 | 詞調 | 詞　作　內　容 | 頁 |
|---|---|---|---|---|
| 女子思念——閨婦思夫——珠淚暗垂 | 韋莊 | 〈歸國遙〉二 | 金翡翠。為我南飛傳我意。罨畫橋邊春水。幾年花下醉。　別後只知相愧。淚珠難遠寄。羅幕繡幃鴛被。舊歡如夢裏。 | 155 |
| | 韋莊 | 〈應天長〉二 | 別來半歲音書絕。一寸離腸千萬結。難相見，易相別。又是玉樓花似雪。　暗相思，無處說。惆悵夜來煙月。想得此時情切。淚沾紅袖黦。 | 157 |
| | 薛昭蘊 | 〈浣溪沙〉三 | 粉上依稀有淚痕。郡庭花落欲黃昏。遠情深恨與誰論。　記得去年寒食日，延秋門外卓金輪。日斜人散暗銷魂。 | 495 |
| | 牛嶠 | 〈女冠子〉四 | 雙飛雙舞。春晝後園鶯語。卷羅幃。錦字書封了，銀河雁過遲。　鴛鴦排寶帳，荳蔻繡連枝。不語匀珠淚，落花時。 | 506 |
| | 牛嶠 | 〈感恩多〉一 | 兩條紅粉淚。多少香閨意。強攀桃李枝。斂愁眉。　陌上鶯啼蝶舞，柳花飛。柳花飛。願得郎心、憶家還早歸。 | 506 |
| | 牛嶠 | 〈感恩多〉二 | 自從南浦別。愁見丁香結。近來情轉深。憶鴛衾。　幾度將書託煙雁，淚盈襟。淚盈襟。禮月求天、願君知我心。 | 507 |
| | 牛嶠 | 〈菩薩蠻〉六 | 綠雲鬢上飛金雀。愁眉斂翠春煙薄。香閣掩芙蓉。畫屏山幾重。　窗寒天欲曙。猶結同心苣。啼粉污羅衣。問郎何日歸。 | 511 |

| | | | |
|---|---|---|---|
| 牛嶠 | 〈玉樓春〉 | 春入橫塘搖淺浪。花落小園空悵恨。此情誰信爲狂夫，恨翠愁紅流枕上。　　小玉窗前嗔燕語。紅淚滴穿金線縷。雁歸不見報郎歸，織成錦字封過與。 | 513 |
| 李珣 | 〈定風波〉三 | 又見新巢燕子歸。阮郎何事絕音徽。簾外西風黃葉落。池閣。隱莎蚤叫雨霏霏。　　愁坐算程千萬里。頻跂。等閒經歲兩心違。聽鵲憑龜無定處。不知。淚痕流在畫羅衣。 | 612 |
| 顧敻 | 〈甘州子〉二 | 每逢清夜與良晨。多悵望，足傷神。雲迷水隔意中人。寂寞繡羅茵。山枕上、幾點淚痕新。 | 553 |
| 顧敻 | 〈酒泉子〉一 | 楊柳舞風。輕惹春煙殘雨。杏花愁，鶯正語。畫樓東。　　錦屏寂寞思無窮。還是不知消息。鏡塵生，珠淚滴。損儀容。 | 559 |
| 顧敻 | 〈酒泉子〉二 | 羅帶縷金。蘭麝煙凝魂斷。畫屏欹，雲鬢亂。恨難任。　　幾迴垂淚滴鴛衾。薄情何處去。月臨窗，花滿樹。信沉沉。 | 559 |
| 顧敻 | 〈酒泉子〉三 | 小檻日斜，風度綠窗人悄悄。翠幃閑掩舞雙鸞。舊香寒。　　別來情緒轉難拚。韶顏看卻老。依稀粉上有啼痕。暗銷魂。 | 560 |
| 鹿虔扆 | 〈思越人〉 | 翠屏欹，銀燭背，漏殘清夜迢迢。雙帶繡窠盤錦薦，淚侵花暗香銷。　　珊瑚枕膩鴉鬟亂。玉纖慵整雲散。苦是適來新夢見。離腸爭不千斷。 | 571 |
| 鹿虔扆 | 〈虞美人〉 | 卷荷香澹浮煙渚。綠嫩擎新雨。鎖窗疏透曉風清。象床珍簟冷光輕。水紋平。　　九疑黛色屏斜掩。枕上眉心斂。不堪相望病將成。鈿昏檀粉淚縱橫。不勝情。 | 571 |
| 歐陽炯 | 〈賀明朝〉二 | 憶昔花間相見後。只憑纖手。暗拋紅豆。人前不解，巧傳心事，別來依舊。辜負春書。　　碧羅衣上蹙金繡。睹對對鴛鴦，空裛淚痕透。想韶顏非久。終是爲伊，只恁偷瘦。 | 455 |
| 惆悵<br>怨懟<br><br>韋莊 | 〈歸國遙〉一 | 春欲暮。滿地落花紅帶雨。惆悵玉籠鸚鵡。單栖無伴侶。　　南望去程何許。問花花不語。早晚得同歸去。恨無雙翠羽。 | 155 |

| 韋莊 | 〈清平樂〉六 | 綠楊春雨。金綫飄千縷。花拆香枝黃鸝語。玉勒雕鞍何處。　碧窗望斷燕鴻。翠簾睡眼溟濛。寶瑟誰家彈罷，含悲斜倚屏風。 | 173 |
|---|---|---|---|
| 韋莊 | 〈天仙子〉一 | 恨望前回夢裏期。看花不語苦尋思。露桃宮裏小腰肢。眉眼細，鬢雲垂。唯有多情宋玉知。 | 164 |
| 薛昭蘊 | 〈浣溪沙〉八 | 越女淘金春水上。步搖雲鬢珮鳴璫。渚風江草又清香。　不爲遠山凝翠黛，只應含恨向斜陽。碧桃花謝憶劉郎。 | 497 |
| 牛嶠 | 〈更漏子〉二 | 春夜闌，更漏促。金爐暗挑殘燭。驚夢斷，錦屏深。兩鄉明月心。　閨草碧，望歸客。還是不知消息。辜負我，悔憐君。告天天不聞。 | 508 |
| 張泌 | 〈生查子〉 | 相見稀，喜相見。相見還相遠。檀畫荔枝紅，金蔓蜻蜓軟。　魚鴈疏，芳信斷。花落庭陰晚。可惜玉肌膚，銷瘦成慵懶。 | 523 |
| 張泌 | 〈思越人〉 | 燕雙飛，鶯百囀，越波堤下長橋。鬭鈿花筺金匣恰，舞衣羅薄纖腰。　東風澹蕩慵無力。黛眉愁聚春碧。滿地落花無消息。月明腸斷空憶。 | 523 |
| 李珣 | 〈浣溪沙〉一 | 入夏偏宜澹薄妝。越羅衣褪鬱金黃。翠鈿檀注助容光。　相見無言還有恨，幾迴拚卻又思量。月窗香逕夢悠颺。 | 595 |
| 李珣 | 〈臨江仙〉一 | 簾卷池心小閣虛。暫涼閑步徐徐。芰荷經雨半凋疏。拂堤垂柳，蟬噪夕陽餘。不語低鬟幽思遠，玉釵斜墜雙魚。幾迴偷看寄來書。離情別恨，相隔欲何如。 | 599 |
| 李珣 | 〈定風波〉四 | 雁過秋空夜未央。隔窗煙月鎖蓮塘。往事豈堪容易想。惆悵。故人迢遞在瀟湘。　縱有回文重疊意。誰寄，解鬟臨鏡泣殘妝。沉水香消金鴨冷。愁永。候蟲聲接杵聲長。 | 612 |
| 李珣 | 〈定風波〉五 | 簾外烟和月滿庭。此時閒坐若爲情。小閣擁爐殘酒醒。愁聽。寒風葉落一聲聲。　唯恨玉人芳信阻。雲雨。屏帷寂寞夢難成。斗轉更闌心杳杳。將曉。銀釭斜照綺琴橫。 | 613 |

| 毛文錫 | 〈更漏子〉 | 春夜闌，春恨切。花外子規啼月。人不見，夢難憑。紅紗一點燈。　偏怨別。是芳節。庭下丁香千結。宵霧散，曉霞輝。梁間雙燕飛。 | 532 |
|---|---|---|---|
| 魏承班 | 〈滿宮花〉一 | 雪霏霏，風凜凜。玉郎何處狂飲。醉時想得縱風流，羅帳香幃鴛寢。　春朝秋夜思君甚。愁見繡屏孤枕。少年何事負初心，淚滴縷金雙衽。 | 483 |
| 魏承班 | 〈訴衷情〉一 | 高歌宴罷月初盈。詩情引恨情。煙露冷，水流輕。思想夢難成。　羅帳裊香平。恨頻生。思君無計睡還醒。隔層城。 | 485 |
| 魏承班 | 〈生查子〉三 | 離別又經年，獨對芳菲景。嫁得薄情夫，長抱相思病。　花紅柳綠開晴空，蝶弄雙雙影。羞看繡羅衣，為有金鸞竝。 | 488 |
| 顧夐 | 〈荷葉盃〉一 | 春盡小庭花落。寂寞。憑檻斂雙眉。忍教成病憶佳期。知麼知。知麼知。 | 564 |
| 顧夐 | 〈荷葉盃〉二 | 歌發誰家筵上。寥亮。別恨正悠悠。蘭釭背帳月當樓。愁麼愁。愁麼愁。 | 564 |
| 顧夐 | 〈荷葉盃〉九 | 一去又乖期信。春盡。滿院長莓苔。手捻裙帶獨徘徊。來麼來。來麼來。 | 566 |
| 顧夐 | 〈臨江仙〉二 | 幽閨小檻春光晚，柳濃花澹鶯稀。舊歡思想尚依依。翠鬟紅斂，終日損芳菲。　何事狂夫音信斷，不如梁燕猶歸。畫堂深處麝煙微。屏虛枕冷，風細雨霏霏。 | 567 |
| 鹿虔扆 | 〈臨江仙〉二 | 無賴曉鶯驚夢斷，起來殘酒初醒。映窗絲柳裊煙青。翠簾慵卷，約砌杏花零。　一自玉郎遊冶去，蓮凋月慘儀形。暮天微雨灑閑庭。手挼裙帶，無語倚雲屏。 | 570 |
| 毛熙震 | 〈更漏子〉二 | 煙月寒，秋夜靜。漏轉金壺初永。羅幕下，繡屏空。燈花結碎紅。　人悄悄。愁無了。思夢不成難曉。長憶得，與郎期。竊香私語時。 | 587 |
| 毛熙震 | 〈定西蕃〉 | 蒼翠濃陰滿院，鶯對語，蝶交飛。戲薔薇。　斜日倚欄風好，餘香出繡衣。未得玉郎消息，幾時歸。 | 590 |
| 毛熙震 | 〈木蘭花〉 | 掩朱扉，鉤翠箔。滿院鶯聲春寂寞。勻粉淚，恨檀郎，一去不歸花又落。　對斜暉，臨小閣。前事豈堪重想著。金帶冷，畫屏幽，寶帳慵薰蘭麝薄。 | 591 |

| | 毛熙震 | 〈菩薩蠻〉一 | 梨花滿院飄香雪。高樓夜靜風箏咽。斜月照簾帷。憶君和夢稀。　小窗燈影背。燕語驚愁態。屏掩斷香飛。行雲山外歸。 | 593 |
|---|---|---|---|---|
| | 毛熙震 | 〈菩薩蠻〉二 | 繡簾高軸臨塘看。雨翻荷芰真珠散。殘暑晚初涼。輕風渡水香。　無悰悲往事。爭那牽情思。光影暗相催。等閑秋又來。 | 594 |
| | 毛熙震 | 〈菩薩蠻〉三 | 天含殘碧融春色。五陵薄幸無消息。盡日掩朱門。離愁暗斷魂。　鶯啼芳樹暖。燕拂迴塘滿。寂寞對屏山。相思醉夢間。 | 594 |
| | 歐陽炯 | 〈三字令〉 | 春欲盡，日遲遲。牡丹時。羅幌卷，翠簾垂。彩牋書，紅粉淚，兩心知。　人不在，燕空歸。負佳期。香燼落，枕函欹。月分明，花澹薄，惹相思。 | 140 |
| | 歐陽炯 | 〈巫山一段雲〉二 | 春去秋來也，愁心似醉醺。去時邀約早回輪。及去又何曾。　歌扇花光翠，衣珠滴淚新。恨身翻不作車塵。萬里得隨君。 | 457 |
| | 歐陽炯 | 〈玉樓春〉二 | 春早玉樓煙雨夜。簾外櫻桃花半謝。錦屏香冷繡衾寒，怊悵憶君無計捨。　侵曉鵲聲來砌下。鸞鏡殘妝紅粉罷。黛眉雙點不能描，留待玉郎歸日畫。 | 463 |
| | 歐陽炯 | 〈菩薩蠻〉三 | 翠眉雙臉新妝薄。幽閨斜捲青羅幕。寒食百花時。紅繁香滿枝。　雙雙梁燕語。蝶舞相隨去。腸斷正思君。閒眠冷繡茵。 | 466 |
| 魂夢相尋 | 韋莊 | 〈應天長〉一 | 綠槐陰裏黃鶯語。深院無人春晝午。畫簾垂，金鳳舞。寂寞繡屏香一炷。　碧天雲，無定處。空役夢魂來去。夜夜綠窗風雨。斷腸君信否。 | 156 |
| | 韋莊 | 〈天仙子〉三 | 蟾彩霜華夜不分。天外鴻聲枕上聞。繡衾香冷懶重薰。人寂寂，葉紛紛。纔睡依前夢見君。 | 165 |
| | 韋莊 | 〈女冠子〉一 | 四月十七。正是去年今日。別君時。忍淚佯低面，含羞半斂眉。　不知魂已斷，空有夢相隨。除卻天邊月，沒人知。 | 169 |

| | 薛昭蘊 | 〈浣溪沙〉二 | 鈿匣菱花錦帶垂。靜臨蘭檻卸頭時。約鬟低珥算歸期。　茂苑草青湘渚闊，夢餘空有漏依依。二年終日損芳菲。 | 495 |
|---|---|---|---|---|
| | 薛昭蘊 | 〈謁金門〉 | 春滿院。疊損羅衣金線。睡覺水精簾未捲。簷前雙語燕。　斜掩金鋪一扇。滿地落花千片。早是相思腸欲斷。忍交頻夢見。 | 502 |
| | 牛嶠 | 〈菩薩蠻〉四 | 畫屏重疊巫陽翠。楚神尚有行雲意。朝暮幾般心。向他情謾深。　風流今古隔。虛作瞿塘客。山月照山花。夢迴燈影斜。 | 510 |
| | 牛希濟 | 〈酒泉子〉 | 枕轉簟涼。清曉遠鐘殘夢。月光斜，簾影動。舊鑪香。　夢中說盡相思事。纖手勻雙淚。去年書，今日意。斷離腸。 | 545 |
| | 顧敻 | 〈浣溪沙〉七 | 雁響遙天玉漏清。小紗窗外月朧明。翠幃金鴨炷香平。　何處不歸音信斷，良宵空使夢魂驚。簟涼枕冷不勝情。 | 558 |
| 傾訴衷情 | 韋莊 | 〈思帝鄉〉一 | 雲髻墜。鳳釵垂。髻墜釵垂無力，枕函欹。翡翠屏深月落，漏依依。說盡人間天上，兩心知。 | 167 |
| | 牛希濟 | 〈生查子〉二 | 新月曲如眉，未有團圞意。紅豆不堪看，滿眼相思淚。　終日劈桃穰，人在心兒裏。兩朵隔墻花，早晚成連理。 | 547 |
| | 顧敻 | 〈荷葉盃〉六 | 我憶君詩最苦。知否。字字盡關心。紅牋寫寄表情深。吟麼吟。吟麼吟。 | 565 |
| 女子思念──征婦思夫 | 韋莊 | 〈木蘭花〉 | 獨上小樓春欲暮。愁望玉關芳草路。消息斷，不逢人，卻斂細眉歸繡戶。　坐看落花空歎息。羅袂濕斑紅淚滴。千山萬水不曾行，魂夢欲教何處覓。 | 171 |
| | 韋莊 | 〈定西蕃〉二 | 芳草叢生縷結，花豔豔，雨濛濛。曉庭中。　塞遠久無音問，愁銷鏡裏紅。紫燕黃鸝猶生，恨何窮。 | 173 |
| | 牛嶠 | 〈更漏子〉一 | 星漸稀，漏頻轉。何處輪臺聲怨。香閣掩，杏花紅。月明楊柳風。　挑錦字，記情事。唯願兩心相似。收淚語，背燈眠。玉釵橫枕邊。 | 508 |

| 牛嶠 | 〈更漏子〉三 | 南浦情，紅粉淚。爭奈兩人深意。低翠黛，卷征衣。馬嘶霜葉飛。　招手別，寸腸結。還是去年時節。書託鴈，夢歸家。覺來江月斜。 | 509 |
|---|---|---|---|
| 牛嶠 | 〈菩薩蠻〉一 | 舞裙香暖金泥鳳。畫梁語燕驚殘夢。門外柳花飛。玉郎猶未歸。　愁勻紅粉淚。眉剪春山翠。何處是遼陽。錦屏春晝長。 | 509 |
| 尹鶚 | 〈菩薩蠻〉二 | 嗚嗚曉角調如語。畫樓三會喧雷鼓。枕上夢方殘。月光鋪水寒。　蛾眉應斂翠。咫尺同千里。宿酒未全消。滿懷離恨饒。 | 580 |
| 李珣 | 〈菩薩蠻〉一 | 迴塘風起波紋細。刺桐花裏門斜閉。殘日照平蕪。雙雙飛鷓鴣。　征帆何處客。相見還相隔。不語欲魂銷。望中煙水遙。 | 605 |
| 李珣 | 〈菩薩蠻〉三 | 隔簾微雨雙飛燕。砌花零落紅深淺。捻得寶箏調。心隨征棹遙。　楚天雲外路。動便經年去。香斷畫屏深。舊歡何處尋。 | 606 |
| 毛文錫 | 〈醉花間〉一 | 休相問。怕相問。相問還添恨。春水滿塘生，鸂鶒還相趁。　昨夜雨霏霏，臨明寒一陣。偏憶戍樓人，久絕邊庭信。 | 536 |
| 毛文錫 | 〈訴衷情〉二 | 鴛鴦交頸繡衣輕。碧沼藕花馨。偎藻荇，映蘭汀。和雨浴浮萍。　思婦對心驚。想邊庭。何時解珮掩雲屏。訴衷情。 | 539 |
| 毛文錫 | 〈何滿子〉 | 紅粉樓前月照，碧紗窗外鶯啼。夢斷遼陽音信，那堪獨守空閨。恨對百花時節，王孫綠草萋萋。 | 540 |
| 顧敻 | 〈浣溪沙〉二 | 紅藕香寒翠渚平。月籠虛閣夜蛩清。塞鴻驚夢兩牽情。　寶帳玉爐殘麝冷，羅衣金縷暗塵生。小窗孤燭淚縱橫。 | 557 |
| 顧敻 | 〈遐方怨〉 | 簾影細，簟紋平。象紗籠玉指，縷金羅扇輕。嫩紅雙臉似花明。兩條眉黛遠山橫。　鳳簫歇，鏡塵生。遼塞音書絕，夢魂長暗驚。玉郎經歲負娉婷。教人爭不恨無情。 | 562 |

| | | | | |
|---|---|---|---|---|
| 男子思念 | 韋莊 | 〈浣溪沙〉三 | 惘悵夢餘山月斜。孤燈照壁背窗紗。小樓高閣謝娘家。　暗想玉容何所似，一枝春雪凍梅花。滿身香霧簇朝霞。 | 151 |
| | 韋莊 | 〈浣溪沙〉五 | 夜夜相思更漏殘。傷心明月凭欄杆。想君思我錦衾寒。　咫尺畫堂深似海，憶來唯把舊書看。幾時攜手入長安。 | 152 |
| | 韋莊 | 〈謁金門〉二 | 空相憶。無計得傳消息。天上嫦娥人不識。寄書何處覓。　新睡覺來無力。不忍把伊書迹。滿院落花春寂寂。斷腸芳草碧。 | 161 |
| | 韋莊 | 〈女冠子〉二 | 昨夜夜半。枕上分明夢見。語多時。依舊桃花面，頻低柳葉眉。　半羞還半喜，欲去又依依。覺來知是夢，不勝悲。 | 170 |
| | 薛昭蘊 | 〈浣溪沙〉五 | 簾下三間出寺墻。滿街垂柳綠陰長。嫩紅輕翠間濃妝。　瞥地見時猶可可，卻來閑處暗思量。如今情事隔仙鄉。 | 496 |
| | 牛嶠 | 〈酒泉子〉 | 記得去年，煙暖杏園花正發，雪飄香。江草綠，柳絲長。　鈿車纖手卷簾望。眉學春山樣。鳳釵低裊翠鬟上。落梅妝。 | 512 |
| | 張泌 | 〈浣溪沙〉三 | 獨立寒階望月華。露濃香泛小庭花。繡屏愁背一燈斜。　雲雨自從分散後，人間無路到仙家。但憑魂夢訪天涯。 | 517 |
| | 張泌 | 〈浣溪沙〉六 | 枕障燻鑪隔繡幃。二年終日兩相思。杏花明月始應知。　天上人間何處去，舊歡新夢覺來時。黃昏微雨畫簾垂。 | 518 |
| | 尹鶚 | 〈杏園芳〉 | 嚴妝嫩臉花明。交人見了關情。含羞舉步越羅輕。稱娉婷。　終朝咫尺窺香閣，迢遙似隔層城。何時休遣夢相縈。入雲屏。 | 578 |
| | 李珣 | 〈浣溪沙〉三 | 訪舊傷離欲斷魂。無因重見玉樓人。六街微雨鏤香塵。　早爲不逢巫峽夢，那堪虛度錦江春。遇花傾酒莫辭頻。 | 596 |
| | 李珣 | 〈浣溪沙〉四 | 紅藕花香到檻頻。可堪閑憶似花人。舊歡如夢絕音塵。　翠疊畫屏山隱隱，冷鋪紋簟水潾潾。斷魂何處一蟬新。 | 596 |
| | 李珣 | 〈西溪子〉二 | 馬上見時如夢。認得臉波相送。柳堤長，無限意。夕陽裏。醉把金鞭欲墜。歸去想嬌嬈。暗魂銷。 | 613 |

| 毛文錫 | 〈虞美人〉一 | 鴛鴦對浴銀塘暖。水面蒲梢短。垂楊低拂麴塵波。蛛絲結網露珠多。滴圓荷。　遙思桃葉吳江碧。便是天河隔。錦鱗紅鬣影沉沉。相思空有夢相尋。意難任。 | 529 |
|---|---|---|---|
| 毛文錫 | 〈醉花間〉二 | 深相憶。莫相憶。相憶情難極。銀漢是紅墻，一帶遙相隔。　金盤珠露滴。兩岸榆花白。風搖玉珮清，今夕爲何夕。 | 536 |
| 魏承班 | 〈訴衷情〉四 | 金風輕透碧窗紗。銀釭焰影斜。欹枕臥，恨何賒。山掩小屏霞。　雲雨別吳娃。想容華。夢成幾度繞天涯。到君家。 | 485 |
| 魏承班 | 〈訴衷情〉五 | 春情滿眼臉紅銷。嬌妒索人饒。星靨小，玉瑙搖。幾共醉春朝。　別後憶纖腰。夢魂勞。如今風葉又蕭蕭。恨迢迢。 | 486 |
| 魏承班 | 〈黃鍾樂〉 | 池塘煙暖草萋萋。惆悵閑霄含恨，愁坐思堪迷。遙想玉人情事遠，音容渾似隔桃溪。　偏記同歡秋月低。簾外論心花畔，和醉暗相攜。何事春來君不見，夢魂長在錦江西。 | 487 |
| 顧敻 | 〈浣溪沙〉四 | 惆悵經年別謝娘。月窗花院好風光。此時相望最情傷。　青鳥不來傳錦字，瑤姬何處鎖蘭房。忍教魂夢兩茫茫。 | 558 |
| 顧敻 | 〈浣溪沙〉八 | 露白蟾明又到秋。佳期幽會兩悠悠。夢牽情役幾時休。　記得呢人微斂黛，無言斜倚小書樓。暗思前事不勝愁。 | 559 |
| 顧敻 | 〈荷葉盃〉四 | 記得那時相見。膽顫。鬢亂四肢柔。泥人無語不擡頭。羞麼羞。羞麼羞。 | 565 |
| 閻選 | 〈臨江仙〉一 | 雨停荷芰逗濃香。岸邊蟬噪垂楊。物華空有舊池塘。不逢仙子，何處夢襄王。　珍簟對欹鴛枕冷，此來塵暗淒涼。欲憑危檻恨偏長。藕花珠綴，猶似汗凝妝。 | 573 |
| 閻選 | 〈浣溪沙〉 | 寂寞流蘇冷繡茵。倚屏山枕惹香塵。小庭花露泣濃春。　劉阮信非仙洞客，常娥終是月中人。此生無路訪東鄰。 | 574 |
| 毛熙震 | 〈後庭花〉三 | 越羅小袖新香蒨。薄籠金釧。倚欄無語搖輕扇。半遮勻面。　春殘日暖鶯嬌懶。滿庭花片。爭不教人長相見。畫堂深院。 | 592 |

| | | | | |
|---|---|---|---|---|
| | 歐陽炯 | 〈賀明朝〉一 | 憶昔花間初識面。紅袖半遮，粧臉輕轉。石榴裙帶，故將纖纖，玉指偷撚。雙鳳金線。　　碧梧桐鎖深深院。誰料得兩情，何日教繾綣。羨春來雙燕。飛到玉樓，朝暮相見。 | 454 |
| 男女相思 | 顧敻 | 〈獻衷心〉 | 繡鴛鴦帳暖，畫孔雀屏敧。人悄悄，月明時。想昔年歡笑，恨今日分離。銀釭背，銅漏永，阻佳期。　　小爐煙細，虛閣簾垂。幾多心事，暗地思惟。被嬌娥牽役，魂夢如癡。金閨裏，山枕上，始應知。 | 562 |

## （三）歡會詞：21 闋

| 主題 | 作者 | 詞調 | 詞作內容 | 頁 |
|---|---|---|---|---|
| 男子之愛慕 | 牛嶠 | 〈菩薩蠻〉二 | 柳花飛處鶯聲急。晴街春色香車立。金鳳小簾開。臉波和恨來。　　今宵求夢想。難到青樓上。贏得一場愁。鴛衾誰並頭。 | 510 |
| | 牛嶠 | 〈菩薩蠻〉五 | 風簾燕舞鶯啼柳。妝臺約鬢低纖手。釵重髻盤珊。一枝紅牡丹。　　門前行樂客。白馬嘶春色。故故墜金鞭。迴頭應眼穿。 | 511 |
| | 張泌 | 〈浣溪沙〉九 | 晚逐香車入鳳城。東風斜揭繡簾輕。漫迴嬌眼笑盈盈。　　消息未通何計是，便須佯醉且隨行。依稀聞道太狂生。 | 519 |
| | 張泌 | 〈浣溪沙〉十 | 小市東門欲雪天。眾中依約見神仙。蘂黃香畫帖金蟬。　　飲散黃昏人草草，醉容無語立門前。馬嘶塵烘⼀街煙。 | 520 |
| | 張泌 | 〈江城子〉二 | 浣花溪上見卿卿。臉波明。黛眉輕。綠雲高綰，金簇小蜻蜓。好是問他來得麼，和笑道，莫多情。 | 526 |
| 女子之心儀 | 韋莊 | 〈思帝鄉〉二 | 春日遊。杏花吹滿頭。陌上誰家年少，足風流。妾擬將身嫁與，一生休。縱被無情棄，不能羞。 | 167 |
| | 顧敻 | 〈荷葉盃〉三 | 弱柳好花盡拆。晴陌。陌上少年郎。滿身蘭麝撲人香。狂麼狂。狂麼狂。 | 565 |
| | 歐陽炯 | 〈春光好〉六 | 芳叢蕭，綠筵張。兩心狂。空遣橫波傳意緒，對笙簧。　　雖似安仁擲果，未聞韓壽分香。流水桃花情不已，待劉郎。 | 459 |

| | 歐陽炯 | 〈女冠子〉一 | 薄妝桃臉。滿面縱橫花靨。豔情多。綬帶盤金縷，輕裙透碧羅。　含羞眉乍斂，微語笑相和。不會頻偷眼，意如何。 | 461 |
|---|---|---|---|---|
| 男女歡會 | 韋莊 | 〈江城子〉一 | 恩重嬌多情易傷。漏更長。解鴛鴦。朱唇未動，先覺口脂香。緩揭繡衾抽皓腕，移鳳枕，枕潘郎。 | 162 |
| | 牛嶠 | 〈應天長〉二 | 雙眉澹薄藏心事。清夜背燈嬌又醉。玉釵橫，山枕膩。寶帳鴛鴦春睡美。　別經時，無限意。虛道相思憔悴。莫信綵牋書裏。賺人腸斷字。 | 507 |
| | 牛嶠 | 〈菩薩蠻〉七 | 玉樓冰簟鴛鴦錦。粉融香汗流山枕。簾外轆轤聲。斂眉含笑驚。　柳陰煙漠漠。低鬢蟬釵落。須作一生拚。盡君今日歡。 | 512 |
| | 尹鶚 | 〈秋夜月〉 | 三秋佳節。罩晴空，凝碎露，茱萸千結。菊蘂和煙輕撚，酒浮金屑。徵雲雨，調絲竹，此時難輟。歡極、一片豔歌聲揭。　黃昏慵別。炷沉煙，熏繡被，翠帷同歇。醉並鴛鴦雙枕，暖偎春雪。語丁寧，情委曲，論心正切。深夜、窗透數條斜月。 | 582 |
| | 毛文錫 | 〈戀情深〉一 | 滴滴銅壺寒漏咽。醉紅樓月。宴餘香殿會鴛衾。蕩春心。　真珠簾下曉光侵。鶯語隔瓊林。寶帳欲開慵起，戀情深。 | 538 |
| | 毛文錫 | 〈戀情深〉二 | 玉殿春濃花爛漫。簇神仙伴。羅裙窣地縷黃金。奏清音。　酒闌歌罷兩沉沉。一笑動君心。永願作鴛鴦伴，戀情深。 | 538 |
| | 魏承班 | 〈菩薩蠻〉一 | 羅裙薄薄秋波染。眉間畫時山兩點。相見綺筵時。深情暗共知。　翠翹雲鬢動。斂態彈金鳳。宴罷入蘭房。邀人解珮璫。 | 482 |
| | 魏承班 | 〈菩薩蠻〉二 | 羅衣隱約金泥畫。玳筵一曲當秋夜。聲泛覷人嬌。雲鬟裊翠翹。　酒醺紅玉軟。眉翠秋山遠。繡幌麝煙沉。誰人知兩心。 | 482 |
| | 魏承班 | 〈菩薩蠻〉三 | 玉容光照菱花影。沉沉臉上秋波冷。白雪一聲新。雕梁起暗塵。　寶釵搖翡翠。香惹芙蓉醉。攜手入鴛衾。誰人知此心。 | 489 |
| | 顧敻 | 〈甘州子〉一 | 一爐龍麝錦帷傍。屏掩映，燭熒煌。禁樓刁斗喜初長。羅薦繡鴛鴦。山枕上、私語口脂香。 | 553 |

| 顧敻 | 〈甘州子〉三 | 曾如劉阮訪仙蹤。深洞客，此時逢。綺筵散後繡衾同。款曲見韶容。山枕上、長是怯晨鐘。 | 554 |
| 歐陽炯 | 〈浣溪沙〉三 | 相見休言有淚珠。酒闌重得敘歡娛。鳳屏鴛枕宿金鋪。　蘭麝細香聞喘息，綺羅纖縷見肌膚。此時還恨薄情無。 | 449 |

## （四）別離詞：35 闋

| 主題 | 作者 | 詞　調 | 詞　作　內　容 | 頁 |
|---|---|---|---|---|
| 女子傷別 | 韋莊 | 〈清平樂〉四 | 鶯啼殘月。繡閣香燈滅。門外馬嘶郎欲別。正是落花時節。　粧成不畫蛾眉。含愁獨倚金扉。去路香塵莫掃，掃即郎去歸遲。 | 160 |
| | 韋莊 | 〈望遠行〉 | 欲別無言倚畫屏。含恨暗傷情。謝家庭樹錦雞鳴。殘月落邊城。　人欲別，馬頻嘶。綠槐千里長堤。出門芳草路萋萋。雲雨別來易東西。不忍別君後，卻入舊香閨。 | 160 |
| | 韋莊 | 〈江城子〉二 | 髻鬟狼籍黛眉長。出蘭房。別檀郎。角聲嗚咽，星斗漸微茫。露冷月殘人未起，留不住，淚千行。 | 162 |
| | 韋莊 | 〈上行盃〉一 | 芳草灞陵春岸。柳煙深、滿樓絃管。一曲離聲腸寸斷。　今日送君千萬。紅縷玉盤金鏤盞。須勸。珍重意，莫辭滿。 | 168 |
| | 韋莊 | 〈上行盃〉二 | 白馬玉鞭金轡。少年郎、離別容易。迢遞去程千萬里。　惆悵異鄉雲水。滿酌一盃勸和淚。須愧。珍重意，莫辭醉。 | 169 |
| | 薛昭蘊 | 〈離別難〉 | 寶馬曉鞴彫鞍。羅幃乍別情難。那堪春景媚。送君千萬里。半妝珠翠落，露華寒。紅蠟燭。青絲曲。偏能鉤引淚闌干。　良夜促。香塵綠。魂欲迷。檀眉半歛愁低。未別心先咽。欲語情難說。出芳草、路東西。搖袖立。春風急。櫻花楊柳雨淒淒。 | 500 |
| | 牛嶠 | 〈望江怨〉 | 東風急。惜別花時手頻執。羅幃愁獨入。馬嘶殘雨春蕪濕。倚門立。寄語薄情郎，粉香和淚泣。 | 509 |

| 牛嶠 | 〈江城子〉二 | 極浦煙消水鳥飛。離筵分手時。送金巵。渡口楊花、狂雪任風吹。日暮空江波浪急，芳草岸，雨如絲。 | 514 |
|---|---|---|---|
| 張泌 | 〈浣溪沙〉一 | 鈿轂香車過柳堤。樺煙分處馬頻嘶。為他沉醉不成泥。　　花滿驛亭香露細，杜鵑聲斷玉蟾低。含情無語倚樓西。 | 517 |
| 張泌 | 〈浣溪沙〉七 | 花月香寒悄夜塵。綺筵幽會暗傷神。嬋娟依約畫屏人。　　人不見時還暫語，令纔拋後愛微顰。越羅巴錦不勝春。 | 519 |
| 張泌 | 〈河傳〉一 | 渺莽，雲水。惆悵暮帆，去程迢遞。夕陽芳草，千里萬里。雁聲無限起。　　夢魂悄斷煙波裏。心如醉。相見何處是。錦屏香冷無睡。被頭多少淚。 | 521 |
| 牛希濟 | 〈生查子〉一 | 春山煙欲收，天澹稀星小。殘月臉邊明，別淚臨清曉。　　語已多，情未了。迴首猶重道。記得綠羅裙，處處憐芳草。 | 545 |
| 李珣 | 〈臨江仙〉二 | 鶯報簾前暖日紅。玉鑪殘麝猶濃。起來閨思向疏慵。別愁春夢，誰解此情怜。　　強整嬌姿臨寶鏡，小池一朵芙蓉。舊歡無處再尋蹤。更堪迴顧，屏畫九疑峯。 | 599 |
| 李珣 | 〈酒泉子〉二 | 雨漬花零。紅散香凋池兩岸。別情遙，春歌斷。掩銀屏。　　孤帆早晚離三楚。閑理鈿箏愁幾許。曲中情，絃上語。不堪聽。 | 603 |
| 李珣 | 〈菩薩蠻〉二 | 等閑將度三春景。簾垂碧砌參差影。曲檻日初斜。杜鵑啼落花。　　恨君容易處。又話瀟湘去。凝思倚屏山。淚流紅臉班。 | 606 |
| 李珣 | 〈虞美人〉 | 金籠鶯報天將曙。驚起分飛處。夜來潛與玉郎期。多情不覺酒醒遲。失歸期。　　映花避月遙相送。膩鬌偏垂鳳。卻迴嬌步入香閨。倚屏無語撚雲篦。翠眉低。 | 607 |
| 李珣 | 〈河傳〉二 | 春暮。微雨。送君南浦。愁斂雙蛾。落花深處。啼鳥似逐離歌。粉檀珠淚和。　　臨流更把同心結。情哽咽。後會何時節。不堪迴首，相望已隔汀洲。櫓聲幽。 | 608 |

| 毛文錫 | 〈應天長〉 | 平江波暖鴛鴦語。兩兩釣船歸極浦。蘆洲一夜風和雨。飛起淺沙翹雪鷺。　　漁燈明遠渚。蘭棹今宵何處。羅袂從風輕舉。愁殺採蓮女。 | 539 |
|---|---|---|---|
| 魏承班 | 〈訴衷情〉二 | 春深花簇小樓臺。風飄錦繡開。新睡覺，步香階。山枕印紅腮。　　鬢亂墜金釵。語檀偎。臨行執手重重囑，幾千迴。 | 485 |
| 魏承班 | 〈謁金門〉一 | 煙水闊。人值清明時節。雨細花零鶯語切。愁腸千萬結。　　雁去音徽斷絕。有恨欲憑誰說。無事傷心猶不徹。春時容易別。 | 489 |
| 魏承班 | 〈謁金門〉二 | 春欲半。堆砌落花千片。早是潘郎長不見。忍聽雙語燕。　　飛絮晴空颺遠。風送誰家絃管。愁倚畫屏凡事懶。淚沾金縷線。 | 489 |
| 魏承班 | 〈謁金門〉三 | 長思憶。思憶佳人輕擲。霜月透簾澄夜色。小屏山凝碧。　　恨恨君何太極。記得嬌嬈無力。獨坐思量愁似織。斷腸煙水隔。 | 490 |
| 顧敻 | 〈虞美人〉四 | 碧梧桐映紗窗晚。花謝鶯聲懶。小屏屈曲掩青山。翠幃香粉玉爐寒。兩蛾攢。　　顛狂少年輕離別。辜負春時節。畫羅紅袂有啼痕。魂銷無語倚閨門。欲黃昏。 | 551 |
| 顧敻 | 〈河傳〉三 | 棹舉。舟去。波光渺渺，不知何處。岸花汀草共依依。雨微。鷓鴣相逐飛。　　天涯離恨江聲咽。啼猿切。此意向誰說。倡蘭橈。獨無憀。魂銷。小爐香欲焦。 | 553 |
| 顧敻 | 〈玉樓春〉四 | 拂水雙飛來去燕。曲檻小屏山六扇。春愁凝思結眉心，綠綺懶調紅錦薦。　　話別情多聲欲顫。玉筯痕留紅粉面。鎮長獨立到黃昏，卻怕良宵頻夢見。 | 556 |
| 顧敻 | 〈醉公子〉二 | 岸柳垂金線。雨晴鶯百囀。家住綠楊邊。往來多少年。　　馬嘶芳草遠。高樓簾半卷。斂袖翠蛾攢。相逢爾許難。 | 568 |
| 歐陽炯 | 〈菩薩蠻〉四 | 畫屏繡閣三秋雨。香脣膩臉偎人語。語罷欲天明。嬌多夢不成。　　曉街鐘鼓絕。瞋道如今別。特地氣長吁。倚屏彈淚珠。 | 466 |

| | | | | |
|---|---|---|---|---|
| 男子傷別 | 韋莊 | 〈荷葉盃〉一 | 絕代佳人難得。傾國。花下見無期。一雙愁黛遠山眉。不忍更思惟。　閑掩翠屏金鳳。殘夢。羅幕畫堂空。碧天無路信難通。惆悵舊房櫳。 | 158 |
| | 韋莊 | 〈荷葉盃〉二 | 記得那年花下。深夜。初識謝娘時。水堂西面畫簾垂。攜手暗相期。　惆悵曉鶯殘月。相別。從此隔音塵。如今俱是異鄉人。相見更無因。 | 158 |
| | 張泌 | 〈浣溪沙〉二 | 馬上凝情憶舊遊。照花淹竹小溪流。鈿箏羅幕玉搔頭。　早是出門長帶月，可堪分袂又經秋。晚風斜日不勝愁。 | 517 |
| | 尹鶚 | 〈臨江仙〉一 | 一番荷芰生舊沼，檻前風送馨香。昔年於此伴蕭娘。相偎伫立，牽惹敘衷腸。　時逞笑容無限態，還如菡萏爭芳。別來虛遣思悠颺。慵窺往事，金鎖小蘭房。 | 577 |
| | 尹鶚 | 〈臨江仙〉二 | 深秋寒夜銀河靜，月明深院中庭。西窗鄉夢等閑成。逡巡覺後，特地恨難平。　紅燭半消殘焰短，依稀暗背銀屏。枕前何事最傷情。梧桐葉上，點點露珠零。 | 577 |
| | 李珣 | 〈河傳〉一 | 去去。何處。迢迢巴楚。山水相連。朝雲暮雨。依舊十二峯前。猿聲到客船。　愁腸豈異丁香結。因離別。故國音書絕。想佳人花下，對明月春風。恨應同。 | 608 |
| 友人送別 | 薛昭蘊 | 〈浣溪沙〉四 | 握手河橋柳似金。蜂鬚輕惹百花心。蕙風蘭思寄清琴。　意滿便同春水滿，情深還似酒盃深。楚煙湘月兩沉沉。 | 496 |
| | 薛昭蘊 | 〈浣溪沙〉六 | 江館清秋攬客船。故人相送夜開筵。麝煙蘭焰簇花鈿。　正是斷魂迷楚雨，不堪離恨咽湘絃。月高霜白水連天。 | 496 |

## （五）美人詞：37闋

| 主題 | 作者 | 詞調 | 詞作內容 | 頁 |
|---|---|---|---|---|
| 紅粉佳人——身段妝容 | 韋莊 | 〈浣溪沙〉二 | 欲上鞦韆四體慵。擬交人送又心忪。畫堂簾幕月明風。　此夜有情誰不極，隔牆梨雪又玲瓏。玉容憔悴惹微紅。 | 151 |
| | 韋莊 | 〈清平樂〉三 | 何處遊女。蜀國多雲雨。雲解有情花解語。窣地繡羅金縷。　粧成不整金鈿。含羞待月鞦韆。住在綠槐陰裏，門臨春水橋邊。 | 160 |
| | 韋莊 | 〈訴衷情〉二 | 碧沼紅芳煙雨靜，倚欄橈。垂玉珮。交帶。裊纖腰。鴛夢隔星橋。迢迢。越羅香暗銷。墜花翹。 | 168 |
| | 張泌 | 〈浣溪沙〉八 | 偏戴花冠白玉簪。睡容新起意沉吟。翠鈿金縷鎮眉心。　小檻日斜風悄悄，隔簾零落杏花陰。斷香輕碧鏁愁深。 | 519 |
| | 張泌 | 〈江城子〉三 | 窄羅衫子薄羅裙。小腰身。晚妝新。每到花時、長是不宜春。早是自家無氣力，更被伊，惡憐人。 | 527 |
| | 李珣 | 〈浣溪沙〉二 | 晚出閑庭看海棠。風流學得內家妝。小釵橫戴一枝芳。　鏤玉梳斜雲鬢膩，縷金衣透雪肌香。暗思何事立殘陽。 | 595 |
| | 毛文錫 | 〈虞美人〉二 | 寶檀金縷鴛鴦枕。綬帶盤宮錦。夕陽低映小窗明。南園綠樹語鶯鶯。夢難成。　玉鑪香暖頻添炷。滿地飄輕絮。珠簾不卷度沉煙。庭前閑立畫鞦韆。豔陽天。 | 529 |
| | 顧敻 | 〈應天長〉 | 瑟瑟羅裙金線縷。輕透鵝黃香畫袴。垂交帶。盤鸚鵡。裊裊翠翹移玉步。　背人勻檀注。慢轉橫波偷覷。斂黛春情暗許。倚屏慵不語。 | 563 |
| | 顧敻 | 〈荷葉盃〉七 | 金鴨香濃鴛被。枕膩。小髻簇花鈿。腰如細柳臉如蓮。憐麼憐。憐麼憐。 | 566 |
| | 顧敻 | 〈荷葉盃〉八 | 曲砌蝶飛煙暖。春半。花發柳垂條。花如雙臉柳如腰。嬌麼嬌。嬌麼嬌。 | 566 |
| | 閻選 | 〈謁金門〉 | 美人浴。碧沼蓮開芬馥。雙髻綰雲顏似玉。素蛾輝淡綠。　雅態芳姿閑淑。雪映鈿裝金斛。水濺青絲珠斷續。酥融香透肉。 | 575 |

| | 毛熙震 | 〈浣溪沙〉五 | 雲薄羅裙綬帶長。滿身新裹瑞龍香。翠鈿斜映豔梅妝。 佯不覷人空婉約，笑如嬌語太猖狂。忍教牽恨暗形相。 | 585 |
|---|---|---|---|---|
| | 毛熙震 | 〈酒泉子〉二 | 鈿匣舞鸞。隱映豔紅脩碧。月梳斜，雲鬢膩。粉香寒。曉花微斂輕呵展。裊釵金燕軟。日初升，簾半捲。對妝殘。 | 593 |
| | 歐陽炯 | 〈浣溪沙〉二 | 天碧羅衣拂地垂。美人初著更相宜。宛風如舞透香肌。 獨坐含嚬吹鳳竹，園中緩步折花枝。有情無力泥人時。 | 449 |
| | 歐陽炯 | 〈西江月〉二 | 水上鴛鴦比翼。巧將繡作羅衣。鏡中重畫遠山眉。春睡起來無力。 鈿雀穩簪雲鬢綠。含羞時想佳期。臉邊紅豔對花枝。猶占鳳樓春色。 | 461 |
| | 歐陽炯 | 〈更漏子〉一 | 玉闌干，金瑴井。月照碧梧桐影。獨自箇，立多時。露華濃濕衣。 一向。凝情望。待得不成模樣。雖叵耐，又尋思。怎生瞋得伊。 | 463 |
| 睡態 | 韋莊 | 〈酒泉子〉 | 月落星沉。樓上美人春睡。綠雲傾，金枕膩。畫屏深。 子規啼破相思夢。曙色東方纔動。柳煙輕，花露重。思難任。 | 170 |
| | 張泌 | 〈柳枝〉 | 膩粉瓊妝透碧紗。雪休誇。金鳳搔頭墜鬢斜。髮交加。 倚著雲屏新睡覺。思夢笑。紅腮隱出枕函花。有些些。 | 524 |
| | 毛熙震 | 〈浣溪沙〉四 | 一隻橫釵墜髻叢。靜眠珍簟起來慵。繡羅紅嫩抹酥胸。 羞斂細蛾魂暗斷，困迷無語思猶濃。小屏香靄碧山重。 | 585 |
| | 毛熙震 | 〈浣溪沙〉七 | 半醉凝情臥繡茵。睡容無力卸羅裙。玉籠鸚鵡獸聽聞。 慵整落釵金翡翠，象梳敧鬢月生雲。錦屏綃幌麝煙薰。 | 586 |
| | 歐陽炯 | 〈浣溪沙〉一 | 落絮殘鶯半日天。玉柔花醉只思眠。惹窗映竹滿爐煙。 獨掩畫屏愁不語，斜欹瑤枕髻鬟偏。此時心在阿誰邊。 | 448 |
| | 歐陽炯 | 〈春光好〉七 | 垂繡幔，掩雲屏。思盈盈。雙枕珊瑚無限情。翠釵橫。 幾見纖纖動處，時聞款款嬌聲。卻出錦屏妝面了，理秦箏。 | 460 |
| | 歐陽炯 | 〈赤棗子〉一 | 夜悄悄，燭熒熒。金爐香盡酒初醒。春睡起來回雪面，含羞不語倚雲屏。 | 461 |

| | 歐陽炯 | 〈菩薩蠻〉一 | 曉來中酒和春睡。四肢無力雲鬟墜。斜臥臉波春。玉郎休惱人。　　日高猶未起。爲戀鴛鴦被。鸚鵡語金籠。道兒還是慵。 | 465 |
|---|---|---|---|---|
| 畫蝶 | 張泌 | 〈胡蝶兒〉 | 胡蝶兒。晚春時。阿嬌初著淡黃衣。倚窗學畫伊。　　還似花間見，雙雙對對飛。無端和淚拭燕脂。惹教雙翅垂。 | 527 |
| 赴約 | 牛嶠 | 〈女冠子〉二 | 錦江煙水。卓女燒春濃美。小檀霞。繡帶芙蓉帳，金釵芍藥花。　　額黃侵膩髮，臂釧透紅紗。柳暗鶯啼處，認郎家。 | 505 |
| 調笑 | 歐陽炯 | 〈春光好〉三 | 胸鋪雪，臉分蓮。理繁絃。纖指飛翻金鳳語，轉嬋娟。　　嘈囋如敲玉佩，清泠似滴香泉。曲罷問郎名箇甚，想夫憐。 | 458 |
| 歌舞藝妓──歌女 | 尹鶚 | 〈清平樂〉二 | 芳年妙伎。淡拂鉛華翠。輕笑自然生百媚。爭那尊前人意。　　酒傾琥珀杯時。更堪能唱新詞。賺得王孫狂處，斷腸・搊腰肢。 | 583 |
| | 魏承班 | 〈玉樓春〉二 | 輕斂翠蛾呈皓齒。鶯囀一枝花影裏。聲聲清迥遏行雲，寂寂畫梁塵暗起。　　玉斝滿斟情未已。促坐王孫公子醉。春風筵上貫珠勻，豔色昭顏嬌旖旎。 | 484 |
| 舞女 | 韋莊 | 〈訴衷情〉一 | 燭燼香殘簾未捲，夢初驚。花欲謝。深夜。月朧明。何處按歌聲。輕輕。舞衣塵暗生。負春情。 | 167 |
| | 牛嶠 | 〈應天長〉一 | 玉樓春望晴煙滅。舞衫斜卷金條脫。黃鸝嬌囀聲初歇。杏花飄盡龍山雪。　　鳳釵低赴節。筵上王孫愁絕。鴛鴦對啣羅結。兩情深夜月。 | 507 |
| | 毛熙震 | 〈後庭花〉二 | 輕盈舞妓含芳豔。競妝新臉。步搖珠翠脩蛾斂。膩鬟雲染。　　歌聲慢發開檀點。繡衫斜掩。時將纖手勻紅臉。笑拈金靨。 | 592 |
| 琴女 | 牛嶠 | 〈西溪子〉 | 捍撥雙盤金鳳。蟬鬢玉釵搖動。畫堂前，人不語。絃解語。彈到昭君怨處，翠娥愁。不擡頭。 | 513 |
| | 尹鶚 | 〈江城子〉 | 裙拖碧，步飄香。纖腰束素長。鬟雲光。拂面瓏璁、膩玉碎凝妝。寶柱秦箏彈向晚，絃促雁，更思量。 | 579 |
| | 毛熙震 | 〈南歌子〉一 | 遠山愁黛碧，橫波慢臉明。膩香紅玉茜羅輕。深院晚堂人靜、理銀箏。　　鬢動行雲影，裙遮點屐聲。嬌羞愛問曲中名。楊柳杏花時節、幾多情。 | 589 |

| | | | | |
|---|---|---|---|---|
| 其他 | 毛文錫 | 〈巫山一段雲〉二 | 貌掩巫山色,才過濯錦波。阿誰提筆上銀河。月裏寫嫦娥。　薄薄施鉛粉,盈盈挂綺羅。菖蒲花役魂夢多。年代屬元和。 | 541 |
| | 尹鶚 | 〈撥棹子〉二 | 丹臉膩。雙靨媚。冠子縷金裝翡翠。將一朵、瓊花堪比。窣窣繡、鸞鳳衣裳香窣地。　銀臺蠟燭滴紅淚。滌酒勸人教半醉。簾幕外、月華如水。特地向、寶帳顛狂不肯睡。 | 581 |

## （六）遊仙詞：18闋

| 主題 | 作者 | 詞調 | 詞作內容 | 頁 |
|---|---|---|---|---|
| 仙女與劉阮 | 韋莊 | 〈天仙子〉五 | 金似衣裳玉似身。眼如秋水鬢如雲。霞裙月帔一羣羣。來洞口,望煙分。劉阮不歸春日曛。 | 165 |
| | 毛文錫 | 〈訴衷情〉一 | 桃花流水漾縱橫。春晝彩霞明。劉郎去,阮郎行。惆悵恨難平。　愁坐對雲屏。算歸程。何時攜手洞邊迎。訴衷情。 | 539 |
| 巫山神女 | 牛希濟 | 〈臨江仙〉一 | 峭碧參差十二峯。冷煙寒樹重重。瑤姬宮殿是仙蹤。金鑪珠帳,香靄晝偏濃。　一自楚王驚夢斷,人間無路相逢。至今雲雨帶愁容。月斜江上,征棹動晨鍾。 | 543 |
| | 閻選 | 〈臨江仙〉二 | 十二高峰天外寒。竹梢輕拂仙壇。寶衣行雨在雲端。畫簾深殿,香霧冷風殘。　欲問楚王何處去,翠屏猶掩金鸞。猿啼明月照空灘。孤舟行客,驚夢亦艱難。 | 573 |
| | 李珣 | 〈巫山一段雲〉一 | 有客經巫峽,停橈向水湄。楚王曾此夢瑤姬。一夢杳無期。　塵暗珠簾卷,香銷翠幄垂。西風迴首不勝悲。暮雨灑空祠。 | 598 |
| | 李珣 | 〈巫山一段雲〉二 | 古廟依青嶂,行宮枕碧流。水聲山色鎖妝樓。往事思悠悠。　雲雨朝還暮,煙花春復秋。啼猿何必近孤舟。行客自多愁。 | 599 |
| 謝眞人 | 牛希濟 | 〈臨江仙〉二 | 謝家仙觀寄雲岑。巖蘿拂地成陰。洞房不閉白雲深。當時丹竈,一粒化黃金。　石壁霞衣猶半挂,松風長似鳴琴。時聞喚鶴起前林。十洲高會,何處許相尋。 | 543 |

| 蕭史與弄玉 | 牛希濟 | 〈臨江仙〉三 | 渭闕宮城秦樹凋。玉樓獨上無憀。含情不語自吹簫。調清和恨，天路逐風飄。　何事乘龍人忽降，似知深意相招。三清攜手路非遙。世間屏障，彩筆劃嬌饒。 | 543 |
|---|---|---|---|---|
| 湘妃 | 張泌 | 〈臨江仙〉 | 煙收湘渚秋江靜，蕉花露泣愁紅。五雲雙鶴去無蹤。幾迴魂斷，凝望向長空。　翠竹暗留珠淚怨，閑調寶瑟波中。花鬟月鬢綠雲重。古祠深殿，香冷雨和風。 | 520 |
| | 牛希濟 | 〈臨江仙〉四 | 江繞黃陵春廟閑。嬌鶯獨語關關。滿庭重疊綠苔班。陰雲無事，四散自歸山。　簫鼓聲稀香燼冷，月娥斂盡彎環。風流皆道勝人間。須知狂客，判死爲紅顏。 | 544 |
| | 毛文錫 | 〈臨江仙〉 | 暮蟬聲盡落斜陽。銀蟾影挂瀟湘。黃陵廟側水茫茫。楚江紅樹，煙雨隔高唐。　岸泊漁燈風颭碎，白蘋遠散濃香。靈蛾鼓瑟韻清商。朱絃淒切，雲散碧天長。 | 540 |
| 洛神 | 牛希濟 | 〈臨江仙〉五 | 素洛春光瀲灧平。千重媚臉初生。凌波羅襪勢輕輕。煙籠日照，珠翠半分明。　風引寶衣疑欲舞，鸞迴鳳翥堪驚。也知心許恐無成。陳王辭賦，千載有聲名。 | 544 |
| 漢皋神女 | 牛希濟 | 〈臨江仙〉六 | 柳帶搖風漢水濱。平蕪兩岸爭勻。鴛鴦對浴浪痕新。弄珠遊女，微笑自含春。　輕步暗移蟬鬢動，羅裙風惹輕塵。水精宮殿豈無因。空勞纖手，解珮贈情人。 | 544 |
| | 毛文錫 | 〈浣溪沙〉一 | 春水輕波浸綠苔。枇杷洲上紫檀開。晴日眠沙鸂鶒穩，暖相偎。　羅襪生塵游女過，有人逢著弄珠迴。蘭麝飄香初解珮，忘歸來。 | 537 |
| 羅浮仙子 | 牛希濟 | 〈臨江仙〉七 | 洞庭波浪颭晴天。君山一點凝煙。此中眞境屬神仙。玉樓珠殿，相映月輪邊。　萬里平湖秋色冷，星辰垂影參然。橘林霜重更紅鮮。羅浮山下，有路暗相連。 | 544 |
| 牛郎織女 | 毛文錫 | 〈浣溪沙〉二 | 七夕年年信不違。銀河清淺白雲微。蟾光鵲影伯勞飛。　每恨蟪蛄憐婺女，幾迴嬌妬下鴛機。今宵嘉會兩依依。 | 537 |

| 月宮諸神 | 毛文錫 | 〈月宮春〉 | 水精宮裏桂花開。神仙探幾迴。紅芳金蕊繡重臺。低傾馬腦盃。　玉兔銀蟾爭守護，姮娥姹女戲相偎。遙聽鈞天九奏，玉皇親看來。 | 538 |
|---|---|---|---|---|
| 仙人生活 | 歐陽炯 | 〈巫山一段雲〉一 | 絳闕登眞子，飄飄御彩鸞。碧虛風雨佩光寒。斂袂下雲端。　月帳朝霞薄，星冠玉蘂攢。遠遊蓬島降人間。特地拜龍顏。 | 457 |

## （七）女冠詞：13闋

| 主題 | 作者 | 詞調 | 詞作內容 | 頁 |
|---|---|---|---|---|
| 清麗高潔 | 薛昭蘊 | 〈女冠子〉一 | 求仙去也。翠鈿金篦盡捨。入嵒巒。霧捲黃羅帔，雲彫白玉冠。　野煙溪洞冷，林月石橋寒。靜夜松風下，禮天壇。 | 501 |
| | 李珣 | 〈女冠子〉一 | 星高月午。丹桂青松深處。醮壇開。金磬敲清露，珠幢立翠苔。　步虛聲縹緲，想像思徘徊。曉天歸去路，指蓬萊。 | 602 |
| | 鹿虔扆 | 〈女冠子〉二 | 步虛壇上。絳節霓旌相向。引眞仙。玉珮搖蟾影，金爐裊麝煙。　露濃霜簡濕，風緊羽衣偏。欲留難得住，卻歸天。 | 570 |
| 任性眞率 | 薛昭蘊 | 〈女冠子〉二 | 雲羅霧縠。新授明威法籙。降眞函。髻綰青絲髮，冠抽碧玉篸。　往來雲過五，去住島經三。正遇劉郎使，啓瑤緘。 | 501 |
| | 牛嶠 | 〈女冠子〉一 | 綠雲高髻。點翠勻紅時世。月如眉。淺笑含雙靨，低聲唱小詞。　眼看唯恐化，魂蕩欲相隨。玉趾迴嬌步，約佳期。 | 504 |
| | 牛嶠 | 〈女冠子〉三 | 星冠霞帔。住在蕊珠宮裏。佩丁當。明翠搖蟬翼，纖珪理宿妝。　醮壇春草綠，藥院杏花香。青鳥傳心事，寄劉郎。 | 505 |
| | 張泌 | 〈女冠子〉 | 露花煙草。寂寞五雲三島。正春深。貌減潛銷玉，香殘尚惹襟。　竹疏虛檻靜，松密醮壇陰。何事劉郎去，信沉沉。 | 520 |
| | 尹鶚 | 〈女冠子〉 | 雙成伴侶。去去不知何處。有佳期。霞帔金絲薄，花冠玉葉危。　懶乘丹鳳子，學跨小龍兒。叵耐天風緊，挫腰肢。 | 580 |

| 李珣 | 〈女冠子〉二 | 春山夜靜。愁聞洞天疏磬。玉堂虛。細霧垂珠珮，輕煙曳翠裾。　對花情脈脈，望月步徐徐。劉阮今何處，絕來書。 | 602 |
|---|---|---|---|
| 顧敻 | 〈虞美人〉六 | 少年豔質勝瓊英。早晚別三清。蓮冠穩簪鈿篦橫。飄飄羅袖碧雲輕。畫難成。　遲遲少轉腰身裊。翠黛眉心小。醮壇風急杏枝香。此時恨不駕鸞凰。訪劉郎。 | 551 |
| 鹿虔扆 | 〈女冠子〉一 | 鳳樓琪樹。悄悵劉郎一去。正春深。洞裏愁空結，人間信莫尋。　竹疏齋殿迥，松密醮壇陰。倚雲低首望，可知心。 | 570 |
| 毛熙震 | 〈女冠子〉一 | 碧桃紅杏。遲日媚籠光影。綵霞深。香暖薰鶯語，風清引鶴音。　翠鬟冠玉葉，霓袖捧瑤琴。應共吹簫侶，暗相尋。 | 588 |
| 毛熙震 | 〈女冠子〉二 | 脩蛾慢臉。不語檀心一點。小山妝。蟬鬢低含綠，羅衣澹拂黃。　悶來深院裏，閑步落花傍。纖手輕輕整，玉鑪香。 | 588 |

# 附錄二　西蜀詞人群體創作主題分類表（下）──人事風土

## （一）仕進詞：6闋

| 作者 | 詞調 | 詞作內容 | 頁 |
|---|---|---|---|
| 韋莊 | 〈喜遷鶯〉一 | 人洶洶，鼓鼕鼕。襟袖五更風。大羅天上月朦朧。騎馬上虛空。　香滿衣，雲滿路。鸞鳳繞身飛舞。霓旌絳節一羣羣。引見玉華君。 | 166 |
| | 〈喜遷鶯〉二 | 街鼓動，禁城開。天上探人迴。鳳銜金牓出雲來。平地一聲雷。　鶯已遷，龍已化。一夜滿城車馬。家家樓上簇神仙。爭看鶴沖天。 | 166 |
| 薛昭蘊 | 〈喜遷鶯〉一 | 殘蟾落，曉鐘鳴。羽化覺身輕。乍無春睡有餘酲。杏苑雪初晴。　紫陌長，襟袖冷。不是人間風景。迴看塵土似前生。休羨谷中鶯。 | 497 |
| | 〈喜遷鶯〉二 | 金門曉，玉京春。駿馬驟輕塵。樺煙深處白衫新。認得化龍身。　九陌喧，千戶啓。滿袖桂香風細。杏園歡宴曲江濱。自此占芳辰。 | 498 |
| | 〈喜遷鶯〉三 | 清明節，雨晴天。得意正當年。馬驕泥軟錦連乾。香袖半籠鞭。　花色融，人競賞。盡是繡鞍朱鞅。日斜無計更留連。歸路草和煙。 | 498 |
| 歐陽炯 | 〈春光好〉五 | 雞樹綠，鳳池清。滿神京。玉兔宮前金榜出，列仙名。　疊雪羅袍接武，團花駿馬嬌行。開宴錦江遊爛漫，柳煙輕。 | 459 |

## （二）漁隱詞：11 闋

| 作 者 | 詞 調 | 詞 作 內 容 | 頁 |
|---|---|---|---|
| 李珣 | 〈漁歌子〉一 | 楚山青，湘水淥。春風澹蕩看不足。草芊芊，花簇簇。漁艇棹歌相續。　信浮沉，無管束。釣迴乘月歸灣曲。酒盈罇，雲滿屋。不見人間榮辱。 | 596 |
| 李珣 | 〈漁歌子〉二 | 荻花秋，瀟湘夜。橘洲佳景如屏畫。碧煙中，明月下。小艇垂綸初罷。　水為鄉，蓬作舍。魚羹稻飯常餐也。酒盈杯，書滿架。名利不將心挂。 | 597 |
| 李珣 | 〈漁歌子〉三 | 柳垂絲，花滿樹。鶯啼楚岸春天暮。棹輕舟，出深浦。緩唱漁歌歸去。　罷垂綸，還酌醑。孤村遙指雲遮處。下長汀，臨淺渡。驚起一行沙鷺。 | 597 |
| 李珣 | 〈漁歌子〉四 | 九疑山，三湘水。蘆花時節秋風起。水雲間，山月裏。棹月穿雲遊戲。　鼓清琴，傾淥蟻。扁舟自得逍遙志。任東西，無定止。不議人間醒醉。 | 598 |
| 李珣 | 〈漁父〉一 | 水接衡門十里餘。信船歸去臥看書。輕爵祿，慕玄虛。莫道漁人只為魚。 | 609 |
| 李珣 | 〈漁父〉二 | 避世垂綸不記年。官高爭得似君閒。傾白酒，對青山。笑指柴門待月還。 | 609 |
| 李珣 | 〈漁父〉三 | 棹警鷗飛水濺袍。影隨潭面柳垂絛。終日醉，絕塵勞。曾見錢塘八月濤。 | 609 |
| 李珣 | 〈定風波〉一 | 志在煙霞慕隱淪。功成歸看五湖春。一葉舟中吟復醉。雲水。此時方認自由身。　花島為鄰鷗作侶。深處。經年不見市朝人。已得希夷微妙旨。潛喜。荷衣蕙帶絕纖塵。 | 611 |
| 李珣 | 〈定風波〉二 | 十載逍遙物外居。白雲流水似相於。乘興有時攜短棹。江島。誰知求道不求魚。　到處等閒邀鶴伴。春岸。野花香氣撲琴書。更飲一杯紅霞酒。回首。半鉤新月貼清虛。 | 612 |
| 歐陽炯 | 〈漁父〉一 | 擺脫塵機上釣船。免教榮辱有流年。無繫絆，沒愁煎。須信船中有散仙。 | 456 |
| 歐陽炯 | 〈漁父〉二 | 風浩寒溪照膽明。小君山上玉蟾生。荷露墜，翠煙輕。撥剌游魚幾箇驚。 | 457 |

## （三）詠懷詞：24 闋

| 主題 | 作者 | 詞　調 | 詞　作　內　容 | 頁 |
|---|---|---|---|---|
| 感傷<br>亡國 | 鹿虔扆 | 〈臨江仙〉一 | 金鎖重門荒苑靜，綺窗愁對秋空。翠華一去寂無蹤。玉樓歌吹，聲斷已隨風。　　煙月不知人事改，夜闌還照深宮。藕花相向野塘中。暗傷亡國，清露泣香紅。 | 569 |
| | 毛熙震 | 〈後庭花〉一 | 鶯啼燕語芳菲節。瑞庭花發。昔時歡宴歌聲揭。管絃清越。　　自從陵谷追遊歇。畫梁塵黦。傷心一片如珪月。閑鎖宮闕。 | 591 |
| 去國<br>懷鄉 | 韋莊 | 〈菩薩蠻〉一 | 紅樓別夜堪惆悵。香燈半捲流蘇帳。殘月出門時。美人和淚辭。　　琵琶金翠羽。絃上黃鶯語。勸我早歸家。綠窗人似花。 | 152 |
| | 韋莊 | 〈菩薩蠻〉二 | 人人盡說江南好。遊人只合江南老。春水碧於天。畫船聽雨眠。　　鑪邊人似月。皓腕凝雙雪。未老莫還鄉。還鄉須斷腸。 | 153 |
| | 韋莊 | 〈菩薩蠻〉三 | 如今卻憶江南樂。當時年少春衫薄。騎馬倚斜橋，滿樓紅袖招。　　翠屏金屈曲。醉入花叢宿。此度見花枝。白頭誓不歸。 | 154 |
| | 韋莊 | 〈菩薩蠻〉四 | 勸君今夜須沉醉。罇前莫話明朝事。珍重主人心。酒深情亦深。　　須愁春漏短。莫訴金盃滿。遇酒且呵呵。人生能幾何。 | 154 |
| | 韋莊 | 〈菩薩蠻〉五 | 洛陽城裏春光好。洛陽才子他鄉老。柳暗魏王堤。此時心轉迷。　　桃花春水淥。水上鴛鴦浴。凝恨對殘暉。憶君君不知。 | 154 |
| | 韋莊 | 〈清平樂〉一 | 春愁南陌。故國音書隔。細雨霏霏梨花白。燕拂畫簾金額。　　盡日相望王孫。塵滿衣上淚痕。誰向橋邊吹笛。駐馬西望銷魂。 | 159 |
| 詠史<br>懷古 | 薛昭蘊 | 〈浣溪沙〉七 | 傾國傾城恨有餘。幾多紅淚泣姑蘇。倚風凝睇雪肌膚。<br>吳主山河空落日，越王宮殿半平蕪。藕花菱蔓滿重湖。 | 497 |
| | 牛嶠 | 〈江城子〉一 | 鵁鶄飛起郡城東。碧江空。半灘風。越王宮殿、蘋葉藕花中。簾卷水樓漁浪起，千片雪，雨濛濛。 | 513 |
| | 歐陽炯 | 〈江城子〉 | 晚日金陵岸草平。落霞明。水無情。六代繁華，暗逐逝波聲。空有姑蘇臺上月，如西子鏡，照江城。 | 455 |

| | | | | |
|---|---|---|---|---|
| | 毛熙震 | 〈臨江仙〉一 | 南齊天子寵嬋娟。六宮羅綺三千。潘妃嬌豔獨芳妍。椒房蘭洞，雲雨降神仙。　　縱態迷歡心不足，風流可惜當年。纖腰婉約步金蓮。妖君傾國，猶自至今傳。 | 586 |
| | 韋莊 | 〈河傳〉一 | 何處。煙雨。隋堤春暮。柳色蔥蘢。畫橈金縷。翠旗高颭香風。水光融。　　青娥殿腳春粧媚。輕雲裏。綽約司花妓。江都宮闕，清淮月映迷樓。古今愁。 | 163 |
| 觸景生情 | 韋莊 | 〈河傳〉三 | 錦浦。春女。繡衣金縷。霧薄雲輕。花深柳暗，時節正是清明。雨初晴。　　玉鞭魂斷煙霞路。鶯鶯語。一望巫山雨。香塵隱映，遙見翠檻紅樓。黛眉愁。 | 163 |
| | 韋莊 | 〈怨王孫〉 | 錦里。蠶市。滿街珠翠，千萬紅妝。玉蟬金雀，寶髻花簇鳴璫。繡衣長。　　日斜歸去人難見。青樓遠。隊隊行雲散。不知今夜，何處深鎖蘭房。隔仙鄉。 | 172 |
| | 韋莊 | 〈謁金門〉三 | 春雨足。染就一溪新綠。柳外飛來雙羽玉。弄晴相對浴。　　樓外翠簾高軸。倚徧闌杆幾曲。雲淡水平煙樹簇。寸心千里目。 | 174 |
| | 薛昭蘊 | 〈浣溪沙〉一 | 紅蓼渡頭秋正雨。印沙鷗跡自成行。整鬟飄袖野風香。　　不語含顰深浦裏，幾迴愁煞棹船郎。燕歸帆盡水茫茫。 | 494 |
| | 毛文錫 | 〈巫山一段雲〉一 | 雨霽巫山上，雲輕映碧天。遠風吹散又相連。十二晚峰前。　　暗濕啼猿樹，高籠過客船。朝朝暮暮楚江邊。幾度降神仙。 | 540 |
| | 魏承班 | 〈生查子〉一 | 煙雨晚晴天，零落花無語。難話此時心，梁燕雙來去。　　琴韻對薰風，有恨和情撫。腸斷斷弦頻，淚滴黃金縷。 | 486 |
| | 顧敻 | 〈河傳〉二 | 曲檻。春晚。碧流紋細，綠楊絲軟。露華鮮，杏枝繁，鶯囀。野蕪平似剪。　　直是人間到天上。堪遊賞。醉眼疑屏障。對池塘。惜韶光。斷腸。為花須盡狂。 | 552 |
| | 顧敻 | 〈漁歌子〉 | 曉風清，幽沼綠。倚欄凝望珍禽浴。畫簾垂，翠屏曲。滿袖荷香馥郁。　　好擬懷，堪寓目。身閑心靜平生足。酒盃深，光影促。名利無心較逐。 | 566 |
| | 顧敻 | 〈更漏子〉 | 舊歡娛，新悵望。擁鼻含顰樓上。濃柳翠，晚霞微。江鷗接翼飛。　　簾半捲。屏斜掩。遠岫參差迷眼。歌滿耳，酒盈罇。前非不要論。 | 568 |

| | 閻選 | 〈定風波〉 | 江水沉沉帆影過。游魚到晚透寒波。渡口雙雙飛白鳥。煙裏。蘆花深處隱漁歌。　扁舟短棹歸蘭浦。人去。蕭蕭竹徑透青莎。深夜無風新雨歇。涼月。露迎珠顆入圓荷。 | 575 |
| | 歐陽炯 | 〈赤棗子〉二 | 蓮臉薄，柳眉長。等閒無事莫思量。每一見時明月夜，損人情思斷人腸。 | 461 |

## （四）游逸詞：15闋

| 主題 | 作者 | 詞　調 | 詞　作　內　容 | 頁 |
|---|---|---|---|---|
| 公子冶遊 | 韋莊 | 〈浣溪沙〉四 | 綠樹藏鶯鶯正啼。柳絲斜拂白銅堤。弄珠江上草萋萋。　日暮飲歸何處客，繡鞍驄馬一聲嘶。滿身蘭麝醉如泥。 | 151 |
| | 薛昭蘊 | 〈醉公子〉 | 慢綰青絲髮。光硯吳綾襪。床上小燻籠。韶州新退紅。　叵耐無端處。捻得從頭污。惱得眼慵開。問人閑事來。 | 501 |
| | 尹鶚 | 〈醉公子〉 | 暮煙籠蘚砌。戟門猶未閉。盡日醉尋春。歸來月滿身。　離鞍偎繡袂。墜巾花亂綴。何處惱佳人。檀痕衣上新。 | 579 |
| | 尹鶚 | 〈金浮圖〉 | 繁華地。王孫富貴。玳瑁筵開，下朝無事。厭紅茵、鳳舞黃金翅。立玉纖腰，一片揭天歌吹。滿目綺羅珠翠。和風淡蕩，偷散沉檀氣。　堪判醉。韶光正媚。坼盡牡丹，豔迷人意。金張許史應難比。貪戀歡娛，不覺金烏墜。還惜會難別易。金船更勸，勒住花驄轡。 | 582 |
| | 歐陽炯 | 〈春光好〉八 | 金轡響，玉鞭長。映垂楊。堤上採花筵上醉，滿衣香。　無處不攜絃管，直應占斷春光。年少王孫何處好，競尋芳。 | 460 |
| | 歐陽炯 | 〈菩薩蠻〉二 | 紅爐暖閣佳人睡。隔簾飛雪添寒氣。小院奏笙歌。香風簇綺羅。　酒傾金琖滿。蘭燭重開宴。公子醉如泥。天街聞馬嘶。 | 466 |
| 及時行樂 | 韋莊 | 〈河傳〉二 | 春晚。風暖。錦城花滿。狂殺遊人。玉鞭金勒，尋勝馳驟輕塵。惜良晨。　翠娥爭勸臨邛酒。纖纖手。拂面垂絲柳。歸時煙裏，鐘鼓正是黃昏。暗銷魂。 | 163 |
| | 韋莊 | 〈天仙子〉二 | 深夜歸來長酩酊。扶入流蘇猶未醒。醺醺酒氣麝蘭和。驚睡覺，笑呵呵。長道人生能幾何。 | 164 |

| 張泌 | 〈河傳〉二 | 紅杏。交枝相映。密密濛濛。一庭濃豔倚東風。香融。透簾櫳。 斜陽似共春光語。蝶爭舞。更引流鶯妒。魂銷千片玉罇前。神仙。瑤池醉暮天。 | 521 |
| --- | --- | --- | --- |
| 張泌 | 〈酒泉子〉二 | 紫陌青門,三十六宮春色。御溝輦路暗相通。杏園風。 咸陽沽酒寶釵空。笑指未央歸去,插花走馬落殘紅。月明中。 | 522 |
| 毛文錫 | 〈酒泉子〉 | 綠樹春深,燕語鶯啼聲斷續。蕙風飄蕩入芳叢。惹殘紅。 柳絲無力裊煙空。金盞不辭須滿酌。海棠花下思朦朧。醉香風。 | 530 |
| 毛文錫 | 〈西溪子〉 | 昨夜西溪遊賞。芳樹奇花千樣。瑣春光,金罇滿。聽絃管。嬌妓舞衫香暖。不覺到斜暉。馬馱歸。 | 531 |
| 毛文錫 | 〈甘州遍〉一 | 春光好,公子愛閑遊。足風流。金鞍白馬,雕弓寶劍,紅纓錦襜出長楸。 花蔽膝,玉銜頭。尋芳逐勝歡宴,絲竹不曾休。美人唱,揭調是甘州。醉紅樓。堯年舜日,樂聖永無憂。 | 533 |
| 歐陽烱 | 〈春光好〉二 | 花滴露,柳搖煙。豔陽天。雨霽山櫻紅欲爛,谷鶯遷。 飲處交飛玉斝,游時倒把金鞭。風颭九衢榆葉動,簇青錢。 | 458 |
| 歐陽烱 | 〈玉樓春〉一 | 日照玉樓花似錦。樓上醉和春色寢。綠楊風送小鶯聲,殘夢不成離玉枕。 堪愛晚來韶景甚。寶柱秦箏方再品。青娥紅臉笑來迎,又向海棠花下飲。 | 462 |

## (五)詠物詞:20闋

| 主題 | 作者 | 詞調 | 詞 作 內 容 | 頁 |
| --- | --- | --- | --- | --- |
| 詠柳 | 牛嶠 | 〈柳枝〉一 | 解凍風來末上青。解垂羅袖拜卿卿。無端裊娜臨官路,舞送行人過一生。 | 503 |
| | 牛嶠 | 〈柳枝〉二 | 吳王宮裏色偏深。一簇纖條萬縷金。不憤錢塘蘇小小,引郎松下結同心。 | 503 |
| | 牛嶠 | 〈柳枝〉三 | 橋北橋南千萬條。恨伊張緒不相饒。金羈白馬臨風望,認得羊家淨婉腰。 | 504 |
| | 牛嶠 | 〈柳枝〉四 | 狂雪隨風撲馬飛。惹煙無力被春欺。莫交移入靈和殿,宮女三千又妒伊。 | 504 |

| | 牛嶠 | 〈柳枝〉五 | 裊翠籠煙拂暖波。舞裙新染麴塵羅。章華臺畔隋堤上，傍得春風爾許多。 | 504 |
|---|---|---|---|---|
| | 毛文錫 | 〈柳含煙〉一 | 隋堤柳，汴河旁。夾岸綠陰千里，龍舟鳳舸木蘭香。錦帆張。　因夢江南春景好。一路流蘇羽葆。笙歌未盡起橫流。鏁春愁。 | 535 |
| | 毛文錫 | 〈柳含煙〉二 | 河橋柳，占芳春。映水含煙拂路，幾迴攀折贈行人。暗傷神。　樂府吹爲橫笛曲。能使離腸斷續。不如移植在金門。近天恩。 | 535 |
| | 毛文錫 | 〈柳含煙〉三 | 章臺柳，近垂旒。低拂往來冠蓋，朦朧春色滿皇州。瑞煙浮。　直與路邊江畔別。免被離人攀折。最憐京兆畫蛾眉。葉纖時。 | 535 |
| | 毛文錫 | 〈柳含煙〉四 | 御溝柳，占春多。半出宮墻婀娜，有時倒影蘸輕羅。麴塵波。　昨日金鑾巡上苑。風亞舞腰纖軟。栽培得地近皇宮。瑞煙濃。 | 536 |
| 詠海棠 | 毛文錫 | 〈贊成功〉 | 海棠未坼，萬點深紅。香包緘結一重重。似含羞態，邀勒春風。蜂來蝶去，任繞芳叢。　昨夜微雨，飄灑庭中。忽聞聲滴井邊桐。美人驚起，坐聽晨鐘。快教折取，戴玉瓏璁。 | 531 |
| 詠荷 | 歐陽炯 | 〈女冠子〉二 | 秋宵秋月。一朵荷花初發。照前池。搖曳熏香夜，嬋娟對鏡時。　蕊中千點淚，心裏萬條絲。恰似輕盈女，好風姿。 | 462 |
| 詠燕 | 牛嶠 | 〈夢江南〉一 | 啣泥燕，飛到畫堂前。占得杏梁安穩處，體輕唯有主人憐。堪羨好因緣。 | 506 |
| 詠鴛鴦 | 牛嶠 | 〈夢江南〉二 | 紅繡被，兩兩間鴛鴦。不是鳥中偏愛爾，爲緣交頸睡南塘。全勝薄情郎。 | 506 |
| 詠寶馬 | 毛文錫 | 〈接賢賓〉 | 香韉鏤襜五花驄。值春景初融。流珠噴沫躞蹀，汗血流紅。　少年公子能乘馭，金鑣玉響瓏璁。爲惜珊瑚鞭不下，驕生百步千蹤。信穿花，從拂柳，向九陌追風。 | 532 |
| 詠蝶 | 毛文錫 | 〈紗窗恨〉二 | 雙雙蝶翅塗鉛粉。咂花心。綺窗繡戶飛來穩。畫堂陰。　二三月、愛隨飄絮，伴落花、來拂衣襟。更剪輕羅片，傅黃金。 | 534 |

| 主題 | 作者 | 詞調 | 詞作內容 | 頁 |
|---|---|---|---|---|
| 詠春景 | 張泌 | 〈南歌子〉一 | 柳色遮樓暗，桐花落砌香。畫堂開處遠風涼。高卷水精簾額，襯斜陽。 | 524 |
| | 毛熙震 | 〈浣溪沙〉一 | 春暮黃鶯下砌前。水精簾影露珠懸。綺霞低映晚晴天。　弱柳萬條垂翠帶，殘紅滿地碎香鈿。蕙風飄蕩散輕煙。 | 584 |
| | 歐陽炯 | 〈春光好〉一 | 天初暖，日初長。好春光。萬彙此時皆得意，競芬芳。　筍迸苔錢嫩綠，花偎雪塢濃香。誰把金絲裁翦卻，掛斜陽。 | 458 |
| | 歐陽炯 | 〈春光好〉四 | 磧香散，渚水融。暖空濛。飛絮悠揚編虛空。惹輕風。　柳眼煙來點綠，花心日與妝紅。黃雀錦鸞相對舞，近簾櫳。 | 459 |
| 詠秋景 | 歐陽炯 | 〈西江月〉一 | 月映長江秋水。分明冷浸星河。淺沙汀上白雲多。雪散幾叢蘆葦。　扁舟倒影寒潭裏。煙光遠罩輕波。笛聲何處響漁歌。兩岸蘋香暗起。 | 460 |

## （六）風土詞：27 闋

| 主題 | 作者 | 詞調 | 詞作內容 | 頁 |
|---|---|---|---|---|
| 南國女子風情 | 李珣 | 〈南鄉子〉四 | 乘綵舫。過蓮塘。棹歌驚起睡鴛鴦。遊女帶香偎伴笑。爭窈窕。競折團荷遮晚照。 | 600 |
| | 李珣 | 〈南鄉子〉五 | 傾淥蟻，泛紅螺。閑邀女伴簇笙歌。避暑信船輕浪裏。閑遊戲。夾岸荔枝紅蘸水。 | 601 |
| | 李珣 | 〈南鄉子〉七 | 沙月靜，水煙輕。芰荷香裏夜船行。綠鬟紅臉誰家女。遙相顧。緩唱棹歌極浦去。 | 601 |
| | 李珣 | 〈南鄉子〉九 | 攏雲髻，背犀梳。焦紅衫映綠羅裾。越王臺下春風暖。花盈岸。遊賞每邀憐女伴。 | 602 |
| | 李珣 | 〈南鄉子〉十 | 相見處，晚晴天。刺桐花下越臺前。暗裏迴眸深屬意。遺雙翠。騎象背人先過水。 | 602 |
| | 李珣 | 〈南鄉子〉十四 | 雙髻墜，小眉彎。笑隨女伴下春山。玉纖遙指花深處。爭回顧。孔雀雙雙迎日舞。 | 610 |
| | 歐陽炯 | 〈南鄉子〉二 | 畫舸停橈。槿花籬外竹橫橋。水上遊人沙上女。迴顧。笑指芭蕉林裏住。 | 451 |

| | 歐陽炯 | 〈南鄉子〉四 | 洞口誰家。木蘭船繫木蘭花。紅袖女郎相引去。遊南浦。笑倚春風相對語。 | 452 |
|---|---|---|---|---|
| | 歐陽炯 | 〈南鄉子〉五 | 二八花鈿。胸前如雪臉如蓮。耳墜金環穿瑟瑟。霞衣窄。笑倚江頭招遠客。 | 452 |
| | 歐陽炯 | 〈南鄉子〉六 | 路入南中。桄榔葉暗蓼花紅。兩岸人家微雨後。收紅豆。樹底纖纖擡素手。 | 452 |
| 南國風俗 | 李珣 | 〈南鄉子〉二 | 蘭棹舉，水紋開。競攜藤籠採蓮來。迴塘深處遙相見。邀同宴。淥酒一卮紅上面。 | 600 |
| | 李珣 | 〈南鄉子〉三 | 歸路近，扣舷歌。採眞珠處水風多。曲岸小橋山月過。煙深鎖。荳蔻花垂千萬朵。 | 600 |
| | 李珣 | 〈南鄉子〉十一 | 攜籠去，採菱歸。碧波風起雨霏霏。趁岸小船齊棹急。羅衣濕。出向桄榔樹下立。 | 610 |
| | 李珣 | 〈南鄉子〉十二 | 雲髻重，葛衣輕。見人微笑亦多情。拾翠採珠能幾許。來還去。爭及村居織機女。 | 610 |
| | 李珣 | 〈南鄉子〉十三 | 登畫舸，泛清波。採蓮時唱採蓮歌。攔棹聲齊羅袖斂。池光颭。驚起沙鷗八九點。 | 610 |
| | 李珣 | 〈南鄉子〉十七 | 新月上，遠煙開。慣隨潮水採珠來。棹穿花過歸溪口。沽春酒。小艇纜牽垂岸柳。 | 611 |
| | 毛文錫 | 〈中興樂〉 | 荳蔻花繁煙豔深。丁香軟結同心。翠鬟女。相與。共淘金。　紅蕉葉裏猩猩語。鴛鴦浦。鏡中鸞舞。絲雨。隔荔枝陰。 | 532 |
| | 歐陽炯 | 〈南鄉子〉七 | 袖斂鮫綃。採香深洞笑相邀。藤杖枝頭蘆酒滴。鋪葵蓆。豆蔻花間趖晚日。 | 453 |
| 南國風物與生活 | 李珣 | 〈南鄉子〉一 | 煙漠漠，雨淒淒。岸花零落鷓鴣啼。遠客扁舟臨野渡。思鄉處。潮退水平春色暮。 | 599 |
| | 李珣 | 〈南鄉子〉六 | 雲帶雨，浪迎風。釣翁迴棹碧灣中。春酒香熟鱸魚美。誰同醉。纜卻扁舟篷底睡。 | 601 |

五代西蜀詞人群體研究

| | 李珣 | 〈南鄉子〉八 | 漁市散，渡船稀。越南雲樹望中微。行客待潮天欲暮。送春浦。愁聽猩猩啼瘴雨。 | 601 |
|---|---|---|---|---|
| | 李珣 | 〈南鄉子〉十五 | 紅荳蔻，紫玫瑰。謝娘家傍越王臺。一曲鄉歌齊撫掌。堪游賞。酒酌螺杯流水上。 | 611 |
| | 李珣 | 〈南鄉子〉十六 | 山果熟，水花香。家家風景有池塘。木蘭舟上珠簾捲。歌聲遠。椰子酒傾鸚鵡琖。 | 611 |
| | 歐陽炯 | 〈南鄉子〉一 | 嫩草如煙。石榴花發海南天。日暮江亭春影淥。鴛鴦浴。水遠山長看不足。 | 451 |
| | 歐陽炯 | 〈南鄉子〉三 | 岸遠沙平。日斜歸路晚霞明。孔雀自憐金翠尾。臨水。認得行人驚不起。 | 451 |
| | 歐陽炯 | 〈南鄉子〉八 | 翡翠鵁鶄。白蘋香裏小沙汀。島上陰陰秋雨色。蘆花撲。數隻魚船何處宿。 | 453 |
| 南國寺廟祈祀 | 張泌 | 〈河瀆神〉 | 古樹噪寒鴉。滿庭楓葉蘆花。畫燈當午隔輕紗。畫閣珠簾影斜。門外往來祈賽客，翩翩帆落天涯。迴首隔江煙火，渡頭三兩人家。 | 527 |

## （七）邊塞詞：2 闋

| 作者 | 詞調 | 詞作內容 | 頁 |
|---|---|---|---|
| 牛嶠 | 〈定西番〉 | 紫塞月明千里，金甲冷，戍樓寒。夢長安。鄉思望中天闊。漏殘星亦殘。畫角數聲嗚咽。雪漫漫。 | 512 |
| 毛文錫 | 〈甘州遍〉二 | 秋風緊，平磧雁行低。陣雲齊。蕭蕭颯颯，邊聲四起，愁聞戍角與征鼙。青塚北，黑山西。沙飛聚散無定，往往路人迷。鐵衣冷，戰馬血沾蹄。破蕃奚。鳳皇詔下，步步躡丹梯。 | 534 |

# 附錄三　西蜀詞人群體作品用韻表

## 一、同部平聲韻通押

| (一)〈浣溪沙〉，四十八闋 | | | |
|---|---|---|---|
| 作　者 | 首　句 | 韻　腳 | 韻部 |
| 韋莊 | 清曉粧成寒食天 | 天（先）鈿（先）前（先）欄（寒）殘（寒） | 七 |
| | 欲上鞦韆四體慵 | 慵（鍾）忪（鍾）風（東）瓏（東）紅（東） | 一 |
| | 惆悵夢餘山月斜 | 斜（麻）紗（麻）家（麻）花（麻）霞（麻） | 十 |
| | 綠樹藏鶯鶯正啼 | 啼（齊）堤（齊）蔞（齊）嘶（齊）泥（齊） | 三 |
| | 夜夜相思更漏殘 | 殘（寒）杆（寒）寒（寒）看（看）安（寒） | 七 |
| 薛昭蘊 | 紅蓼渡頭秋正雨 | 行（唐）香（陽）郎（唐）茫（唐） | 二 |
| | 鈿匣菱花錦帶垂 | 垂（支）時（之）期（之）依（微）菲（微） | 三 |
| | 粉上依稀有淚痕 | 痕（痕）昏（魂）論（圂）輪（諄）魂（魂） | 六 |
| | 握手河橋柳似金 | 金（侵）心（侵）琴（侵）深（侵）沉（侵） | 十三 |
| | 簾下三間出寺牆 | 牆（陽）長（陽）妝（陽）量（陽）鄉（陽） | 二 |
| | 江館清秋攬客船 | 船（仙）筵（仙）鈿（先）絃（先）天（先） | 七 |
| | 傾國傾城恨有餘 | 餘（魚）蘇（模）膚（虞）蕪（虞）湖（模） | 四 |
| | 越女淘金春水上 | 上（漾）璫（唐）香（陽）陽（陽）郎（唐） | 二 |
| 張泌 | 鈿轂香車過柳堤 | 堤（齊）嘶（齊）泥（齊）低（齊）西（齊） | 三 |
| | 馬上凝情憶舊遊 | 遊（尤）流（尤）頭（侯）秋（尤）愁（尤） | 十二 |
| | 獨立寒階望月華 | 華（麻）花（麻）斜（麻）家（麻）涯（佳） | 十 |
| | 依約殘眉理舊黃 | 黃（唐）長（陽）妝（陽）香（陽）陽（陽） | 一 |

| | 翡翠屏開繡幄紅 | 紅（東）慵（鍾）濃（鍾）櫳（東）風（東） | 一 |
|---|---|---|---|
| | 枕障燻鑪隔繡幃 | 幃（微）思（之）知（支）時（之）垂（支） | 三 |
| | 花月香寒悄夜塵 | 塵（真）神（真）人（真）顰（真）春（諄） | 六 |
| | 偏戴花冠白玉簪 | 簪（侵）吟（侵）心（侵）陰（侵）深（侵） | 十三 |
| | 晚逐香車入鳳城 | 城（清）輕（清）盈（清）行（庚）生（庚） | 十一 |
| | 小市東門欲雪天 | 天（先）仙（仙）蟬（仙）前（先）煙（先） | 七 |
| 李珣 | 入夏偏宜澹薄妝 | 妝（陽）黃（唐）光（唐）量（陽）颺（陽） | 二 |
| | 晚出閑庭看海棠 | 棠（唐）妝（陽）芳（陽）香（陽）陽（陽） | 二 |
| | 訪舊傷離欲斷魂 | 魂（魂）人（真）塵（真）春（諄）頻（真） | 六 |
| | 紅藕花香到檻頻 | 頻（真）人（真）塵（真）潾（真）新（真） | 六 |
| 毛文錫 | 春水輕波浸綠苔 | 苔（咍）開（咍）來（咍）偎（灰）迴（灰） | 五、三 |
| | 七夕年年信不違 | 違（微）微（微）飛（微）機（微）依（微） | 三 |
| 顧敻 | 春色迷人恨正賒 | 賒（麻）家（麻）花（麻）斜（麻）涯（佳） | 十 |
| | 紅藕香寒翠渚平 | 平（庚）清（清）情（清）生（庚）橫（庚） | 十一 |
| | 荷芰風輕簾幕香 | 香（陽）塘（唐）湘（陽）光（唐）量（陽） | 二 |
| | 惆悵經年別謝娘 | 娘（陽）光（唐）傷（陽）房（陽）茫（唐） | 二 |
| | 庭菊飄黃玉露濃 | 濃（鍾）蛩（鍾）逢（鍾）重（鍾）鐘（鍾） | 一 |
| | 雲澹風高葉亂飛 | 飛（微）微（微）幃（微）衣（微）歸（微） | 三 |
| | 雁響遙天玉漏清 | 清（清）明（庚）平（庚）驚（庚）情（清） | 十一 |
| | 露白蟾明又到秋 | 秋（尤）悠（尤）休（尤）樓（侯）愁（尤） | 十二 |
| 閻選 | 寂寞流蘇冷繡茵 | 茵（文）塵（文）春（諄）人（文）鄰（真） | 六 |
| 毛熙震 | 春暮黃鶯下砌前 | 前（先）懸（先）天（先）鈿（先）煙（先） | 七 |
| | 花榭香紅煙景迷 | 迷（齊）萋（齊）低（齊）齊（齊）閨（齊） | 三 |
| | 晚起紅房醉欲銷 | 銷（宵）翹（宵）嬌（宵）腰（宵）憀（蕭） | 八 |
| | 一隻橫釵墜髻叢 | 叢（東）慵（鍾）胸（鍾）濃（鍾）重（鍾） | 一 |
| | 雲薄羅裙綬帶長 | 長（陽）香（陽）妝（陽）狂（陽）相（陽） | 二 |
| | 碧玉冠輕嫋燕釵 | 釵（佳）階（皆）鞋（佳）乖（皆）懷（皆） | 五 |
| | 半醉凝情臥繡茵 | 茵（真）裙（文）聞（文）雲（文）薰（文） | 六 |
| 歐陽炯 | 落絮殘鶯半日天 | 天（先）眠（先）煙（先）偏（仙）邊（先） | 七 |
| | 天碧羅衣拂地垂 | 垂（支）宜（支）肌（脂）枝（支）時（之） | 三 |
| | 相見休言有淚珠 | 珠（虞）娛（虞）鋪（模）膚（虞）無（虞） | 四 |

| 作　者 | 首　句 | 韻　腳 | 韻部 |
|---|---|---|---|
| （二）〈臨江仙〉，二十二闋 | | | |
| 張泌 | 煙收湘渚秋江靜 | 紅（東）蹤（鍾）空（東）中（東）重（鍾）風（東） | 一 |
| 牛希濟 | 峭碧參差十二峯 | 峯（鍾）重（鍾）蹤（鍾）濃（鍾）逢（鍾）容（鍾）鍾（鍾） | 一 |
| | 謝家仙觀寄雲岑 | 岑（侵）陰（侵）深（侵）金（侵）琴（侵）林（侵）尋（侵） | 十三 |
| | 渭闕宮城秦樹凋 | 凋（蕭）憀（蕭）簫（蕭）飄（宵）招（宵）遙（宵）饒（宵） | 八 |
| | 江繞黃陵春廟閑 | 閑（山）關（刪）班（刪）山（山）環（刪）間（山）顏（刪） | 七 |
| | 素洛春光瀲灔平 | 平（庚）生（庚）輕（清）明（庚）驚（庚）成（清）名（清） | 十一 |
| | 柳帶搖風漢水濱 | 濱（眞）勻（諄）新（眞）春（諄）塵（眞）因（眞）人（眞） | 六 |
| | 洞庭波浪颭晴天 | 天（先）煙（先）仙（仙）邊（先）然（仙）鮮（仙）連（仙） | 七 |
| 尹鶚 | 一番荷芰生舊沼 | 香（陽）娘（陽）腸（陽）芳（陽）颺（陽）房（陽） | 二 |
| | 深秋寒夜銀河靜 | 庭（青）成（清）平（庚）屏（青）情（清）零（青） | 十一 |
| 李珣 | 簾卷池心小閣虛 | 虛（魚）徐（魚）疏（魚）餘（魚）魚（魚）書（魚）如（魚） | 四 |
| | 鶯報簾前暖日紅 | 紅（東）濃（鍾）慵（鍾）悰（冬）蓉（鍾）蹤（鍾）峯（鍾） | 一 |
| 毛文錫 | 暮蟬聲盡落斜陽 | 陽（陽）湘（陽）茫（唐）唐（唐）香（陽）商（陽）長（陽） | 二 |
| 顧夐 | 碧染長空池似鏡 | 情（清）清（清）橫（庚）生（庚）輕（清）明（庚） | 十一 |
| | 幽閨小檻春光晚 | 稀（微）依（微）菲（微）歸（微）微（微）霏（微） | 三 |
| | 月色穿簾風入竹 | 時（之）枝（支）儀（支）期（之）欹（支）涯（支） | 三 |
| 鹿虔扆 | 金鎖重門荒苑靜 | 空（東）蹤（鍾）風（東）宮（東）中（東）紅（東） | 一 |
| | 無賴曉鶯驚夢斷 | 醒（青）青（青）零（青）形（青）庭（青）屏（青） | 十一 |

| 閭選 | 雨停荷芰逗濃香 | 香（陽）楊（陽）塘（唐）王（陽）涼（陽）長（陽）妝（陽） | 二 |
| | 十二高峰天外寒 | 寒（寒）壇（寒）端（桓）殘（寒）鸞（桓）灘（寒）難（寒） | 七 |
| 毛熙震 | 南齊天子寵嬋娟 | 娟（仙）千（先）妍（先）仙（仙）年（先）蓮（先）傳（仙） | 七 |
| | 幽閨欲曙聞鶯囀 | 明（庚）聲（清）箏（耕）輕（清）情（清）行（庚） | 十一 |

（三）〈江城子〉，九闋

| 作者 | 首　句 | 韻　　　腳 | 韻部 |
|---|---|---|---|
| 韋莊 | 恩重嬌多情易傷 | 傷（陽）長（陽）鴦（陽）香（陽）郎（唐） | 二 |
| | 髻鬟狼籍黛眉長 | 長（陽）房（陽）郎（唐）茫（唐）行（唐） | 二 |
| 牛嶠 | 鵁鶄飛起郡城東 | 東（東）空（東）風（東）中（東）濛（東） | 一 |
| | 極浦煙消水鳥飛 | 飛（微）時（之）巵（支）吹（支）絲（之） | 三 |
| 張泌 | 碧欄干外小中庭 | 庭（青）睛（清）聲（清）明（庚）情（清） | 十一 |
| | 浣花溪上見卿卿 | 卿（庚）明（庚）輕（清）蜓（青）情（清） | 十一 |
| | 窄羅衫子薄羅裙 | 裙（文）身（眞）新（眞）春（諄）人（眞） | 六 |
| 尹鶚 | 裙拖碧 | 香（陽）長（陽）光（唐）妝（陽）量（陽） | 二 |
| 歐陽炯 | 晚日金陵岸草平 | 平（庚）明（庚）情（清）聲（清）城（清） | 十一 |

（四）〈春光好〉，八闋

| 作者 | 首　句 | 韻　　　腳 | 韻部 |
|---|---|---|---|
| 歐陽炯 | 天初暖 | 長（陽）光（唐）芳（陽）香（陽）陽（陽） | 二 |
| | 花滴露 | 煙（先）天（先）遷（仙）鞭（仙）錢（仙） | 七 |
| | 胸鋪雪 | 蓮（先）絃（先）娟（仙）泉（仙）憐（先） | 七 |
| | 磧香散 | 融（東）濛（東）空（東）風（東）紅（東）櫳（東） | 一 |
| | 雞樹綠 | 清（清）京（庚）名（清）行（庚）輕（清） | 十一 |
| | 芳叢蕭 | 張（陽）狂（陽）簧（唐）香（陽）郎（唐） | 二 |
| | 垂繡幔 | 屏（青）盈（清）情（清）橫（庚）聲（清）箏（耕） | 十一 |
| | 金翠鳳 | 長（陽）楊（陽）香（陽）光（唐）芳（陽） | 二 |

| 作　者 | 首　句 | 韻　腳 | 韻部 |
|---|---|---|---|
| | | **（五）〈訴衷情〉，七闋** | |
| 毛文錫 | 桃花流水漾縱橫 | 橫（庚）明（庚）行（庚）平（庚）屏（青）程（清）迎（庚）情（清） | 十一 |
| | 鴛鴦交頸繡衣輕 | 輕（清）馨（青）汀（青）萍（青）驚（庚）庭（青）屏（青）情（清） | 十一 |
| 魏承班 | 高歌宴罷月初盈 | 盈（清）情（清）輕（清）成（清）平（庚）生（庚）醒（青）城（清） | 十一 |
| | 春深花簇小樓臺 | 臺（咍）開（咍）階（皆）腮（咍）釵（佳） | 五 |
| | | 偎（灰）迴（灰） | 三 |
| | 銀漢雲晴玉漏長 | 長（陽）堂（唐）涼（陽）香（陽）光（唐）腸（陽）塘（唐）鴦（陽） | 二 |
| | 金風輕透碧窗紗 | 紗（麻）斜（麻）賒（麻）霞（麻）娃（麻）華（麻）涯（佳）家（麻） | 十 |
| | 春情滿眼臉紅銷 | 銷（宵）饒（宵）搖（宵）朝（宵）腰（宵）勞（豪）蕭（蕭）迢（蕭） | 八 |
| | | **（六）〈南歌子〉，六闋** | |
| **作　者** | **首　句** | **韻　腳** | **韻部** |
| 張泌 | 柳色遮樓暗 | 香（陽）涼（陽）陽（陽） | 二 |
| | 岸柳拖煙綠 | 紅（東）櫳（東）空（東） | 一 |
| | 錦薦紅鸂鶒 | 皇（唐）狂（陽）香（陽） | 二 |
| 毛熙震 | 遠山愁黛碧 | 明（庚）輕（清）箏（耕）聲（清）名（清）情（清） | 十一 |
| | 惹恨還添恨 | 腸（陽）芳（陽）香（陽）郎（唐）房（陽）狂（陽） | 二 |
| 歐陽炯 | 錦帳銀燈影 | 聲（清）成（清）明（庚） | 十一 |
| | | **（七）〈巫山一段雲〉，六闋** | |
| **作　者** | **首　句** | **韻　腳** | **韻部** |
| 李珣 | 有客經巫峽 | 湄（脂）姬（之）期（之）垂（支）悲（脂）祠（之） | 三 |
| | 古廟依青嶂 | 流（尤）樓（侯）悠（尤）秋（尤）舟（尤）愁（尤） | 十二 |

| | | | |
|---|---|---|---|
| 毛文錫 | 雨霽巫山上 | 天（先）連（仙）前（先）船（仙）邊（先）仙（仙） | 七 |
| | 貌掩巫山色 | 波（戈）河（歌）娥（歌）羅（歌）多（歌）和（戈） | 九 |
| 歐陽炯 | 絳闕登眞子 | 鸞（桓）寒（寒）端（桓）攢（換）閒（山）顏（刪） | 七 |
| | 春去秋來也 | 醺（文）輪（諄）新（眞）塵（眞）君（眞） | 六 |
| | | 曾（登） | 十一 |

（八）〈楊柳枝〉，五闋

| 作者 | 首句 | 韻腳 | 韻部 |
|---|---|---|---|
| 牛嶠 | 解凍風來末上青 | 青（青）卿（庚）生（青） | 十一 |
| | 吳王宮裏色偏深 | 深（侵）金（侵）心（侵） | 十三 |
| | 橋北橋南千萬條 | 條（蕭）饒（宵）腰（宵） | 八 |
| | 狂雪隨風撲馬飛 | 飛（微）欺（之）伊（脂） | 三 |
| | 裊翠籠煙拂暖波 | 波（戈）羅（歌）多（歌） | 九 |

（九）〈甘州子〉，五闋

| 作者 | 首句 | 韻腳 | 韻部 |
|---|---|---|---|
| 顧敻 | 一爐龍麝錦帷傍 | 傍（唐）煌（唐）長（陽）鴦（陽）香（陽） | 二 |
| | 每逢清夜與良晨 | 晨（眞）神（眞）人（眞）茵（眞）新（眞） | 六 |
| | 曾如劉阮訪仙蹤 | 蹤（鍾）逢（鍾）同（東）容（鍾）鐘（鍾） | 一 |
| | 露桃花裏小樓深 | 深（侵）琴（侵）衾（侵）襟（侵）心（侵） | 十三 |
| | 紅鑪深夜醉調笙 | 笙（庚）輕（清）平（庚）庭（青）橫（庚） | 十一 |

（十）〈漁父〉，五闋

| 作者 | 首句 | 韻腳 | 韻部 |
|---|---|---|---|
| 李珣 | 水接衡門十里餘 | 餘（魚）書（魚）虛（魚）魚（魚） | 四 |
| | 避世垂綸不記年 | 年（先）閒（山）山（山）還（仙） | 七 |
| | 棹警鷗飛水濺袍 | 袍（豪）縧（豪）勞（豪）濤（豪） | 八 |
| 歐陽炯 | 擺脫塵機上釣船 | 船（仙）年（先）煎（仙）仙（仙） | 七 |
| | 風浩寒溪照膽明 | 明（庚）生（庚）輕（清）驚（庚） | 十一 |

－322－

| 作 者 | 首 句 | 韻 腳 | 韻部 |
|---|---|---|---|
| | | (十一)〈天仙子〉，四闋 | |
| 韋莊 | 悵望前回夢裏期 | 期（之）思（之）肢（支）垂（支）知（支） | 三 |
| | 蟾彩霜華夜不分 | 分（文）聞（文）薰（文）紛（文）君（文） | 六 |
| | 夢覺雲屏依舊空 | 空（東）櫳（東）蹤（鍾）重（鍾）紅（東） | 一 |
| | 金似衣裳玉似身 | 身（眞）雲（文）羣（文）分（文）曛（文 | 六 |
| | | (十二)〈小重山〉，四闋 | |
| 韋莊 | 一閉昭陽春又春 | 春（諄）恩（痕）魂（魂）痕（痕）閽（魂）門（魂）論（魂）園（魂）昏（魂） | 六 |
| 薛昭蘊 | 春到長門春草青 | 青（青）明（庚）聲（清）鶯（耕）成（清）情（清）行（庚）生（庚） | 十一 |
| | 秋到長門秋草黃 | 黃（唐）牆（陽）裳（陽）妝（陽）陽（陽）鴦（陽）香（陽）長（陽） | 二 |
| 毛熙震 | 梁燕雙飛畫閣前 | 前（先）眠（先）憐（先）煙（先）娟（仙）鈿（先）韉（仙）天（先） | 七 |
| | | (十三)〈何滿子〉，四闋 | |
| 尹鶚 | 雲雨常陪勝會 | 游（尤）騮（尤）裘（尤）州（尤）樓（侯）頭（侯） | 十二 |
| 毛文錫 | 紅粉樓前月照 | 啼（齊）閨（齊）萋（齊） | 三 |
| 毛熙震 | 寂寞芳菲暗度 | 驚（庚）平（庚）箏（耕）輕（清）生（庚）情（清） | 十一 |
| | 無語殘妝澹薄 | 盈（清）明（庚）驚（庚）橫（庚）瓊（清）情（清） | 十一 |
| | | (十四)〈酒泉子〉，三闋 | |
| 張泌 | 紫陌青門 | 通（東）風（東）空（東）紅（東）中（東） | 一 |
| 李珣 | 秋雨聯綿 | 聽（青）醒（青）停（青）旌（清） | 十一 |
| 毛文錫 | 綠樹春深 | 叢（東）紅（東）空（東）朧（東）風（東） | 一 |

| 〈思帝鄉〉、〈定西蕃〉、〈夢江南〉、〈甘州遍〉、〈中興樂〉，各兩闋 | | | |
|---|---|---|---|
| 作者 | 首句 | 韻腳 | 韻部 |
| 韋莊 | 〈思帝鄉〉雲髻墜 | 垂（支）敧（支）依（微）知（支） | 三 |
| | 〈思帝鄉〉春日遊 | 遊（尤）頭（侯）流（尤）休（尤）羞（尤） | 十二 |
| 韋莊 | 〈定西蕃〉芳草叢生縷結 | 濛（東）中（東）紅（東）窮（東） | 一 |
| 毛熙震 | 〈定西蕃〉蒼翠濃陰滿院 | 飛（微）薇（微）衣（微）歸（微） | 三 |
| 牛嶠 | 〈夢江南〉啣泥燕 | 前（先）憐（先）緣（仙） | 七 |
| | 〈夢江南〉紅繡被 | 鴦（陽）塘（唐）郎（唐） | 二 |
| 毛文錫 | 〈甘州遍〉春光好 | 遊（尤）流（尤）楸（尤）頭（侯）休（尤）州（尤）樓（侯）憂（尤） | 十二 |
| | 〈甘州遍〉秋風緊 | 低（齊）齊（齊）鼙（齊）西（齊）迷（齊）蹄（齊）奚（齊）梯（齊） | 三 |
| 牛希濟 | 〈中興樂〉池塘暖碧浸晴暉 | 暉（微）飛（微）稀（微）歸（微）垂（支）衣（微） | 三 |
| 李珣 | 〈中興樂〉後庭寂寂日初長 | 長（陽）芳（陽）香（陽）狂（陽）郎（唐）湘（陽）妝（陽）簧（唐）行（唐）鴦（陽）量（陽）光（唐） | 二 |

| 〈望遠行〉、〈八拍蠻〉、〈獻衷心〉、〈赤棗子〉，各兩闋 | | | |
|---|---|---|---|
| 作者 | 首句 | 韻腳 | 韻部 |
| 李珣 | 〈望遠行〉春日遲遲思寂寥 | 寥（蕭）遙（宵）嬌（宵）條（蕭）簫（蕭）凋（蕭）腰（宵）宵（宵） | 八 |
| | 〈望遠行〉露滴幽庭落葉時 | 時（之）眉（脂）期（之）遲（脂）敧（支）垂（支）移（支）帷（脂） | 三 |
| 閻選 | 〈八拍蠻〉雲瑣嫩黃煙柳細 | 殘（寒）攢（桓） | 七 |
| | 〈八拍蠻〉愁瑣黛眉煙易慘 | 勻（諄）春（諄） | 六 |
| 顧敻 | 〈獻衷心〉繡鴛鴦帳暖 | 敧（支）時（之）離（支）期（之）垂（支）惟（脂）癡（支）知（支） | 三 |
| 歐陽炯 | 〈獻衷心〉見好花顏色 | 風（東）同（東）重（鍾）中（東）通（東）紅（東）櫳（東）空（東） | 一 |
| 歐陽炯 | 〈赤棗子〉夜悄悄 | 熒（青）醒（青）屏（青） | 十一 |
| | 〈赤棗子〉蓮臉薄 | 長（陽）量（陽）腸（陽） | 二 |

| \<河瀆神\>、\<胡蝶兒\>、\<杏園芳\>、\<贊成功\>，各一闋 | | | |
|---|---|---|---|
| 作者 | 首　句 | 韻　　腳 | 韻部 |
| 張泌 | \<河瀆神\>古樹噪寒鴉 | 鴉（麻）花（麻）紗（麻）斜（麻）涯（佳）家（麻） | 十 |
| 張泌 | \<胡蝶兒\>胡蝶兒 | 兒（支）時（之）衣（微）伊（脂）飛（微）脂（脂）垂（支） | 三 |
| 尹鶚 | \<杏園芳\>嚴妝嫩臉花明 | 明（庚）情（清）輕（清）婷（青）城（清）縈（清）屏（青） | 十一 |
| 毛文錫 | \<贊成功\>海棠未坼 | 紅（東）重（鍾）風（東）叢（東）中（東）桐（東）鐘（鍾）瓏（東） | 一 |
| \<接賢賓\>、\<贊浦子\>、\<月宮春\>、\<黃鍾樂\>，各一闋 | | | |
| 作者 | 首　句 | 韻　　腳 | 韻部 |
| 毛文錫 | \<接賢賓\>香韉鏤襜五花驄 | 驄（東）融（東）紅（東）瓏（東）蹤（鍾）風（東） | 一 |
| 毛文錫 | \<贊浦子\>錦帳添香睡 | 薰（文）裙（文）雲（文）君（文） | 六 |
| 毛文錫 | \<月宮春\>水精宮裏桂花開 | 開（咍）臺（咍）來（咍）迴（灰）盃（灰）偎（灰） | 五三 |
| 魏承班 | \<黃鍾樂\>池塘煙暖草萋萋 | 萋（齊）迷（齊）溪（齊）低（齊）攜（齊）西（齊） | 三 |
| \<遐方怨\>、\<三字令\>、\<鳳樓春\>、\<更漏子\>，各一闋 | | | |
| 作者 | 首　句 | 韻　　腳 | 韻部 |
| 顧敻 | \<遐方怨\>簾影細 | 平（庚）輕（清）明（庚）橫（庚）生（庚）驚（庚）婷（青）情（清） | 十一 |
| 歐陽炯 | \<三字令\>春欲盡 | 遲（脂）時（之）垂（支）知（支）歸（微）期（之）攲（支）思（之） | 三 |
| 歐陽炯 | \<鳳樓春\>鳳髻綠雲叢 | 叢（東）櫳（東）通（東）憁（鍾）融（東）同（東）中（東）窮（東）風（東）空（東）紅（東） | 一 |
| 歐陽炯 | \<更漏子\>三十六宮秋夜永 | 梧（模）壺（模）鋪（模）爐（模）蘇（模）蕪（虞）孤（模） | 四 |

## 二、同部仄聲韻通押

| （一）〈謁金門〉，九闋 | | | |
|---|---|---|---|
| 作　者 | 首　　句 | 韻　　　腳 | 韻　部 |
| 韋莊 | 春漏促 | 促（燭）燭（燭）竹（屋）續（燭）玉（燭）宿（屋）曲（燭）綠（燭） | 十五 |
| | 空相憶 | 憶（職）息（職）識（職）覓（錫）力（職）迹（昔）寂（錫）碧（陌） | 十七 |
| | 春雨足 | 足（燭）綠（燭）玉（燭）浴（燭）軸（屋）曲（燭）簇（屋）目（屋） | 十五 |
| 薛昭蘊 | 春滿院 | 院（線）線（線）捲（阮）燕（霰）扇（線）片（霰）斷（換）見（霰） | 七 |
| 牛希濟 | 秋已暮 | 暮（暮）路（暮）去（御）樹（遇）鼓（姥）數（遇）霧（遇）語（語） | 四 |
| 魏承班 | 煙水闊 | 闊（末）節（屑）切（屑）結（屑）絕（薛）說（薛）徹（薛）別（薛） | 十八 |
| | 春欲半 | 半（換）片（霰）見（霰）燕（霰）遠（阮）管（緩）懶（旱）線（線） | 七 |
| | 長思憶 | 憶（職）擲（昔）色（職）碧（陌）極（職）力（職）織（職）隔（麥） | 十七 |
| 閻選 | 美人浴 | 浴（燭）馥（屋）玉（燭）綠（燭）淑（屋）斛（屋）續（燭）肉（屋） | 十五 |
| （二）〈玉樓春〉，八闋 | | | |
| 作　者 | 首　　句 | 韻　　　腳 | 韻　部 |
| 魏承班 | 寂寂畫堂梁上燕 | 燕（霰）扇（線）片（霰）面（線）線（線）見（霰） | 七 |
| | 輕斂翠蛾呈皓齒 | 齒（止）裏（止）起（止）已（止）醉（至）旋（紙） | 三 |
| 顧敻 | 月照玉樓春漏促 | 促（燭）竹（屋）續（燭）綠（燭）燭（燭） | 十五 |
| | 柳映玉樓春日晚 | 晚（阮）軟（獮）遠（阮）展（獮） | 七 |
| | | 掩（琰） | 十四 |
| | 月皎露華窗影細 | 細（霽）袂（祭）閉（霽）髻（霽）堦（霽） | 三 |
| | 拂水雙飛來去燕 | 燕（霰）扇（線）薦（霰）顫（線）面（線）見（霰） | 七 |

| 歐陽炯 | 日照玉樓花似錦 | 錦（寢）寢（寢）枕（寢）甚（沁）<br>品（寢）飲（寢） | 十三 |
|---|---|---|---|
| | 春早玉樓煙雨夜 | 夜（禡）謝（禡）捨（馬）下（禡）<br>罷（禡）畫（卦） | 十 |

（三）〈應天長〉，六闋

| 作　者 | 首　句 | 韻　腳 | 韻　部 |
|---|---|---|---|
| 韋莊 | 綠槐陰裏黃鶯語 | 語（語）午（姥）舞（噳）炷（遇）<br>處（御）去（御）雨（噳）否（姥） | 四 |
| | 別來半歲音書絕 | 絕（薛）結（屑）別（薛）雪（薛）<br>說（薛）月（月）切（屑）歔（勿） | 十八 |
| 牛嶠 | 玉樓春望晴煙滅 | 滅（薛）脫（末）歇（月）雪（薛）<br>節（屑）絕（薛）結（屑）月（月） | 十八 |
| | 雙眉澹薄藏心事 | 事（志）醉（至）膩（至）美（旨）<br>意（志）悴（至）裏（止）字（志） | 三 |
| 毛文錫 | 平江波暖鴛鴦語 | 語（語）浦（姥）雨（噳）鷺（暮）<br>渚（語）處（御）舉（語）女（語） | 四 |
| 顧敻 | 瑟瑟羅裙金線縷 | 縷（噳）袴（暮）鵝（姥）步（暮）<br>注（遇）覷（御）許（語）語（語） | 四 |

（四）〈生查子〉，六闋

| 作　者 | 首　句 | 韻　腳 | 韻　部 |
|---|---|---|---|
| 張泌 | 相見稀 | 見（霰）遠（阮）軟（獮）斷（換）<br>晚（阮）懶（旱） | 七 |
| 牛希濟 | 春山煙欲收 | 小（小）曉（篠）了（篠）道（皓）<br>草（皓） | 八 |
| | 新月曲如眉 | 意（志）淚（至）裏（止）理（止） | 三 |
| 魏承班 | 煙雨晚晴天 | 語（語）去（御）撫（噳）縷（噳） | 四 |
| | 寂寞畫堂空 | 幕（鐸）薄（鐸）樂（鐸）索（鐸） | 十六 |
| | 離別又經年 | 景（梗）病（映）影（梗）竝（迥） | 十一 |

（五）〈漁歌子〉，六闋

| 作　者 | 首　句 | 韻　腳 | 韻　部 |
|---|---|---|---|
| 李珣 | 楚山青 | 漆（燭）足（燭）簇（屋）續（燭）<br>束（燭）曲（燭）屋（屋）辱（燭） | 十五 |
| | 荻花秋 | 夜（禡）畫（卦）下（禡）罷（禡）<br>舍（禡）也（馬）架（禡）挂（卦） | 十 |

| | 柳垂絲 | 樹（遇）暮（暮）浦（姥）去（御）<br>醑（語）處（御）渡（暮）鷺（暮） | 四 |
|---|---|---|---|
| | 九疑山 | 水（旨）起（止）裏（止）戲（寘）<br>蟻（紙）志（志）止（止）醉（至） | 三 |
| 魏承班 | 柳如眉 | 髮（月）雪（薛）歇（月）月（月）<br>說（薛）節（屑）別（薛）絕（薛） | 十八 |
| 顧敻 | 曉風清 | 綠（燭）浴（燭）曲（燭）郁（屋）<br>目（屋）足（燭）促（燭）逐（屋） | 十五 |

（六）〈滿宮花〉，四闋

| 作　者 | 首　句 | 韻　　腳 | 韻　部 |
|---|---|---|---|
| 張泌 | 花正芳 | 綺（紙）裏（止）翠（至）膩（至）<br>起（止）醉（至） | 三 |
| 尹鶚 | 月沉沉 | 悄（小）裊（篠）掃（皓）少（小）<br>島（皓）曉（篠） | 八 |
| 魏承班 | 雪霏霏 | 凜（寢）飲（寢）寢（寢）甚（沁）<br>枕（寢）衽（沁） | 十三 |
| | 寒夜長 | 永（梗）影（梗）酊（迥）冷（梗）<br>頸（靜）倖（梗） | 十一 |

〈歸國遙〉、〈後庭花〉、〈木蘭花〉，各三闋

| 作　者 | 首　句 | 韻　　腳 | 韻　部 |
|---|---|---|---|
| 韋莊 | 〈歸國遙〉春欲暮 | 暮（暮）雨（麌）鵡（姥）侶（語）<br>許（語）語（語）去（御）羽（麌） | 四 |
| | 〈歸國遙〉金翡翠 | 翠（至）意（志）水（旨）醉（至）<br>愧（至）寄（寘）被（寘）裏（止） | 三 |
| | 〈歸國遙〉春欲晚 | 晚（阮）熳（換）館（換）斷（換）<br>亂（換）散（翰）歡（翰）腕（換） | 七 |
| 毛熙震 | 〈後庭花〉鶯啼燕語<br>芳菲節 | 節（屑）發（月）揭（月）越（月）<br>歇（月）黜（勿）月（月）闊（月） | 十八 |
| | 〈後庭花〉輕盈舞妓<br>含芳豔 | 豔（豔）臉（琰）斂（驗）染（琰）<br>點（忝）掩（琰）臉（琰）靨（琰） | 十四 |
| | 〈後庭花〉越羅小袖<br>新香蒨 | 蒨（霰）釧（線）扇（線）面（線）<br>懶（旱）片（霰）見（霰）院（線） | 七 |
| 魏承班 | 〈木蘭花〉小芙蓉 | 旎（紙）水（旨）醉（至）媚（至）<br>翅（寘）蘂（紙） | 三 |

| 毛熙震 | 〈木蘭花〉掩朱扉 | 箔（鐸）簑（鐸）落（鐸）閣（鐸）著（藥）薄（鐸） | 十六 |
|---|---|---|---|
| 歐陽炯 | 〈木蘭花〉兒家夫婿心容易 | 易（寘）寄（寘）裏（止）睡（寘）至（至）醉（至） | 三 |

| 〈上行杯〉、〈撥棹子〉、〈醉花間〉、〈賀明朝〉，各兩闋 | | | |
|---|---|---|---|
| 作　者 | 首　句 | 韻　腳 | 韻　部 |
| 韋莊 | 〈上行杯〉芳草灞陵春岸 | 岸（翰）管（緩）斷（換）萬（願）盞（產）勸（願）滿（緩） | 七 |
| | 〈上行杯〉白馬玉鞭金轡 | 轡（至）易（作去）里（止）水（旨）淚（至）愧（至）醉（至） | 三 |
| 尹鶚 | 〈撥棹子〉風切切 | 切（屑）月（月）歇（月） | 十八 |
| | | 力（職） | 十七 |
| | | 說（薛）結（屑）雪（薛） | 十八 |
| | | 擲（昔） | 十七 |
| | | 徹（薛） | 十八 |
| | 〈撥棹子〉丹臉膩 | 膩（至）媚（至）翠（至）比（旨）地（至）淚（至）醉（至）水（旨）睡（寘） | 三 |
| 毛文錫 | 〈醉花間〉休相問 | 問（問）問（問）恨（恨）趁（震）陣（震）信（震） | 六 |
| | 〈醉花間〉深相憶 | 憶（職）憶（職）極（職）隔（麥）滴（錫）白（陌）夕（昔） | 十七 |
| 歐陽炯 | 〈賀明朝〉憶昔花間初識面 | 面（線）轉（獮）撚（獮）線（線）院（線）綣（阮）燕（霰）見（霰） | 七 |
| | 〈賀明朝〉憶昔花間相見後 | 後（候）手（有）豆（候）舊（宥）晝（宥）繡（宥）透（候）久（有）瘦（宥） | 十二 |

| 〈河傳〉、〈望江怨〉、〈金浮圖〉、〈秋夜月〉，各一闋 | | | |
|---|---|---|---|
| 作　者 | 首　句 | 韻　腳 | 韻　部 |
| 張泌 | 〈河傳〉渺莽 | 水（旨）薺（薺）里（止）起（止）裏（止）醉（至）是（紙）睡（寘）淚（至） | 三 |
| 牛嶠 | 〈望江怨〉東風急 | 急（緝）執（緝）入（緝）濕（緝）立（緝）泣（緝） | 十七 |

| 尹鶚 | 〈金浮圖〉繁華地 | 地（至）貴（未）事（志）翅（寘）<br>吹（寘）翠（至）氣（未）醉（至）<br>媚（至）意（志）比（旨）墜（至）<br>易（寘）彎（至） | 三 |
|---|---|---|---|
| 尹鶚 | 〈秋夜月〉三秋佳節 | 節（屑）結（屑）屑（屑）輟（薛）<br>揭（月）別（薛）歇（月）雪（薛）<br>切（屑）月（月） | 十八 |

# 三、間　韻

| (一)〈酒泉子〉，十二闋 ||||
|---|---|---|---|
| 作　者 | 首　句 | 韻　腳 | 韻部〔註1〕 |
| 韋莊 | 月落星沉 | 沉（侵）<br>睡（寘）膩（至）<br>深（侵）<br>夢（送）動（董）重（用）<br>任（侵） | 十三<br>三<br>十三<br>一<br>十三 |
| 張泌 | 春雨打窗 | 窗（江）<br>曉（篠）小（小）<br>釭（江）缸（江）<br>醉（至）子（止）<br>雙（江） | 二<br>八<br>二<br>三<br>二 |
| 牛希濟 | 枕轉簟涼 | 涼（陽）<br>夢（送）動（董）<br>香（陽）<br>事（志）淚（至）意（志）<br>腸（陽） | 二<br>一<br>二<br>三<br>二 |
| 李珣 | 寂寞青樓 | 樓（侯）<br>撼（感）澹（闞）<br>愁（尤）<br>夢（送）重（用）鳳（送）<br>悠（尤） | 十二<br>十四<br>十二<br>一<br>十二 |

---

〔註1〕　在「間韻」、「轉韻」、「遞韻」、「同部平仄通協」四個用韻部分，由
　　　　於第五章正文已詳細分析各詞作韻腳之韻部平仄，故表格中不另作
　　　　標註。

| | | | |
|---|---|---|---|
| | 雨漬花零 | 零（青） | 十一 |
| | | 岸（翰）斷（換） | 七 |
| | | 屏（青） | 十一 |
| | | 楚（語）許（語）語（語） | 十四 |
| | | 聽（青） | 十一 |
| 顧敻 | 楊柳舞風 | 風（東） | 一 |
| | | 雨（噳）語（語） | 十四 |
| | | 東（東）窮（東） | 一 |
| | | 息（職）滴（錫） | 十七 |
| | | 容（鍾） | 一 |
| | 羅帶縷金 | 金（侵） | 十三 |
| | | 斷（換）亂（換） | 七 |
| | | 仟（侵）衾（侵） | 十三 |
| | | 去（御）樹（遇） | 十四 |
| | | 沉（侵） | 十三 |
| | 小檻日斜 | 悄（小） | 八 |
| | | 鷺（桓）寒（桓）拚（桓） | 七 |
| | | 老（皓） | 八 |
| | | 痕（痕）魂（魂） | 六 |
| | 黛薄紅深 | 深（侵） | 十三 |
| | | 膩（至）翠（至） | 三 |
| | | 心（侵） | 十三 |
| | | 意（志）至（至）淚（至） | 三 |
| | | 任（侵） | 十三 |
| | 黛怨紅羞 | 羞（尤） | 十二 |
| | | 暮（暮）雨（噳） | 四 |
| | | 樓（侯）悠（尤） | 十二 |
| | | 度（暮）語（語）污（虞） | 四 |
| | | 愁（尤） | 十二 |
| 毛熙震 | 閑臥繡幃 | 幃（微） | 三 |
| | | 寵（腫）重（用） | 一 |
| | | 攲（支） | 三 |
| | | 碧（陌）隔（麥）役（昔） | 十七 |
| | | 眉（脂） | 三 |

| 鈿匣舞鸞 | 鸞（桓） | 七 |
| | 碧（作上）膩（至） | 三 |
| | 寒（寒） | 七 |
| | 展（獮）軟（獮）捲（獮） | 七 |
| | 殘（寒） | 七 |

（二）〈定風波〉，七闋

| 作者 | 首句 | 韻腳 | 韻部 |
|---|---|---|---|
| 李珣 | 志在煙霞慕隱淪 | 淪（諄）春（諄） | 六 |
| | | 醉（至）水（旨） | 三 |
| | | 身（眞） | 六 |
| | | 侶（語）處（御） | 四 |
| | | 人（眞） | 六 |
| | | 旨（旨）喜（止） | 三 |
| | | 塵（眞） | 六 |
| | 十載逍遙物外居 | 居（魚）於（魚） | 四 |
| | | 棹（效）島（皓） | 八 |
| | | 魚（魚） | 四 |
| | | 伴（換）岸（翰） | 七 |
| | | 書（魚） | 四 |
| | | 酒（有）首（有） | 十二 |
| | | 虛（魚） | 四 |
| | 又見新巢燕子歸 | 歸（微）徽（微） | 三 |
| | | 落（鐸）閣（鐸） | 十六 |
| | | 霏（微） | 三 |
| | | 里（止）跂（紙） | 三 |
| | | 違（微） | 三 |
| | | 處（御） | 四 |
| | | 知（支）衣（微） | 三 |
| | 雁過秋空夜未央 | 央（陽）塘（唐） | 十二 |
| | | 想（養）悵（漾） | 十二 |
| | | 湘（陽） | 十二 |
| | | 意（志）寄（眞） | 三 |

| 作者 | 詞牌 | 韻　腳 | 韻部 |
|---|---|---|---|
| | | 妝（陽） | 十二 |
| | | 冷（梗）永（梗） | 十一 |
| | | 長（陽） | 十二 |
| | 簾外烟和月滿庭 | 庭（青）情（清） | 十一 |
| | | 醒（迥）聽（徑） | 十一 |
| | | 聲（清） | 十一 |
| | | 阻（語）雨（噳） | 四 |
| | | 成（清） | 十一 |
| | | 杳（篠）曉（篠） | 八 |
| | | 橫（庚） | 十一 |
| 閻選 | 江水沈沈帆影過 | 過（戈）波（戈） | 九 |
| | | 鳥（篠）裏（篠） | 八 |
| | | 歌（歌） | 九 |
| | | 浦（姥）去（御） | 四 |
| | | 莎（戈） | 九 |
| | | 歇（月）月（月） | 十八 |
| | | 荷（歌） | 九 |
| 歐陽炯 | 暖日閒窗映碧紗 | 紗（麻）霞（麻） | 十 |
| | | 盡（軫）忍（軫） | 六 |
| | | 華（麻） | 十 |
| | | 亂（換）斷（換） | 七 |
| | | 花（麻） | 十 |
| | | 問（問）信（震） | 六 |
| | | 家（麻） | 十 |

### （三）〈訴衷情〉，四闋

| 作者 | 詞　牌 | 韻　　腳 | 韻　部 |
|---|---|---|---|
| 韋莊 | 燭爐香殘簾未捲 | 驚（庚） | 十一 |
| | | 謝（禡）夜（禡） | 十 |
| | | 明（庚）聲（清）輕（清）生（庚）情（清） | 十一 |
| | 碧沼紅芳煙雨靜 | 橈（宵） | 八 |
| | | 珮（隊） | 三 |
| | | 帶（太） | 五 |
| | | 腰（宵）橋（宵）迢（蕭）銷（宵）翹（宵） | 八 |

| 顧夐 | 香滅簾垂春漏永 | 衾（侵） | 十三 |
| | | 重（用）鳳（送） | 一 |
| | | 金（侵）臨（侵）沉（侵）尋（侵）心（侵） | 十三 |
| | 永夜抛人何處去 | 音（侵） | 十三 |
| | | 掩（琰）斂（驗） | 十四 |
| | | 沉（侵）尋（侵）衾（侵）心（侵）深（侵） | 十三 |

〈楊柳枝〉、〈喜遷鶯〉、〈紗窗恨〉、〈西江月〉，各兩闋

| 作 者 | 首 句 | 韻 腳 | 韻部 |
| --- | --- | --- | --- |
| 張泌 | 〈楊柳枝〉膩粉瓊妝透碧紗 | 紗（麻）誇（麻）斜（麻）加（麻） | 十 |
| | | 覺（效）笑（笑） | 八十 |
| | | 花（麻）些（麻） | 十 |
| 顧夐 | 〈楊柳枝〉秋夜香閨思寂寥 | 寥（蕭）迢（蕭）銷（宵）搖（宵） | 八 |
| | | 去（御）處（御） | 四 |
| | | 蕭（蕭）蕉（宵） | 八 |
| 薛昭蘊 | 〈喜遷鶯〉金門曉 | 春（諄）塵（眞）新（眞）身（眞） | 六 |
| | | 啓（薺）細（霽） | 三 |
| | | 濱（眞）辰（眞） | 六 |
| | 〈喜遷鶯〉清明節 | 天（先）年（先）乾（仙）鞭（仙） | 七 |
| | | 賞（養）鞅（陽） | 二 |
| | | 連（仙）煙（先） | 七 |
| 毛文錫 | 〈紗窗恨〉新春燕子還來至 | 至（至） | 三 |
| | | 飛（微） | |
| | | 墜（至） | |
| | | 衣（微）扉（微）依（微） | |
| | 〈紗窗恨〉雙雙蝶翅塗鉛粉 | 粉（吻） | 六 |
| | | 心（侵） | 十三 |
| | | 穩（混） | 六 |
| | | 陰（侵）襟（侵）金（侵） | 十三 |
| 歐陽炯 | 〈西江月〉月映長江秋水 | 水（旨） | 三 |
| | | 河（歌）多（歌） | 九 |
| | | 葦（尾）裏（止） | 三 |

| 作　者 | 首　句 | 韻　腳 | 韻　部 |
|---|---|---|---|
| | 〈西江月〉水上鴛鴦比翼 | （戈）歌（歌） | 九 |
| | | 起（止） | 三 |
| | | 翼（職） | 十七 |
| | | 衣（微）眉（脂） | 三 |
| | | 力（職） | 十七 |
| | | 綠（燭） | 十五 |
| | | 期（之）枝（支） | 三 |
| | | 色（職） | 十七 |

〈離別難〉、〈相見歡〉、〈柳含煙〉、〈中興樂〉，各一闋

| 作　者 | 首　句 | 韻　腳 | 韻　部 |
|---|---|---|---|
| 薛昭蘊 | 〈離別難〉寶馬曉鞴彫鞍 | 鞍（寒）難（寒） | 七 |
| | | 媚（至）里（止） | 三 |
| | | 寒（寒） | 七 |
| | | 燭（燭）曲（燭） | 十五 |
| | | 干（寒） | 七 |
| | | 促（燭）綠（燭） | 十五 |
| | | 迷（齊）低（齊） | 三 |
| | | 咽（屑）說（薛） | 十八 |
| | | 西（齊） | 三 |
| | | 立（緝）急（緝） | 十七 |
| | | 凄（齊） | 三 |
| 薛昭蘊 | 〈相見歡〉羅襦繡袂香紅 | 紅（東）中（東）風（東） | 一 |
| | | 幕（鐸）閣（鐸） | 十六 |
| | | 窮（東）櫳（東） | 一 |
| 毛文錫 | 〈柳含煙〉橋柳 | 春（諄）人（眞）神（眞） | 六 |
| | | 曲（燭）續（燭） | 十五 |
| | | 門（魂）恩（痕） | 六 |
| 毛文錫 | 〈中興樂〉荳蔻花繁煙豔深 | 深（侵）心（侵） | 十三 |
| | | 女（語）與（語） | 四 |
| | | 金（侵） | 十三 |
| | | 語（語）浦（姥）舞（麌）雨（麌） | 四 |
| | | 陰（侵） | 十三 |

# 四、轉　韻

| (一)〈菩薩蠻〉，二十八闋 | | | |
|---|---|---|---|
| 作者 | 首句 | 韻腳 | 韻部 |
| 韋莊 | 紅樓別夜堪惆悵 | 悵（漾）帳（漾） | 二 |
| | | 時（之）辭（之） | 三 |
| | | 羽（噳）語（語） | 四 |
| | | 家（麻）花（麻） | 十 |
| | 人人盡說江南好 | 好（皓）老（皓） | 八 |
| | | 天（先）眠（先） | 七 |
| | | 月（月）雪（薛） | 十八 |
| | | 鄉（陽）腸（陽） | 二 |
| | 如今卻憶江南樂 | 樂（鐸）薄（鐸） | 十六 |
| | | 橋（宵）招（宵） | 八 |
| | | 曲（燭）宿（屋） | 十五 |
| | | 枝（支）歸（微） | 三 |
| | 勸君今夜須沉醉 | 醉（至）事（志） | 三 |
| | | 心（侵）深（侵） | 十三 |
| | | 短（緩）滿（緩） | 七 |
| | | 呵（歌）何（歌） | 九 |
| | 洛陽城裏春光好 | 好（皓）老（皓） | 八 |
| | | 堤（齊）迷（齊） | 三 |
| | | 淥（燭）浴（燭） | 十五 |
| | | 暉（微）知（支） | 三 |
| 牛嶠 | 舞裙香暖金泥鳳 | 鳳（送）夢（送） | 一 |
| | | 飛（微）歸（微） | 三 |
| | | 淚（至）翠（至） | 三 |
| | | 陽（陽）長（陽） | 二 |
| | 柳花飛處鶯聲急 | 急（緝）立（緝） | 十七 |
| | | 開（咍）來（咍） | 五 |
| | | 想（養）上（漾） | 二 |
| | | 愁（尤）頭（侯） | 十二 |

| | | | |
|---|---|---|---|
| | 玉釵風動春幡急 | 急（緝）泣（緝） | 十七 |
| | | 卿（庚）晴（清） | 十一 |
| | | 被（寘）睡（寘） | 三 |
| | | 知（支）眉（脂） | |
| | 畫屏重疊巫陽翠 | 翠（至）意（志） | 三 |
| | | 心（侵）深（侵） | 十三 |
| | | 隔（麥）客（陌） | 十七 |
| | | 花（麻）斜（麻） | 十 |
| | 風簾燕舞鶯啼柳 | 柳（有）手（有） | 十二 |
| | | 珊（寒）丹（寒） | 七 |
| | | 客（陌）色（職） | 十七 |
| | | 鞭（仙）穿（仙） | 七 |
| | 綠雲鬢上飛金雀 | 雀（藥）薄（鐸） | 十六 |
| | | 蓉（鍾）重（鍾） | 一 |
| | | 曙（御）苣（語） | 四 |
| | | 衣（微）歸（微） | 三 |
| | 玉樓冰簟鴛鴦錦 | 錦（侵）枕（侵） | 十三 |
| | | 聲（清）驚（庚） | 十一 |
| | | 漠（鐸）落（鐸） | 十六 |
| | | 捫（桓）歡（桓） | 七 |
| 尹鶚 | 隴雲暗合秋天白 | 白（陌）陌（陌） | 十七 |
| | | 吹（支）歸（微） | 三 |
| | | 語（語）去（御） | 四 |
| | | 時（之）伊（脂） | 三 |
| | 嗚嗚曉角調如語 | 語（語）鼓（姥） | 四 |
| | | 殘（寒）寒（寒） | 七 |
| | | 翠（至）里（止） | 三 |
| | | 消（宵）饒（宵） | 八 |
| | 錦茵閑襯丁香枕 | 枕（寢）寢（寢） | 十三 |
| | | 爐（模）孤（模） | 四 |
| | | 慣（諫）絆（換） | 七 |
| | | 來（咍）回（灰） | 五、三 |

| | | | | |
|---|---|---|---|---|
| 李珣 | 迴塘風起波紋細 | 細（霽）閉（霽）<br>蕪（虞）鴣（模）<br>客（陌）隔（麥）<br>銷（宵）遙（宵） | 三<br>四<br>十七<br>八 | |
| | 等閑將度三春景 | 景（梗）影（梗）<br>斜（麻）花（麻）<br>處（御）去（御）<br>山（山）班（刪） | 十一<br>十<br>四<br>七 | |
| | 隔簾微雨雙飛燕 | 燕（霰）淺（獮）<br>調（蕭）遙（宵）<br>路（暮）去（御）<br>深（侵）尋（侵） | 七<br>八<br>四<br>十三 | |
| 魏承班 | 羅裙薄薄秋波染 | 染（琰）點（忝）<br>時（之）知（支）<br>動（董）鳳（送）<br>房（陽）璫（唐） | 十四<br>三<br>一二 | |
| | 羅衣隱約金泥畫 | 畫（卦）夜（禡）<br>嬌（宵）翹（宵）<br>軟（獮）遠（阮）<br>沉（侵）心（侵） | 十八<br>七<br>十三 | |
| | 玉容光照菱花影 | 影（梗）冷（梗）<br>新（眞）塵（眞）<br>翠（至）醉（至）<br>衾（侵）心（侵） | 十一<br>六<br>三<br>十三 | |
| 毛熙震 | 梨花滿院飄香雪 | 雪（薛）咽（屑）<br>帷（脂）稀（微）<br>背（隊）態（代）<br>飛（微）歸（微） | 十八<br>三<br>三、五<br>三 | |
| | 繡簾高軸臨塘看 | 看（翰）散（翰）<br>涼（陽）香（陽）<br>事（志）思（志）<br>催（灰）來（咍） | 七<br>二<br>三<br>五 | |
| | 天含殘碧融春色 | 色（職）息（職）<br>門（魂）魂（魂）<br>暖（緩）滿（緩）<br>山（山）間（山） | 十七<br>六<br>七 | |

| 作者 | 首句 | 韻腳 | 韻部 |
|---|---|---|---|
| 歐陽炯 | 曉來中酒和春睡 | 睡（寘）墜（至）<br>春（諄）人（眞）<br>起（止）被（寘）<br>籠（東）慵（鍾） | 三<br>六<br>三<br>一 |
| | 紅爐暖閣佳人睡 | 睡（寘）氣（未）<br>歌（歌）羅（歌）<br>滿（緩）宴（霰）<br>泥（齊）嘶（齊） | 三<br>九<br>七<br>三 |
| | 翠眉雙臉新妝薄 | 薄（鐸）幕（鐸）<br>時（之）枝（支）<br>語（語）去（御）<br>君（文）茵（文） | 十六<br>三<br>四<br>六 |
| | 畫屏繡閣三秋雨 | 雨（噳）語（語）<br>明（庚）成（清）<br>絕（薛）別（薛）<br>吁（虞）珠（虞） | 四<br>十一<br>十八<br>四 |

## （二）〈南鄉子〉‧二十四闋

| 作 者 | 首 句 | 韻 腳 | 韻 部 |
|---|---|---|---|
| 李珣 | 煙漠漠 | 淒（齊）啼（齊）<br>渡（暮）處（御）暮（暮） | 三<br>四 |
| | 蘭棹舉 | 開（咍）來（咍）<br>見（霰）宴（霰）面（線） | 五<br>七 |
| | 乘綵舫 | 塘（唐）鴛（陽）<br>笑（笑）窕（篠）照（笑） | 二<br>八 |
| | 傾淥蟻 | 螺（戈）歌（歌）<br>裏（止）戲（寘）水（旨） | 九<br>三 |
| | 雲帶雨 | 風（東）中（東）<br>美（旨）醉（至）睡（寘） | 一<br>三 |
| | 沙月靜 | 輕（清）行（庚）<br>女（語）顧（暮）去（御） | 十一<br>四 |
| | 漁市散 | 稀（微）微（微）<br>暮（暮）浦（姥）雨（噳） | 三<br>四 |
| | 攏雲髻 | 梳（魚）裾（魚）<br>暖（緩）岸（翰）伴（換） | 四<br>七 |

| | | | |
|---|---|---|---|
| 相見處 | 天（先）前（先） | 七 | |
| | 意（志）翠（至）水（旨） | 三 | |
| 攜籠去 | 歸（微）霏（微） | 三 | |
| | 急（緝）濕（緝）立（緝） | 十七 | |
| 雲鬂重 | 輕（清）情（清） | 十一 | |
| | 許（語）去（御）女（語） | 四 | |
| 登畫舸 | 波（戈）歌（歌） | 九 | |
| | 斂（驗）颭（敢）點（忝） | 十四 | |
| 雙鬂墜 | 彎（刪）山（山） | 七 | |
| | 處（御）顧（暮）舞（噳） | 四 | |
| 紅荳蔻 | 瑰（灰）臺（咍） | 三、五 | |
| | 掌（養）賞（養）上（漾） | 二 | |
| 山果熟 | 香（陽）塘（唐） | 二 | |
| | 捲（阮）遠（阮）璦（產） | 七 | |
| 新月上 | 開（咍）來（咍） | 五 | |
| | 口（厚）酒（有）柳（有） | 十二 | |
| 歐陽炯 | 嫩草如煙 | 煙（先）天（先） | 七 |
| | | 淥（燭）浴（燭）足（燭） | 十五 |
| | 畫舸停橈 | 橈（宵）橋（宵） | 八 |
| | | 女（語）顧（暮）住（遇） | 四 |
| | 岸遠沙平 | 平（庚）明（庚） | 十一 |
| | | 尾（尾）水（旨）起（止） | 三 |
| | 洞口誰家 | 家（麻）花（麻） | 十 |
| | | 去（御）浦（姥）語（語） | 四 |
| | 二八花鈿 | 鈿（先）蓮（先） | 七 |
| | | 瑟（櫛）窄（陌）客（陌） | 十七 |
| | 路入南中 | 中（東）紅（東） | 一 |
| | | 後（候）豆（候）手（有） | 十二 |
| | 袖斂鮫綃 | 綃（宵）邀（宵） | 八 |
| | | 滴（錫）蓆（昔）日（質） | 十七 |
| | 翡翠鵁鶄 | 鶄（清）汀（青） | 十一 |
| | | 色（職） | 十七 |
| | | 撲（屋）宿（屋） | 十五 |

| 作者 | 首句 | 韻腳 | 韻部 |
|---|---|---|---|
| | | **(三)〈女冠子〉，十七闋** | |
| 韋莊 | 四月十七 | 七（質）日（質）<br>時（之）眉（脂）隨（支）知（支） | 十七<br>三 |
| | 昨夜夜半 | 半（換）見（霰）<br>時（之）眉（脂）依（微）悲（脂） | 七<br>三 |
| 薛昭蘊 | 求仙去也 | 也（馬）捨（馬）<br>巒（桓）冠（桓）寒（寒）壇（寒） | 十<br>七 |
| | 雲羅霧縠 | 縠（屋）籙（燭）<br>函（覃）簪（覃）三（談）緘（咸） | 十五<br>十四 |
| 牛嶠 | 錦江煙水 | 水（旨）美（旨）<br>霞（麻）花（麻）紗（麻）家（麻） | 三<br>十 |
| | 星冠霞帔 | 帔（寘）裏（止）<br>當（唐）妝（陽）香（陽）郎（唐） | 二<br>二 |
| | 雙飛雙舞 | 舞（噳）語（語）<br>幃（微）遲（脂）枝（支）時（之） | 四<br>三 |
| 張泌 | 露花煙草 | 草（晧）島（晧）<br>深（侵）襟（侵）陰（侵）沉（侵） | 八<br>十三 |
| 尹鶚 | 雙成伴侶 | 侶（語）處（御）<br>期（之）危（支）兒（支）肢（支） | 四<br>三 |
| 李珣 | 星高月午 | 午（姥）處（御）<br>開（咍）苔（咍）徊（灰）萊（咍） | 四<br>五、三、五 |
| | 春山夜靜 | 靜（靜）磬（徑）<br>虛（魚）裾（魚）徐（魚）書（魚） | 十一<br>四 |
| 鹿虔扆 | 鳳樓琪樹 | 樹（遇）去（御）<br>深（侵）尋（侵）陰（侵）心（侵） | 四<br>十三 |
| | 步虛壇上 | 上（漾）向（漾）<br>仙（仙）煙（先）偏（仙）天（先） | 二<br>七 |
| 毛熙震 | 碧桃紅杏 | 杏（梗）影（梗）<br>深（侵）音（侵）琴（侵）尋（侵） | 十一<br>十三 |
| | 脩蛾慢臉 | 臉（琰）點（忝）<br>妝（陽）黃（唐）傍（唐）香（陽） | 十四<br>二 |
| 歐陽炯 | 薄妝桃臉 | 臉（琰）靨（琰）<br>多（歌）羅（歌）和（戈）何（歌） | 十四<br>九 |
| | 秋宵秋月 | 月（月）發（月）<br>池（支）時（之）絲（之）姿（脂） | 十八<br>三 |

| (四)〈虞美人〉，十二闋 | | | |
|---|---|---|---|
| 作　者 | 首　　句 | 韻　　　　　腳 | 韻　部 |
| 李珣 | 金籠鸚報天將曙 | 曙（御）處（御）<br>期（之）遲（脂）期（之）<br>送（送）鳳（送）<br>閨（齊）箆（齊）低（齊） | 四<br>三<br>一<br>三 |
| 毛文錫 | 鴛鴦對浴銀塘暖 | 暖（緩）短（緩）<br>波（戈）多（歌）荷（歌）<br>碧（陌）隔（麥）<br>沉（侵）尋（侵）任（侵） | 七<br>九<br>十七<br>十三 |
| | 寶檀金縷鴛鴦枕 | 枕（寢）錦（寢）<br>明（庚）鶯（耕）成（清）<br>炷（遇）絮（御）<br>煙（先）韆（仙）天（先） | 十三<br>十一<br>四<br>七 |
| 顧夐 | 曉鶯啼破相思夢 | 夢（送）鳳（送）<br>醒（青）屏（青）婷（青）<br>臉（琰）斂（琰）<br>尋（侵）陰（侵）心（侵） | 一<br>十一<br>十四<br>十三 |
| | 觸簾風送景陽鐘 | 鐘（鍾）重（鍾）濃（鍾）容（鍾）<br>慵（鍾）<br>妝（陽）光（唐）塘（唐）香（陽）<br>揚（陽） | 一<br><br>二 |
| | 翠屏閑掩垂珠箔 | 箔（鐸）閣（鐸）<br>香（陽）狂（陽）妝（陽）<br>細（霽）髻（霽）<br>輕（清）驚（庚）情（清） | 十六<br>二<br>三<br>十一 |
| | 碧梧桐映紗窗晚 | 晚（阮）懶（旱）<br>山（山）寒（寒）攢（桓）<br>別（薛）節（屑）<br>痕（痕）門（魂）昏（魂） | 七<br><br>十八<br>六 |
| | 深閨春色勞思想 | 想（養）長（養）<br>妍（先）煙（先）前（先）<br>細（霽）砌（霽）<br>家（麻）花（麻）涯（佳） | 二<br>七<br>三<br>十 |

| 作者 | 首句 | 韻腳 | 韻部 |
|---|---|---|---|
| | 少年豔質勝瓊英 | 英（庚）清（清）橫（庚）輕（清）成（清） | 十一 |
| | | 裊（篠）小（小） | 八 |
| | | 香（陽）凰（唐）郎（唐） | 二 |
| 鹿虔扆 | 卷荷香澹浮煙渚 | 渚（姥）雨（囐） | 四 |
| | | 清（清）輕（清）平（庚） | 十一 |
| | | 掩（虔）斂（驗） | 十四 |
| | | 成（清）橫（庚）情（清） | 十一 |
| 閻選 | 粉融紅膩蓮房綻 | 綻（霰）慢（諫） | 七 |
| | | 橫（庚）輕（清）婷（青） | 十一 |
| | | 處（御）雨（囐） | 四 |
| | | 香（陽）長（陽）量（陽） | 二 |
| | 楚腰蠐領團香玉 | 玉（燭）綠（燭） | 十五 |
| | | 頻（眞）春（諄）勻（諄） | 八 |
| | | 帳（漾）上（漾） | 二 |
| | | 蓉（鍾）同（東）仲（東） | 一 |

（五）〈荷葉盃〉・十一闋

| 作者 | 首句 | 韻腳 | 韻部 |
|---|---|---|---|
| 韋莊 | 絕代佳人難得 | 得（德）國（德） | 十七 |
| | | 期（之）眉（脂）惟（脂） | 三 |
| | | 鳳（送）夢（送） | 一 |
| | | 空（東）通（東）櫳（東） | |
| | 記得那年花下 | 下（禡）夜（禡） | 十 |
| | | 時（之）垂（支）期（之） | 三 |
| | | 月（月）別（薛） | 十八 |
| | | 塵（眞）人（眞）因（眞） | 六 |
| 顧敻 | 春盡小庭花落 | 落（鐸）寞（鐸） | 十六 |
| | | 眉（脂）期（之）知（支）知（支） | 三 |
| | 歌發誰家筵上 | 上（漾）亮（漾） | 二 |
| | | 悠（尤）樓（侯）愁（尤）愁（尤） | 十二 |
| | 弱柳好花盡拆 | 拆（陌）陌（陌） | 十七 |
| | | 郎（唐）香（陽）狂（陽）狂（陽） | 二 |
| | 記得那時相見 | 見（霰）顫（線） | 七 |
| | | 柔（尤）頭（侯）羞（尤）羞（尤） | 十二 |

| 首句 | 韻腳 | 韻部 |
|---|---|---|
| 夜久歌聲怨咽 | 咽（屑）月（月）<br>微（微）衣（微）歸（微）歸（微） | 十八<br>三 |
| 我憶君詩最苦 | 苦（姥）否（姥）<br>心（侵）深（侵）吟（侵）吟（侵） | 四<br>十三 |
| 金鴨香濃鴛被 | 被（眞）膩（至）<br>鈿（先）蓮（先）憐（先）憐（先） | 三<br>七 |
| 曲砌蝶飛煙暖 | 暖（緩）半（換）<br>條（蕭）腰（宵）嬌（宵）嬌（宵） | 七<br>八 |
| 一去又乖期信 | 信（震）盡（軫）<br>苔（咍）徊（灰）來（咍）來（咍） | 六<br>五、三、五 |

## （六）〈河傳〉，十一闋

| 作者 | 首句 | 韻腳 | 韻部 |
|---|---|---|---|
| 韋莊 | 何處 | 處（御）雨（噳）暮（暮）<br>蘢（鍾）風（東）融（東）<br>媚（至）裏（止）妓（紙）<br>樓（侯）愁（尤） | 四<br>一<br>三<br>十二 |
| | 春晚 | 晚（阮）暖（緩）滿（緩）<br>人（眞）塵（眞）晨（眞）<br>酒（有）手（有）柳（有）<br>昏（魂）魂（魂） | 七<br>六<br>十二<br>六 |
| | 錦浦 | 浦（姥）女（語）縷（噳）<br>輕（清）明（庚）晴（清）<br>路（暮）語（語）雨（噳）<br>樓（侯）愁（尤） | 四<br>十一<br>四<br>十二 |
| 韋莊 | 錦里 | 里（止）市（止）<br>妝（陽）鐺（唐）長（陽）<br>見（霰）遠（阮）散（翰）<br>房（陽）鄉（陽） | 三　二<br>七<br>二 |
| 張泌 | 紅杏 | 杏（梗）映（映）<br>濛（東）風（東）融（東）櫳（東）<br>語（語）舞（噳）妒（暮）<br>前（先）仙（仙）天（先） | 十一<br>一<br>四<br>七 |

| 李珣 | 去去 | 去（御）處（御）楚（語） | 四 |
| | | 連（仙） | 七 |
| | | 雨（噳） | 四 |
| | | 前（先）船（仙） | 七 |
| | | 結（屑）別（薛）絕（薛） | 十八 |
| | | 風（東）同（東） | 一 |
| | 春暮 | 暮（暮）雨（噳）浦（姥） | 四 |
| | | 蛾（歌） | 九 |
| | | 處（御） | 四 |
| | | 歌（歌）和（戈） | 九 |
| | | 結（屑）咽（屑）節（屑） | 十八 |
| | | 洲（尤）幽（幽） | 十二 |
| 顧敻 | 燕颺 | 景（梗）頸（靜）整（靜）影（梗） | 十一 |
| | | 鵩（職）息（職）憶（職） | 十七 |
| | | 風（東）濃（鍾）紅（東）重（鍾） | 一 |
| | 曲檻 | 檻（檻） | 十四 |
| | | 晚（阮）軟（獮）嚲（線）剪（獮） | 七 |
| | | 上（漾）賞（養）障（漾） | 二 |
| | | 塘（唐）光（唐）腸（陽）狂（陽） | |
| | 棹舉 | 舉（語）去（御）處（御） | 四 |
| | | 依（微）微（微）飛（微） | 三 |
| | | 咽（屑）切（屑）說（薛） | 十八 |
| | | 橈（宵）憀（蕭）銷（宵）焦（宵） | 八 |
| 閻選 | 秋雨 | 雨（噳）雨（噳） | 四 |
| | | 霏（微）離（支）姬（之）悲（脂） | 三 |
| | | 竹（屋）續（燭）玉（燭） | 十五 |
| | | 時（之）期（之）歸（微） | 三 |

| | | （七）〈清平樂〉，九闋 | |
|---|---|---|---|
| 作者 | 首　句 | 韻　　腳 | 韻　部 |
| 韋莊 | 春愁南陌 | 陌（陌）隔（麥）白（陌）額（陌） | 十七 |
| | | 孫（魂）痕（痕）魂（魂） | 六 |
| | 野花芳草 | 草（皓）道（皓）早（皓）老（皓） | 八 |
| | | 心（侵）深（侵）琴（侵） | 十三 |

| 作者 | 首句 | 韻　腳 | 韻　部 |
|---|---|---|---|
| | 何處遊女 | 女（語）雨（噳）語（語）縷（噳）<br>鈿（先）轓（仙）邊（先） | 四<br>七 |
| | 鶯啼殘月 | 月（月）滅（薛）別（薛）節（屑）<br>眉（脂）扉（微）遲（脂） | 十八<br>三 |
| | 瑣窗春暮 | 暮（暮）雨（噳）去（御）縷（噳）<br>波（戈）何（歌）窠（戈） | 四<br>九 |
| | 綠楊春雨 | 雨（噳）縷（噳）語（語）處（御）<br>鴻（東）濛（東）風（東） | 四<br>一 |
| 尹鶚 | 低紅歛翠 | 翠（至）事（志）墜（至）地（至）<br>干（寒）寒（寒）歡（桓） | 三<br>七 |
| | 芳年妙伎 | 伎（紙）翠（至）媚（至）意（志）<br>時（之）詞（之）肢（支） | 三 |
| 毛熙震 | 春光欲暮 | 暮（暮）戶（姥）舞（噳）雨（噳）<br>幃（微）微（微）飛（微） | 四<br>三 |
| 歐陽炯 | 春來階砌 | 砌（霽）細（霽）蔕（霽）勢（祭）<br>繒（蒸）燈（登）憑（蒸） | 三<br>十一 |

### （八）〈更漏子〉九闋

| 作者 | 首句 | 韻　腳 | 韻　部 |
|---|---|---|---|
| 韋莊 | 鐘鼓寒 | 暝（青）井（靜）<br>空（東）紅（東）<br>薄（鐸）閣（鐸）<br>衣（微）歸（微） | 十一<br>一<br>十六<br>三 |
| 牛嶠 | 星漸稀 | 轉（獮）怨（願）<br>紅（東）風（東）<br>事（志）似（止）<br>眠（先）邊（先） | 七<br>一<br>三<br>七 |
| | 春夜闌 | 促（燭）燭（燭）<br>深（侵）心（侵）<br>客（陌）息（職）<br>君（文）聞（文） | 十五<br>十三<br>十七<br>六 |
| | 南浦情 | 淚（至）意（志）<br>衣（微）飛（微）<br>結（屑）節（屑）<br>家（麻）斜（麻） | 三<br>十八<br>十 |

| 作者 | 首句 | 韻腳 | 韻部 |
|---|---|---|---|
| 毛文錫 | 春夜闌 | 切（屑）月（月） | 十八 |
| | | 憑（蒸）燈（登） | 十一 |
| | | 別（薛）節（屑）結（屑） | 十八 |
| | | 輝（微）飛（微） | 三 |
| 顧敻 | 舊歡娛 | 望（漾）上（漾） | 三 |
| | | 微（微）飛（微） | 三 |
| | | 捲（阮） | 七 |
| | | 掩（琰） | 十四 |
| | | 眼（產） | 七 |
| | | 罇（魂）論（慁） | 六 |
| 毛熙震 | 秋色清 | 澹（闞）暗（勘） | 十四 |
| | | 紅（東）融（東） | 一 |
| | | 咽（屑）切（屑）雪（薛） | 十八 |
| | | 收（尤）鉤（侯） | 十二 |
| | 煙月寒 | 靜（靜）永（梗） | 十一 |
| | | 空（東）紅（東） | 一 |
| | | 悄（小）了（篠）曉（篠） | 八 |
| | | 期（之）時（之） | 三 |
| 歐陽炯 | 玉闌干 | 井（靜）影（梗） | 十一 |
| | | 時（之）衣（微） | 三 |
| | | 向（漾）望（漾）樣（漾） | 二 |
| | | 思（之）伊（脂） | 三 |

### （九）〈西溪子〉，四闋

| 作者 | 首句 | 韻腳 | 韻部 |
|---|---|---|---|
| 牛嶠 | 捍撥雙盤金鳳 | 鳳（送）動（董） | 一 |
| | | 語（語）語（語）處（御） | 四 |
| | | 愁（尤）頭（侯） | 十二 |
| 李珣 | 馬上見時如夢 | 夢（送）送（送） | 一 |
| | | 意（志）裏（止）墜（至） | 三 |
| | | 嬈（蕭）銷（宵） | 八 |
| | 金縷翠鈿浮動 | 動（董）夢（送） | 一 |
| | | 老（皓）到（號）掃（皓） | 八 |
| | | 風（東）紅（東） | 一 |
| 毛文錫 | 昨夜西溪遊賞 | 賞（養）樣（漾） | 二 |
| | | 滿（緩）管（緩）暖（緩） | 七 |
| | | 暉（微）歸（微） | 三 |

| 〈醉公子〉、〈酒泉子〉、〈柳含煙〉，各三闋 | | | |
|---|---|---|---|
| 作者 | 首　句 | 韻　　腳 | 韻　部 |
| 薛昭蘊 | 〈醉公子〉慢綰青絲髮 | 髮（月）襪（月）<br>籠（東）紅（東）<br>處（御）污（暮）<br>開（咍）來（咍） | 十八<br>一<br>四<br>五 |
| 尹鶚 | 〈醉公子〉暮煙籠蘚砌 | 砌（霽）閉（霽）<br>春（諄）身（眞）<br>袂（祭）綴（祭）<br>人（眞）新（眞） | 三<br>六<br>三<br>六 |
| 顧敻 | 〈醉公子〉漠漠愁雲澹 | 澹（敢）檻（檻）<br>屏（青）扃（青）<br>慢（諫）限（產）<br>蟬（仙）年（先） | 十四<br>十一<br>七<br>七 |
| 李珣 | 〈酒泉子〉秋月嬋娟 | 沉（侵）心（侵）吟（侵）<br>來（咍）徊（灰） | 十三<br>五、三 |
| 顧敻 | 〈酒泉子〉掩卻菱花 | 面（線）燕（霰）<br>奩（鹽）猒（鹽）簪（覃）酣（談）南（覃） | 七<br>十四 |
| 顧敻 | 〈酒泉子〉水碧風清 | 膩（至）翠（至）<br>涯（佳）斜（麻）家（麻）<br>煙（先）年（先） | 三<br>十<br>七 |
| 毛文錫 | 〈柳含煙〉隋堤柳 | 旁（唐）香（陽）張（陽）<br>好（皓）葆（皓）<br>流（尤）愁（尤） | 二<br>八<br>十二 |
| 毛文錫 | 〈柳含煙〉章臺柳 | 旒（尤）州（尤）浮（尤）<br>別（薛）折（薛）<br>眉（脂）時（之） | 十二<br>十八<br>三 |
| 毛文錫 | 〈柳含煙〉御溝柳 | 多（歌）羅（歌）波（戈）<br>苑（阮）軟（獼）<br>宮（東）濃（鍾） | 九<br>七<br>一 |

| 〈喜遷鶯〉、〈思越人〉、〈戀情深〉，各兩闋 | | | |
|---|---|---|---|
| 作者 | 首　句 | 韻　腳 | 韻　部 |
| 韋莊 | 〈喜遷鶯〉人洶洶 | 鬟（多）風（東）朧（東）空（東） | 一 |
| | | 路（暮）舞（噴） | 四 |
| | | 羣（文）君（文） | 六 |
| | 〈喜遷鶯〉街鼓動 | 開（哈） | 五 |
| | | 迴（灰） | 三 |
| | | 來（哈） | 五 |
| | | 雷（灰） | 三 |
| | | 化（禡）馬（馬） | 十 |
| | | 仙（仙）天（先） | 七 |
| 張泌 | 〈思越人〉燕雙飛 | 橋（宵）腰（宵） | 八 |
| | | 力（職）碧（陌）息（職）憶（職） | 十七 |
| 鹿虔扆 | 〈思越人〉翠屏欹 | 迢（蕭）銷（宵） | 八 |
| | | 亂（換）散（翰）見（霰）斷（換） | 七 |
| 毛文錫 | 〈戀情深〉滴滴銅壺寒漏咽 | 咽（屑）月（月） | 十八 |
| | | 衾（侵）心（侵）侵（侵）林（侵）深（侵） | 十三 |
| | 〈戀情深〉玉殿春濃花爛漫 | 漫（換）伴（換） | 七 |
| | | 金（侵）音（侵）沉（侵）心（侵）深（侵） | 十三 |

| 〈天仙子〉、〈望遠行〉、〈木蘭花〉、〈玉樓春〉、〈感恩多〉，各一闋 | | | |
|---|---|---|---|
| 作者 | 首　句 | 韻　腳 | 韻　部 |
| 韋莊 | 〈天仙子〉深夜歸來長酩酊 | 酊（迴）醒（迴） | 十一 |
| | | 和（戈）呵（歌）何（歌） | 九 |
| 韋莊 | 〈望遠行〉欲別無言倚畫屏 | 屏（青）情（清）鳴（庚）城（清） | 十一 |
| | | 嘶（齊）堤（齊）萋（齊）西（齊）閨（齊） | 三 |
| 韋莊 | 〈木蘭花〉獨上小樓春欲暮 | 暮（暮）路（暮）戶（姥） | 四 |
| | | 息（職）滴（錫）覓（錫） | 十七 |
| 牛嶠 | 〈玉樓春〉春入橫塘搖淺浪 | 浪（宕）恨（漾）上（漾） | 二 |
| | | 語（語）縷（噴）與（語） | 四 |
| 牛嶠 | 〈感恩多〉自從南浦別 | 別（薛）結（屑） | 十八 |
| | | 深（侵）衾（侵）襟（侵）襟（侵）心（侵） | 十三 |

## 五、遞　韻

| 作　者 | 首　句 | 韻　腳 | 韻　部 |
|---|---|---|---|
| 韋莊 | 〈定西蕃〉挑盡金燈紅爐 | 遲（脂）時（之）<br>語（語）<br>眉（脂）<br>雨（麌）<br>思（之） | 三<br>四<br>三<br>四<br>三 |
| 牛嶠 | 〈定西蕃〉紫塞月明千里 | 寒（寒）安（寒）<br>闊（末）<br>殘（寒）<br>咽（屑）<br>漫（桓） | 七<br>十八<br>七<br>十八<br>七 |

## 六、同部平仄通協

| 作　者 | 首　句 | 韻　腳 | 韻部 |
|---|---|---|---|
| 薛昭蘊 | 〈喜遷鶯〉殘蟾落 | 鳴（庚）輕（清）醒（清）晴（清）<br>冷（梗）景（梗）　生（庚）鶯（耕） | 十一 |
| 毛文錫 | 〈喜遷鶯〉芳春景 | 煙（先）遷（仙）關（刪）間（山）<br>軟（獮）喚（換）暖（緩） | 七 |
| 牛嶠 | 〈酒泉子〉記得去年 | 香（陽）長（陽）<br>望（漾）樣（漾）上（漾）　妝（陽） | 二 |
| 牛嶠 | 〈女冠子〉綠雲高髻 | 髻（霽）世（祭）<br>眉（脂）詞（之）隨（支）期（之） | 三 |
| 牛嶠 | 〈感恩多〉兩條紅粉淚 | 淚（至）意（志）<br>枝（支）眉（脂）飛（微）飛（微）<br>歸（微） | 三 |
| 尹鶚 | 〈清平樂〉芳年妙伎 | 伎（紙）翠（至）媚（至）意（志）<br>時（之）詞（之）肢（支） | 三 |
| 李珣 | 〈南鄉子〉歸路近 | 歌（歌）多（歌）<br>過（過）鎖（果）朵（果） | 九 |
| 顧敻 | 〈醉公子〉岸柳垂金線 | 線（線）囀（線）　邊（先）年（先）<br>遠（阮）卷（獮）　攢（桓）難（寒） | 七 |